《……치유 완료. 지금부터 적 소탕 작업으로 이행하겠습니다.》

2

암살자인 내 스테이터스가
용사보다도 훨씬 강한데요

My Status as an Assassin
Obviously Exceeds the Brave's

아카이 마츠리
일러스트 **토자이**

KB151965

「신의 반전결계는

✦ 리아
Lia Lagoon

「아키라가 먹고 싶을 때에

먹어도 돼」

내 암살자인 스테이터스가 용사보다도 훨씬 강한데요

2

아카이 마츠리
일러스트 토자이

2

My Status as an Assassin
Obviously Exceeds the Brave's

C O N T E N T S

표지 · 본문 일러스트
토자이

제1장 새로운 여행

Side 오다 아키라

『주공, 주공!』

요루의 목소리를 듣고 눈을 떠 보니, 나는 나무 위에 있었다. 배 위에는 작아진 요루가 앉아서 내 얼굴을 걱정스러운 표정으로 들여다보고 있었다.

요루를 보는 것은 오랜만인 것 같았다.

키리카와의 결투가 있은 뒤로 시간이 한동안 지났지만——요루는 그때도 흥미가 없었는지 계속 나무 위에서 완전히 잠에 빠져 있었다. 주인을 도우라고 말하자 뻔뻔하게 웃으면서 '주공이 저런 자에게 질 리가 없지.'라고 말하며 정체불명의 신뢰를 보여 줬다.

기쁘긴 하지만, 순순히 기뻐해야 할 일인지 고민했다.

나는 나무에서 내려와 기지개를 켰다. 요루는 내 옆에 깔끔하게 착지했다. 역시 고양이는 다르군.

나무 위는 확실히 잠을 자기에 편한 장소는 아니었지만, 미궁의 울퉁불퉁한 바닥보다는 나았다. 나는 자면서 몸을 뒤척이거나 하지는 않으니까 떨어질 걱정도 그다지 없으며, 벌레도 신경 쓰지 않는다.

애초에 이 세계에는 모기가 없는 건지, 짜증을 유발하는 날개 소리에 화를 내면서 잠이 들지 못하는 일도 없었지만.

"요루, 잘 잤어?"

『그래. 주공도 잘 잔 것 같아서 정말 다행이로군. 그건 그렇고 다른 사람들은 아직 일어나지 않았으니, 나랑 산책이라도 가지 않겠나?』

"네가 산책을 같이 가자고 말하다니, 별일이 다 있군. 아니, 처음 있는 일인가?"

요루가 잠을 깬 뒤 산책이라고 칭하면서 보스 방 안을 빙글빙글 돌면서 걷던 것은 알고 있었다. 하지만 같이 걷자고 말한 것은 처음이었다. 의미심장한 눈빛을 보고 산책만이 목적이 아니라는 것은 알았지만, 자고 있던 나를 깨울 만큼 중요한 일이란 말일까.

요루는 걸으면서 『변신』으로 자신의 크기를 조절했다. 살짝 빛이 나는 것 같더니, 아기고양이 정도의 크기였던 요루는 순식간에 대형견보다도 조금 더 큰 수준으로 몸이 커졌다.

나는 그 모습을 곁눈질로 보면서 중얼거렸다.

"그 엑스트라 스킬, 편리하겠는데."

『편리한지 아닌지 놓고 말하자면 확실히 편리하긴 하지.』

그런 말을 한 후에 침묵이 이어졌다. 요루는 발바닥 살이 소리를 흡수하기 때문에 발소리가 나지 않았으며, 내 발소리 하나만 울려 퍼졌다.

잠시 후에 요루가 겨우 얘기를 시작했다.

『주공, 앞으로 어떻게 할 생각이지?』

"……그건 마왕의 부하로서 묻는 거야? 아니면 내 시종마로서 묻는 거야?"

그렇게 묻자, 요루는 놀란 표정으로 눈을 크게 뜨면서 쓴웃음을 지었다. 왠지 모르게 발걸음이 가벼워진 것 같았다.

『물론 시종마로서 묻는 거다. 지금 마왕님과 연결된 건 이 오감뿐이야. 배신할 생각도 없지만 협력할 생각도 없다. 아니, 협력하지 않는 건 배신한 것과 마찬가지인가…….』

"그래도 돼? 넌 마족 중에선 제법 괜찮은 지위에 있지 않았어?"

요루가 미궁의 최하층에 있었던 것은 좌천 때문일 수도 있지만, 요루는 성실하니 무슨 실수를 한 것도 아닐 것이다. 즉, 마왕의 신뢰가 두텁기 때문에 이 일을 맡긴 것이라고 생각한다.

그리고 엑스트라 스킬 『변신』과 대화가 가능한 점을 볼 때, 분명 그럭저럭 괜찮은 지위에 있었을 것이다. 지금까지 엑스트라 스킬을 지닌 자들과 너무 많이 만난 탓인지, 엑스트라 스킬이 상당히 희귀한 것이라는 사실을 종종 잊어버릴 뻔했다.

『전에 주공은 무슨 일이 생겼을 때 마왕님 편을 들어도 괜찮다고 말했지만, 그럴 생각은 없다. ……하다 만 얘기를 계속하자면, 만약 갈 곳이 없다면 내가 가고 싶은 곳이 있다.』

"희망사항을 얘기하다니 별일도 다 있군. 어딘데?"

대충 흘려듣는 척했지만, 요루의 말에 약간 감동한 것은 비밀이다.

『짐승의 대륙 '브루트' 다.』

"수인족의 대륙 말인가. 왜 거기지?"

『수인족에겐 우수한 대장장이가 많다. 주공의 그 칼을 한 번 보여 주는 편이 좋을 것이야.』

나는 요루의 시선을 따라서 내 어깨 뒤로 보이는 칠흑의 칼자루를 힐끗 봤다.

마법밖에 통하지 않을 마물을 상대로 몇 번이나 함께 사선을 넘어온, 사란 단장이 준 그 물건은 거의 다 죽어가는 수준으로 소모된 상태였다. 물론 손질을 게을리한 적은 없었다. 그래도 무모한 짓을 한 것은 사실이다 보니, 그만큼 많이 망가진 상태였다.

"그러네. 확실히 대장장이에게 부탁해서 알아보는 게 좋겠어."

『그렇지?』

득의양양한 표정과 함께 가슴을 펴는 요루를 보면서 나는 쓴웃음을 지었다. 수인족 영토로 가려는 이유는 그것만이 아닌 것 같지만, 나중에 다시 들으면 된다.

"그럼 출발하자고. 오늘."

『오늘?!』

아무리 요루라고 해도 놀랐던 모양이다. 스스로도 폭탄발언이라고 생각하지만, 쇠뿔도 단김에 빼라고 했다.

"애초에 키리카랑 복잡하게 얽히면서 늦어지고 말았을 뿐, 사실은 곧바로 이 섬을 떠날 생각이었어. 타이밍이 애매해서 지금까지 머물렀지만 이제 이 섬에 볼일은 없으니까."

"……그렇구나, 그럼 준비하고 올게."

요루가 아닌 여성의 목소리가 들린다 싶었더니, 미소녀가 흰 머리카락을 흩날리면서 그 자리에 서 있었다.

물론 아멜리아였다. 붉은 눈이 장난꾸러기처럼 빛나고 있었다. 내가 놀란 모습을 볼 수 있어서 만족한 모양이다.

"아멜리아."

"나만 두고 가려고 한 것 아냐? 나는 끝까지 아키라를 따라갈 거거든?"

아멜리아는 그렇게 말하면서 미소 지었다. 엘프족의 영토에 오면서부터 그 미소는 왠지 흐려진 것처럼 보였지만, 이제 겨우 부활한 것 같았다.

"물론 널 두고 갈 생각은 없어. 왕이 뭐라고 하든 너는 나와 함께야. ……물론 요루도."

반쯤 뜬 눈으로 바라보는 요루의 눈길에 당황하면서 마지막 말을 덧붙였다. 내 말을 듣고 두 사람은 만족스러운 표정으로 고개를 끄덕였다.

"다음엔 언제 돌아올지 모르니 왕과 키리카에게 제대로 얘기해 둬, 알았지?"

"아무 말 하지 않아도 괜찮아. 걱정하지 않아도 확실하게 돌아올 테니까."

힘차게 단언하는 아멜리아를 보면서, 나는 미소 지었다.

"그러네."

그 말을 듣고, 아주 조금 불길한 기분을 느낀 것은 나뿐일 것이다.

괜찮아, 틀림없이 아무 일도 일어나지 않을 거야. 그렇게 주문처럼 마음속으로 되풀이하면서 곱씹었다. 괜찮아.

"아멜리아 님, 물을 드시겠습니까?"

"아멜리아 님, 기분은 어떠신지……."

"아멜리아 님, ……."

"아멜리아 님……."

"아멜리아……."

"뜨아아아아아아아아아! 시끄러워! 제발 좀 사라져!!!"

아멜리아 주위에 몰려드는 엘프족 사내들을 손을 저어 쫓아냈다. 그리고 왜 이렇게 된 것인지를 생각하면서 하늘을 쳐다봤다.

"오늘 떠난다고?!"

"그건…… 또 갑작스럽네요."

내 말을 듣고 왕과 키리카가 눈을 크게 떴다. 왕은 그 자리에서 바로 일어섰고 의자가 큰 소리를 내면서 쓰러졌다. 왕은 호화로워 보이는 의자를 신경도 쓰지 않은 채 내 멱살을 쥐었다.

나는 전혀 미동하지 않았지만, 옆에서 이보다 더한 수준은 없을 정도로 강한 살기를 보내고 있는 사람이 있었다. 아멜리아, 난 괜찮으니까 자기 아버지를 쏘아 죽일 듯한 눈으로 노려보진

마…….

웬일로 왕은 아멜리아의 시선을 염두에 두지 않은 채, 나를 그대로 붙잡고 앞뒤로 마구 흔들었다. 하지만 나에겐 쿡쿡 찌르는 듯한 느낌밖에 들지 않았다. 왕의 힘은 결코 약하진 않았지만, 나와는 스테이터스 차이가 너무 많이 났다.

"급한 것도 정도가 있어야지! 너 같은 어린아이는 알지 못할지도 모르겠지만, 모든 일에는 순서라는 게 있다!"

"알고 있어."

대수롭지 않게 대뜸 대꾸하자, 왕은 말문이 막힌 표정을 지었고, 이번에는 자신의 머리를 감싸 쥐었다. 내가 저지른 짓 때문에 그런 반응을 보이는 것이겠지만, 아주 조금 불쌍하게 느껴졌다.

사실 난 왕이 왜 이렇게까지 동요하는지 알고 있다.

"알았다……. 모처럼 아멜리아가 돌아왔기에 엘프를 총동원한 파티를 기획하고 있었거늘."

그렇다. 왕과 키리카의 주최로 아멜리아를 위한 대규모의 파티를 기획하고 있었다는 것을, 알고 있었던 것이다. 그걸 알면서 일부러 지금 바로 떠나겠다고 한 것이다.

아멜리아가 밖으로 돌아다니는 것을 아직도 달갑게 생각하지 않는 왕에 대한 소소한 복수가 주된 요인이지만.

"마침 잘됐잖아? 키리카, 아멜리아의 기분을 대신 경험해 보고 와."

"저, 저보고 언니의 기분을 경험해 보라고요? 설마 저한테 언니로 변장해서 파티에 참가하라는 말씀은 아니겠죠?"

"달리 뭐가 있겠어?"

어이가 없다는 표정을 짓는 키리카를 보면서, 나는 의외라는 의미를 담아 표정을 찌푸렸다.

확실히 키리카와 아멜리아는 화해했다고 할까, 지금까지 있었던 모든 일을 없었던 것으로 치려 하고 있었다. 하지만 어떤 계기로 인해 또다시 증오의 감정이 솟구쳐 나오지 않을지 걱정이 되었다.

키리카를 신용하지 않는 것은 아니다. 그 결투 이후 키리카는 오히려 시스터 콤플렉스 기미까지 보이는 수준이었지만, 엘프 족은 오랜 세월을 사는 종족이다. 상호 이해는 중요하다.

"과연, 좋은 제안이로군. 키리카는 아직 이해하지 못할지도 모르지만, 왕녀에겐 왕녀의 고충이란 게 있지. '매료'를 쓰지 않고 남의 위에 서는 경험을 통해 아멜리아를 더 잘 이해할 수 있을 것이다."

"아, 아버님까지!"

"난 그렇게까지 거창한 일은 하지 않아. 괜찮아, 키리카라면 할 수 있어."

"언니……."

아멜리아가 머리를 쓱쓱 쓰다듬어 주자, 키리카는 황홀해진 표정으로 고개를 끄덕였다.

아멜리아의 미소와 쓰다듬기 콤보에는 분명 누구도 이기지 못할 것이다. 그렇게 말하는 나도 이 콤보와 그녀가 부탁할 때 글

썽이며 바라보는 눈에는 이긴 적이 없었다. 스테이터스 차이조차도 무시하는 정신공격. 방어, 반격은 불가능하다. 아멜리라 최강설 부상.

"알겠어요. 제가 언니로 변장해서 파티에 참석할게요!"

"잘해, 봐."

"네!"

네, 끝났습니다. 키리카의 의욕 넘치는 반응에는 아멜리아조차 쓴웃음을 지을 수밖에 없었다. 표정도 즐거워 보였다.

"너희는 마왕의 성으로 갈 생각인가?"

"아니, 일단 내 검을 정비하기 위해서 수인족의 영토로 갈 거야."

그렇게 말하자, 왕은 약간 얼굴을 찌푸렸다. 그러고 보니 엘프족과 수인족은 사이가 좋지 않았던가. 아니, 수인족은 다른 종족을 경멸하지 않고 어떤 종족이라도 평등하게 대하니까, 정확하게 말하자면 엘프족이 일방적으로 싫어한다고 해야 할까. 전통이니 금지니 하는 것을 중요하게 여기는 엘프족과 매사를 대충 처리하는 성격인 수인족은 애초부터 서로를 용인할 수 없는 존재였던 것이다.

"흠. 그렇다면 대륙 끝까지는 내가 배웅해 주마."

"필요 없어."

"사양하지 마라."

"아니, 안 좋은 예감이 드니까 그냥 거절하는 거야."

"솔직하지 못한 녀석이로군."

솔직하지 못해도 상관없다. 비록 대륙으로 이어지지 않았다곤 하지만, 일부러 싫어하는 수인족 영토 바로 코앞까지 배웅해 주겠다고 말하는 것은 아무래도 수상하다. 이 딸밖에 모르는 팔 불출은 뭔가를 꾸미고 있는 것이다.

"수인족 영토로 갈 수 있는 배는 거의 없는데다 왕족의 허가를 받아야 배를 띄울 수 있다. 뭐, 너희가 정규 수속을 밟지 않고 대 륙을 건너갔다가 거기서 어떻게 되든 내 알 바는 아니지. 내 딸 은 다르지만."

"……쳇."

"그렇지, 정규 수속 얘기가 나와서 말인데, 너희는 어떻게 엘 프족 영토에 들어온 거지?"

이젠 잊어버렸을 거라 생각하고 있었는데, 아직도 기억하고 있었던 모양이다. 나는 한 번 더 혀를 찼다.

엘프족 영토에 온 이유를 섣불리 설명했다가, 내 정체까지 얘 기하게 되는 건 사양하고 싶은데 말이지. 나는 쓴웃음을 지으면 서 얼버무렸다.

"좋아. 정규 수속을 거쳐서 건너가 줄게."

"우선 그 건방진 태도를 좀 고쳐 보겠나."

"그건 힘들겠는데."

지극히 평범하게 부탁한 건데 무례하게 나온단 말이지. 나는 팔짱을 꼈다.

왕은 그런 나를 보면서 포기했다는 듯이 한숨을 쉬었다.

"그럼 짐을 챙겨서 그 광장에서 집합하도록 하겠다."

"그렇게 준비하겠습니다."

짐이라고 해도 이 대륙에서 얻은 것 정도밖에 없다. 처음부터 가지고 있는 건 적었으니까 말이지.

암기의 수를 확인하며 아멜리아의 짐을 선별해 주고 있으려니, 약속한 시간이 바로 찾아왔다.

"그럼 가 볼까!"

"잠깐 기다려, 이 바보 왕!"

광장에는 그 수가 100은 족히 될 법한 갑옷, 아니 엘프족 기사들이 정렬해 있었다. 아무도 잡담을 하지 않은 채 전혀 움직임이 없었기 때문에 처음에는 정말로 갑옷만 갖다 놓은 줄로 생각했을 정도였다.

"아버님, 이건 좀 지나친 것 같습니다."

키리카도 어이가 없다는 표정으로 그렇게 말했지만, 자신도 기사 장비를 갖추고 있었다. 그러고 보니 이 녀석은 엘프족에서 유일한 검사였지. 우리 발목을 붙잡지는 않을 것이다. 하지만 아무리 엘프족이 활에 능하다고 해도 궁병이 99명이나 되는 건 너무 많다. 특히 왕은 제일 먼저 돌아가 줬으면 좋겠다.

"여정에는 위험이 잔뜩 도사리고 있다. 동행은 많을수록 좋은 법이다."

그렇게 말하면서 왕은 자신이 기사 차림을 하고 있는 것을 정당화하려고 했다. 완벽하게 정당화할 순 없었지만 말이지. 그리고 단순히 수가 많다고 해서 좋은 것도 아닐 텐데.

"자, 자. 사람이 조금 많아도 괜찮지 않으냐, 이 정도쯤은."

"조금? 이 정도가 조금이라고?"

실실 웃는 왕을 보면서 주먹을 쥐었지만, 역시 아멜리아가 바로 눈치를 채고 날 말렸다.

결국 키리카도 설득에 가담하면서 기사의 수는 4분의 1 정도로 줄었으며, 왕도 방어구를 벗었다.

그리고 지금에 이르렀다. 4분의 1이라고 해도 스무 명 정도는 되었다. 사람 수도 많았지만 전원 남자였다. 숨이 막힐 정도로 갑갑하다.

내가 쫓아 보낸 뒤에도 아멜리아를 힐끗힐끗 보고 있었다. 포기를 모르는 녀석들이다.

"엘프족 영토의 경계선까지는 이제 조금 남았습니다."

짜증스러운 표정을 지으면서 팔짱을 끼고 있던 나에게, 젊은 엘프가 싱글싱글 웃으면서 말을 걸었다. 젊다곤 해도 아멜리아와 비교해서 젊다는 말이지 나보다는 월등히 연상일 것이다. 이 엘프도 역시 예외 없이 미남이었다.

꽃미남 따위 다 죽어 버리라지.

살기가 담긴 내 시선을 어떻게 해석했는지 모르겠지만, 그 엘프는 깜짝 놀라면서 다급하게 자기소개를 시작했다.

"저는 윌리엄이라고 합니다."

나는 고개를 갸웃거렸다.

"……어디선가 들은 것 같은 이름인데."

"부끄럽지만, 제 부모님이 리암 님의 팬인지라……."

"그렇군. 자기 아들 이름에 리암의 이름을 넣은 건가."

존경하는 사람의 이름을 따오는 것은 모리건에서도 있는 일이로군.

　"네. 저도 리암 님을 존경하고 있으므로 이름에 불만은 없습니다. 조금 부끄럽긴 하지만요."

　나는 결투할 때 봤던 리암의 쓸데없이 단정한 얼굴을 떠올리면서 자신도 모르게 중얼거렸다.

　"……그런 녀석이 어디가 좋단 말인지."

　"뭐라고 하셨죠?"

　"……아냐."

　확실히 키리카의 매료가 풀린 뒤에 리암이 보여준 움직임은 대단했다.

　엘프의 나라를 다시 세우기 위해 동분서주했고, 아멜리아와 키리카에게 정식으로 약혼을 파기하겠다고 선언했다. 이에 대해 사죄하는 한편 나에게도 엎드려서 사과했다. 그건 진심을 담아서 사과하는 지구인 못지않게 훌륭한 자세였지.

　'아키라 공. 저는 귀공을 만나자마자 죽으려고 들었고, 원래는 내가 제지했어야 할 키리카 님을 대신 막아주셨소. 여기에 아멜리아 님까지 구해주시는 등 실로 많은 폐를 끼치고 말았소이다. 정말로 드릴 말씀이 없소!!!'

　'아, 저기, 잠깐, 왜 엎드려서 비는 건데?! 어디서 그런 걸 배운 거야! 쓸데없이 자세는 완벽하네! 고개를 들어!'

　'인간족 영토에 있는 나라인 야마토에선 사과나 부탁을 할 때는 이렇게 한다고 들었소. 귀공의 고향은 야마토와 비슷한 점이

있는 것 같으니, 부디 내 진심을 담은 사과를 받아들여 주시길 바라오!'

'알았어! 용서할 테니까 그만 고개를 들라고!'

결국 그 기백에 밀리면서 용서하고 말았지.

먼 곳을 바라보던 날 아랑곳하지 않고, 윌리엄은 리암에 대한 얘기를 하기 시작했다.

"정말로 리암 님은 대단하신 분이라니까요. 확실히 이 엘프족은 폐하 없이 성립될 수가 없지만, 그건 리암 님도 마찬가지라고 할 수 있을 겁니다. 매일 거의 밤을 새면서 나라의 재정을 바로잡고 계시지만, 아직 배우는 중인 저로선 어떤 일을 하시고 계시는지 알 수가 없죠. 리암 님은 문관이심에도 불구하고 엘프족 중에서도 아멜리아 님 다음으로 활 솜씨가 좋으셔서, 사냥에서도 사냥감을 단 한 번도 놓치신 적이 없다고 하더라고요. 리암 님이야말로 문무겸비라는 말이 어울리는 분이시겠죠!"

"그렇겠지——."

윌리엄의 길게 이어지는 말에 적당히 맞장구를 치고 있으려니, 앞쪽이 왠지 소란스러워지기 시작했다. 그리고 순조롭게 나아가던 줄이 멈췄다. 윌리엄은 엘프족 영토의 경계선이 이제 조금 남았다고 말했지만, 이렇게 금방 도착하진 않았을 것이다.

그 증거로 윌리엄이 당황해하고 있었다.

"이런! 도적입니다!!"

"도적? 산적이라도 있단 말이야?"

아멜리아를 중심으로 방어 진형을 짜더니, 각자 무기를 쥐었다. 아직 숲속에 기사들이 밀집해 있기 때문에 날이 긴 '야토노카미'는 쓸 수가 없다.

그리고 사람 수는 저쪽이 압도적으로 더 많았다.

"아닙니다! 이 부근에선 사냥을 하러 온 여자와 아이들이 종종 납치를 당합니다! 그리고 아무도 돌아오질 못했어요!!"

"……인신매매단인가. 전형적이라면 전형적이겠지만, 엘프족은 그 외모 때문에 다른 종족의 노예가 되는 일이 잦을 거 같긴 하군."

"잘 아시는군요. 그 녀석들은 동포를 수인족이나 인간족에게 노예로 팔아치우고 있습니다!!"

주먹을 움켜쥔 윌리엄의 손바닥에서 피가 흘렀다. 그는 천천히 포위망의 범위를 좁히면서 다가오는 기척을 향해 살기를 가득 담아 노려보고 있었다. 조금 전까지 보여 줬던 너글너글한 리암 신자의 모습은 온데간데없었다.

단순한 내 추측일 뿐이지만, 아마도 윌리엄과 가까웠던 누군가가 이자들에게 납치를 당한 건 아닐까.

돌아보니 그 외에도 몇 명이 윌리엄과 같은 반응을 보이고 있었다.

엘프족은 동족을 생각하는 경향이 강하다. 비록 피가 전혀 이어지지 않았어도 동족이라는 이유 하나 때문에 그들은 자신의 목숨을 내던진다. 보복을 위해서라면 무슨 일이든 할 것이다. 그런 그들을 적으로 돌리면서, 그런데도 이렇게 당당하게 납치한다는 것은 어떤 국가나 혹은 대륙이 뒤를 받쳐 주고 있다는 얘기일까.

포위망이 한층 더 좁아졌기 때문에 나는 생각하는 것을 포기했다. 지금은 이 포위망을 어떻게 빠져나갈 것인지 생각해야 한다. 다른 일은 나중에 천천히 생각하면 된다. 아쉽게도 전위에 설 사람은 나뿐이다. 인신매매단이 있었다면 키리카도 데려왔어야 했나.

아니, 그 전에 인신매매단이 돌아다니고 있다는 걸 왜 미리 말하지 않은 건데?!

"자, 엘프족 제군, 공주님을 넘겨 주실까. 그렇게 하면 목숨은 살려 주마."

"공주님?"

"아멜리아 왕녀 말이다. 자, 어서 이리 넘겨라."

겨우 목소리가 들릴 만한 위치까지 왔다 싶었는데, 이번에는 아멜리아를 넘기라는 헛소리를 지껄이고 있었다.

내 손에 쥐어져 있던 암기 하나가 빠직 하는 소리를 내면서 산산이 부서졌다.

죽여도 되는 걸까? 아니, 죽이진 않겠지만 일단 『그림자 마법』으로 묶어 버릴까? 그러는 김에 팔 한두 개 정도는 『그림자 마법』에게 주도록 하자.

"아, 아키라 님?"

"왜 그러지, 윌리엄 군?"

"무, 무기가 쓰지 못하게 망가지고 말았습니다만……."

"아아, 아직 더 있으니까 괜찮네."

"아키라 님, 말투가 좀 이상한데요?"

"무슨 소리를 하는 건가, 윌리엄 군. 저 남자 때문에 아주 조금 부아가 났을 뿐이야."

"그, 그렇겠죠."

윌리엄을 포함하여 내 주위에 있던 엘프족만 주춤주춤 뒤로 물러나고 있었다. 내 몸에서 흘러나오는 살기를 직접 접했기 때문에 그러는 것이겠지만, 그 거칠게 불어닥치는 살기도 소녀의 말 한마디에 산들바람으로 바뀌었다.

"아키라, 난 아키라를 믿고 있어. 내 곁을 떠나지 마."

"……당연하지. 좋아하는 여자 곁을 떠나는 남자가 어디 있겠어?"

곁에 다가온 아멜리아가 암기를 가루로 만든 내 팔에 살짝 손을 댄 것만으로 내 마음은 다시 침착해졌다.

그 말을 들은 아멜리아는 미소를 지었다. 그리고 진지한 표정을 지었다. 숨을 한 번 들이쉰 뒤에 겁을 먹고 있는 엘프들에게 소리쳤다.

"적의 수는 우리보다 많다! 하지만 이 아키라가 있는 한 우리에게 패배란 없다! 동포들을 납치해 간 이 도적들에게 우리 엘프족의 힘을 보여 주거라!"

"""와아아아아아아!!!!!!"""

아멜리아가 모두의 사기를 드높였다.

스스로도 『중력마법』을 발동할 준비를 하고 있었다. 같이 싸울 생각인 것 같다.

"일단 나는 내 직업에 걸맞게 싸우고 올게. 아멜리아, 무리하진 마."

"아키라도."

나는 『기척은폐』를 발동했다.

우선은 리더를 제압, 그 후에 잔챙이들을 처리하면 되겠지. 나는 홀로 엘프족 진형을 빠져나가서 목소리가 들린 쪽으로 이동했다. 스킬 레벨을 올려 두었던 『암살술』 덕분에 아무리 강하게 디디면서 걸어가도 소리가 나지 않았다.

뒤쪽은 괜찮을 것이다. 아멜리아에게 이길 수 있는 녀석은 저 자들 중엔 없다.

어쩌면 사란 단장 같은 마안을 지닌 자가 있을지도 모른다고 생각해, 나무가 만든 그늘에서 그늘로 움직이며 신중하게 접근했다. 하지만 우리를 덮친 녀석들은 내가 접근하는 걸 전혀 알아차리지 못했다.

"헤헤헤, 형님, 저 녀석들이 공주를 넘겨줄까요?"

야비한 느낌의 목소리가 들려왔다. 그것만으로도 분노가 솟구쳤다. 이런 녀석들에게 내 보물을 넘겨줄 것 같으냐.

"뭐, 아무리 공주가 엘프족의 보물이라고 해도 수많은 다른 동포들과는 비교가 되지 않을 거다. 동족을 생각하니 뭐니 해도, 결국 놈들은 그 정도 수준밖에 안 돼."

그들의 보스가 말하는 것 같은 차분한 목소리도 들렸다.

나는 암기를 한 손에 들고 목소리가 들려온 방향으로 다가갔다. 『기척감지』로 기척을 살펴보니, 우리를 포위하고 있던 도적의 수는 약 50명이었다. 그리고 그 외에도 도적으론 생각할 수 없는 약한 기척이 셋 있었다.

인질일까?

"슬슬 시작할까요?"

"그래. 그럼 님도 아멜리아 공주를 애타게 기다리고 있는 것 같으니까."

조용히 귀를 세우고 있으려니 낯선 이름이 튀어 나왔다. 그 정보를 머릿속 한쪽 구석에 집어넣었다. 얘기를 들어보면 저쪽도 움직이려는 것 같으니, 나도 움직이기로 할까.

"!"

햇빛이 구름으로 인해 일시적으로 가려지면서, 내가 있는 부분만 아주 조금 더 어두워졌을 때. 그때를 노려서 발을 힘차게 내디뎠다.

"크헉?!"

"으헥!"

"이봐, 무슨 일…… 윽!"

순식간에 열 명 정도를 무력화한 나는 그대로 멈추지 않고 다음 사냥감을 향해 달려들었다.

도적들은 혼란에 빠지면서 제대로 무기조차 쥐어 보지 못한 채 차례로 기절했다.

"이봐! 뭐가 어떻게 된 거냐?!"

"형님! 공격을 받고 있습니다!!"

"뭐라고?!"

도적단 보스는 설마 인질이 있는 상태에서 반격을 받겠느냐고 전황을 오판했던 모양이다. 사실은 공격을 받고 있다는 걸 알게 된 시점에서 물러나야 했던 것이다.

하지만,

"큭! 어떻게 된 영문인지는 모르겠지만, 일단 낯선 얼굴은 전부 죽여라!!"

"""와아아아아!!!!"""

도적들은 동료가 무슨 일을 당한 건지 모르는 상태에서, 차례로 쓰러지는 공포에서 벗어나기 위해 목소리를 높이면서 포위망의 중심으로 돌진하기 시작했다.

"……이제 열 명 남았나. 나머지는 아멜리아와 윌리엄 일행에게 맡기고 나는 보스와 인질 쪽으로 가 볼까."

아무래도 도적은 인간족인 것 같았다. 아멜리아와 엘프족이 지닌 힘이라면 전위가 없어도 열 명 정도는 그럭저럭 대처할 수 있겠지.

"요루, 여차할 경우엔 아멜리아를 부탁해."

『알고 있다, 주공.』

염화로 요루를 불러 부탁하자, 기운찬 대답이 돌아왔다. 보아하니 오랜만에 힘을 쓸 수 있어 흥분한 것 같았다. 역시 마물이라 그런 건지, 동물보다 흉포성이 강했다.

"……제길, 뭐가 어떻게 된 거야. 이봐! 어서 일어나지 못해?!"

보스는 완전히 초췌해진 표정으로 엘프족 여성의 목에 단도를 들이대며 가까이에 쓰러져 있던 동료를 발로 걷어찼다. 하지만 정신을 잃은 도적은 꿈쩍도 하지 않았다.

동료에게도 인정사정없이 퍼붓는 폭력을 보고, 그 여성의 딸로 보이는 여자애가 흠칫 놀라면서 떨기 시작했다. 또 한 명의 인질은 쓰러져 있기 때문에 잘 보이지 않았지만 이쪽 또한 엘프족 여성이었다. 공포 때문에 의식을 잃은 걸까.

모두 손발과 입이 묶여서 전혀 움직일 수가 없었다.

나는 일단 인질을 풀어주기 위해 『기척은폐』를 발동한 채 보스에게 다가갔다. 동료를 깨우느라 필사적이었던 보스는 분명 『기척은폐』를 발동하지 않아도 내가 접근하는 것을 알아차리지 못했을 것이다.

일단 의식을 잃은 여성을 안아들어 보스의 시야에선 보이지 않는 나무 위에 눕혔다. 손발과 입을 묶은 줄은 암기로 끊어 버렸다.

뒤이어서 여자애 쪽을 구하기 위해 다가갔다. 반항이라도 하면 귀찮으니까 손날로 목을 공격해 기절시킨 뒤에 옮겼다. 아멜리아가 보고 있었다면 분명 화를 냈겠지만, 보고 있지 않다면 문제가 되지 않는다. 그리고 딱 봐도 인간족인 나를 도적이랑 한패로 착각해서 비명이라도 질렀다간 난감해진다.

마지막으로 인질이 된 여성을 구하려고 했지만, 보스가 단단히 붙잡고 있었다. 자, 이걸 어떡한다.

"어이, 목이 날아가고 싶지 않으면 그 여자한테서 손을 떼라."

"와아아아아아아아아아아아?!"

목에 암기를 대면서 그렇게 말하자, 지금까지도 내 접근을 알아차리지 못하고 있던 보스는 펄쩍 뛸 듯이 놀라면서 자신도 모르게 여성을 놓아 버렸다. 좋아, 멍청해서 다행이로군.

나는 그 틈을 놓치지 않고 재빨리 여성을 끌어당겼다. 보스와 마찬가지로 내가 접근한 걸 모르고 있었던 여성도 갑작스러운 사태에 눈을 크게 뜨면서 놀라고 있었다. 암기로 묶은 줄을 끊고 여자애를 눕힌 나무를 가리켰다. 여성은 말하지 않아도 이해했는지, 내 눈치를 살피면서 그 나무로 올라갔다.

그 옆 나무에는 다른 인질도 누워 있으니까 그쪽도 보살펴 주면 좋겠다고 속으로 생각하면서도 보스에게서 눈을 떼지 않았다.

보스는 분노가 극에 달했는지 볼은 붉게 달아올랐고, 이마에는 힘줄이 여러 개나 돋아 있었다. 틀림없이 혈압이 올랐다.

"이 자식!!! 잘도 그람 님이 맡겨 주신 인질을!!"

"내 알 바가 아니거든. 그런데, 그 그람이란 자는 어떤 녀석이지?"

"네놈에게 말할 것 같으냐!"

멍청하지만 역시 걸려들진 않는 건가.

아무래도 저 엘프 인질들은 그 그람이란 녀석으로부터 아멜리아를 붙잡을 때 쓰기 위해 받은 모양이다. 그걸 잃어버린 보스는 분노가 가득한 표정으로 날 쏘아 죽일 것처럼 노려보고 있었다.

"그건 그렇고, 너한텐 묻고 싶은 게 좀 있거든. 주변에 쓰러진 녀석들은 어찌 되든 상관없지만, 너는 생포하도록 하겠어."

"애송이 주제에! 내가 청색급 범죄길드 '샤크'의 보스라는 걸 알고 그런 소리를 지껄이는 거냐?"

자신만만한 표정의 보스.

안됐지만 청색급이니 샤크니 하고 떠들어 봤자 감이 전혀 오지 않을 뿐더러, 오히려 푸른색과 상어라니 뭔가 괜찮은 조합이라는 생각밖에 들지 않았다. 청색급은 대체 어느 정도 랭크야?

"전혀 들어본 적이 없어. 미안해."

이 이상의 대화는 소용이 없다고 생각했기에, 순식간에 간격을 좁혀서 그의 명치에 암기를 쥔 주먹을 박아 넣었다. 힘 조절을 해서 때렸다고 생각했지만, 보스는 신음소리조차 내지 못하고 쓰러졌다.

"슬슬 아멜리아 쪽도 끝났으려나."

주변에 자라고 있던 식물 덩굴로 보스를 구속한 뒤에 어깨에 졌다. 내 기준으로는 아무리 미수로 끝났다고 해도 아멜리아를 납치하려고 한 녀석에게 인권 같은 건 존재하지 않는다.

위를 쳐다보니 내가 의식을 잃게 만들었던 여자애도 의식을 되찾은 것 같았다. 나무에서 내려 주자 어머니로 보이는 엘프가 울면서 딸을 끌어안았다.

이걸로 사건은 해결된 건가.

모녀의 행복해 보이는 광경으로부터 애써 눈길을 돌리면서 깊게 숨을 들이쉬었다.

하지만 나는 모르고 있었다. 이게 아직 시작에 불과했다는 것을.

"어서 와, 아키라. 다친 덴 없어?"

"있을 리가 없잖아? 그보다 이건 대체……."

의식이 없는 도적들을 쌓아 올린 장소를 피해서 조금 전까지 포위되었던 곳의 중심부로 향하자, 아멜리아가 내게 달려왔다. 그 뒤에는 유달리 생기가 넘치는 요루가 따라왔다.

엘프족 기사들이 요루가 지나가자 겁을 먹은 몸짓으로 길을 내 주었다. 그걸 보면서 나는 자신도 모르게 반쯤 뜬 눈으로 요루를 바라봤다.

이 녀석, 무슨 짓을 저질렀나……. 아니, 무슨 짓을 한 거야?

『주공이 무슨 생각을 하고 있는지는 잘 알겠다만, 나는 아무것도 하지 않았다.』

"아멜리아, 정말이야?"

『잠깐, 내 말을 믿지 않겠다는 건가! 아멜리아 양에게 확인하지 마라! ……하지만 뭐, 내 얼굴을 보고 인간들이 공포를 느끼는 건 역시 기분이 좋더군.』

악당 같은 표정——고양이지만——을 짓고 있는 요루에게 약간 불안을 느끼면서 아멜리아에게 확인하려고 물어보려 했더니, 전투를 위해 거대하게 키운 내 얼굴 크기 정도의 발바닥 살이 내 볼을 꾹 눌렀다.

음, 상당히 좋은 감촉이다. 나중에 아멜리아와 함께 만져야지.

"요루는 거짓말은 하지 않았어. 이 사람들은 요루의 얼굴을 본 순간 차례로 힘없이 쓰러진 것뿐이니까."

아멜리아가 그렇게 말한다면 사실이겠지. 약하구먼, 도적들. 그래도 괜찮은 걸까.

도적들의 처리는 엘프 기사들에게 맡기고 그런 대화를 나누고 있으려니, 윌리엄이 요루를 피해서 조심스럽게 다가왔다.

"저기, 아키라 님. 묻고 싶은 게 좀 있는데 괜찮을까요?"

그렇게 말하면서 시선은 아멜리아 쪽을 향하고 있었다. 일단은 가장 지위가 높은 아멜리아에게 허락을 받겠다는 뜻인가.

그렇게 예의를 중시하는 자가 우리 대화를 끊고 끼어들면서까지 묻고 싶은 건 대체 무엇일까. 아멜리아가 고개를 끄덕이는 걸 기다렸다가, 그제야 윌리엄은 겨우 나를 봤다.

"저기, 여기 계시는 요루 님은 아키라 님의 시종마인가요?"

"으―음, 그런가?"

『당연히 그렇지! 내 이마의 문장과 주공의 팔에 있는 문장을 보면 일목요연하지 않은가!』

컁악대면서 울부짖는 요루는 내버려둔 채, 나는 윌리엄을 봤다.

"그렇다고 하는군."

"실례가 되겠습니다만, 아키라 님의 팔을 좀 봐도 괜찮을까요?"

팔에 문장이 있는 건 너무 중2병 같은지라, 아는 사람이 아무도 보지 않는다고 해도 문장을 드러낸 채 거리를 돌아다닐 수는 없다. 그래서 나는 아무리 더워도 검은 옷의 소매를 걷지 않고 있었다.

나는 소매를 걷어 올려서 문장을 보여 줬다. 검은색의 그 문장 말인데, 요루와 계약했을 때보다 색이 더 짙어진 것 같았다.

"아, 감사합니다. 하지만 엘프족으로서 인간족보다 훨씬 더 오래 살아왔지만, '마물을 부리는 자'를 죽기 전에 만날 수 있게 될 줄이야."

"'마물을 부리는 자'?"

점점 중2병 같은 이명(異名)이 늘어나고 있다. 이런 부끄러운 경험은 대개 주인공이 맡을 역할이라고 생각하고 있었는데, 우리의 주인공(용사)은 대체 어디서 뭘 하고 있는 건지.

설마 아무리 그래도 그 바보가 어딘가에서 객사했을 거란 생각은 들지 않았다. 성에서 나오긴 했겠지만, 그렇기에 더더욱 앞으로의 행동을 섣불리 예상할 수가 없었다.

"그건 분명 엘프족의 표현일 거야. 지금은 다른 부족에게도 통하는 말이지만."

『그래. 먼 옛날에는 증오스러운 마족을 가리키는 말이었지만, 지금은 인간족이랑 엘프족, 수인족 중에서 갑자기 나타난 주공과 같은 자를 뜻하는 표현이 되었지.』

아멜리아와 요루는 그 뜻을 알고 있었던 것 같다.

"일반적으로 마물은 마물 이외의 인간과 어울리지 않는 존재. 데이터 같은 건 없는 거나 마찬가지죠. 그랬는데 '마물을 부리는 자' 덕에 연구가 가능해진 겁니다!"

콧김을 거칠게 내뿜으면서 윌리엄이 요루를 봤다. 아무리 요루라고 해도 이런 반응에는 꺼림칙한 기분을 느꼈는지, 사이즈를 작게 조절하여 내 어깨에 올라탔다.

"과연, 요루 님이 잘 쓰는 마법은 사이즈 조절이로군요!"

그렇게 전혀 엉뚱한 말을 하면서 내게 다가왔다.

"윌리엄, 신기한 건 알겠지만 우리 아이에게 겁을 주지는 않았으면 좋겠는데?"

"……넷!! 죄송합니다! 다시는 만날 수 없을지도 모르는 귀한 존재이다 보니 저도 모르게 그만……."

볼썽사나운 모습을 보이고 말았다고 말하면서 미안한 표정을 짓고 있었지만, 윌리엄의 요루에게서 눈을 떼지 못하고 있었다.

"쉽게 포기할 줄을 모르는 남자네."

"이미 집념이야, 저 정도면."

『난 저 녀석이 싫다.』

각자 멋대로 감상을 늘어놓는 가운데, 내가 아직까지 어깨에 지고 있던 보스가 겨우 눈을 떴다.

참고로 요루는 보스와는 반대 쪽 어깨 위에 올라와 있었다. 늘 자신이 앉던 자리를 빼앗긴 것이 불만인 것 같았다.

자, 그럼 지금부터 심문 시간이다. 웬만하면 아픈 기억을 남겨 주고 싶지는 않다. 빨리 불어 주기를 바란다.

난폭하게 땅바닥에 떨어뜨렸더니, 보스는 완전히 깨어났는지 날 노려봤다. 보아하니 잠은 빨리 깨는 편인 것 같다. 매일 아침

마다 잠에서 빨리 깨지 못해 고생하고 있는 내 입장에선 부러울 따름이다.

"자, 알고 있는 걸 전부 얘기해 주실까? 그람이라는 녀석에 관해서도 말이지."

소리도 없이 암기를 꺼내서 목에 갖다 대자, 보스는 명백하게 공포가 담긴 눈길로 나를 봤다.

살기 같은 건 조금도 담겨 있지 않았다. 죽일 마음은 전혀 없다. 단순한 위협이지만 평범한 사람은 살기 같은 걸 알아보지 못하는 것 같으니까.

머지않아 나는 인간들로부터 받아들여지지 못하게 되겠지.

"네, 네놈에게 해 줄 말은 아무것도 없다!"

눈에 눈물이 맺혔으면서도 동료는 팔지 않겠다고 선언하는 보스. 하지만 그 몸은 벌벌 떨고 있었고 당장이라도 실신할 것 같았다. 이런 쓰레기한테도 양보할 수 없는 게 있단 말인가.

나는 한숨을 쉬었다.

"그만두겠어. 내가 악역인 것 같잖아. 그리고 나는 딱히 그람이란 자에게 흥미가 없어. 일단 한번 물어는 보자고 생각했을 뿐이야. 만약 엘프족의 힘만으로 해결할 수 없을 것 같으면 그때 날 불러."

칼을 집어넣자, 보스까지 포함해서 그 자리에 있는 모두가 어이없다는 표정으로 입을 벌렸다.

내가 무슨 이상한 말이라도 한 걸까.

"아키라, 이 건은 너 이상 관여하지 않겠다는 뜻이야?"

"미안해, 아멜리아. 그런 뜻이야."

나는 딱히 정의감이 넘치는 주인공이 아니다. 솔직히 말해서 나와 가까운 자들이 슬퍼하는 일이 없는 한, 다른 사람이 어찌 되든 내 알 바가 아니다.

엘프족은 하나의 국가이기도 한 것이다. 이 정도 일은 국가를 기준으로 생각해 보면 얼마든지 일어날 법한 일이다. 게다가 병사들의 실력이 무뎌질 정도로 평화로운 상황이라면 딱 적당한 사건이 아닐까.

"알았어. 나는 아키라를 따라갈 뿐이니까."

"그, 그럴 수는……!"

"아멜리아 님까지!"

윌리엄과 다른 자들이 절망한 것처럼 소리쳤다. 이봐, 그 용사처럼 말하지 말라고.

"그렇게 됐어. 그리고 저쪽에 있던 인질 세 명을 풀어줬으니까 슬슬 이리 올 거라 생각해."

인기척이 나는 나무들 사이를 가리키자, 거기서 조금 전에 구했던 인질 세 명이 나왔다. 그중에 여자애가 혼자 다가오더니 나에게 안겼다. 다른 인질들도 내게 깊이 머리를 숙여 고맙다는 뜻을 전했다.

"오빠, 구해 줘서 정말 고마워!"

"아냐, 천만의 말씀."

그렇게 짧은 대화만 나눴을 뿐인데, 내 시야 끝에 아멜리아의 토라진 얼굴이 보였다. 나중에 달래 줘야겠군.

『정말로 괜찮겠나? 주공.』

요루만이 내 곁으로 다가와서 그렇게 속삭였다.

나는 질문에 대답하지 않고, 요루의 털을 쓰다듬으면서 아까 도적들을 쓰러트렸을 때 언뜻 보였던 검에 새겨진 문장을 떠올렸다.

"저기, 요루, 동그라미 위에 세 개의 발톱자국이 있는 문장은 어느 나라의 것이지?"

『아아, 그거라면 수인족 최대국가인 우르크의 문장인데…… 설마!』

눈을 크게 뜨면서 놀라는 요루에게 나는 고개를 끄덕여 보였다.

"그래. 저자들의 검에 그 문장이 새겨져 있었어. 저 녀석들은 인신매매단인 척 구는 기사들이야."

『기, 기사가 사람을 납치해서 팔아먹는다니……. 그건 그렇고 왜 일부러 들킬 만한 문장을 검에……?』

"글쎄? 그 문장이 새겨져 있던 검을 든 사람은 한 명뿐이었으니까, 아마도 가지고 있던 검이 망가지면서 어쩔 수 없이 썼다거나, 뭐 그런 거 아닐까?"

그 녀석만 유달리 검을 마구잡이로 휘두르고 있었으니까, 그 문장을 보이고 싶지 않았던 것인지도 모른다. 애초에 내 동체시력 앞에선 소용없는 시도였던 것 같지만.

『아멜리아 양과 엘프들에겐 이 얘기를 할 건가?』

"안 할 거야. 증거가 너무 부족한 데다가 억측으로 말하기에는 일이 너무 중대해. 그리고 아멜리아는 일단 왕녀야. 더구나 장래에 엘프족을 다스리는 자리를 이어받을지도 모르니까 말이지."

엘프들에겐 그렇게 말했지만, 분명 나는 이 일에 스스로 관여하게 될 것이다.

『알았다. 나는 주공의 말에 따르기로 하지.』

"고마워, 요루."

왜 수인족의 나라 우르크가 엘프족의 여자와 어린애를 납치하고, 아멜리아를 원하는지는 모르겠다. 하지만 절대 아멜리아는 넘겨주지 않을 것이다.

"그리고 그람이 누구인가 하는 게 문제로군."

『지금 왕의 이름은 그람이 아니었던 것 같다. 분명 재상 중에 그런 이름을 가진 자가 있었던 것 같긴 한데……』

"뭐, 됐어. 오는 자는 박살 내고 가는 자는 거부하지 않을 거야."

『……주공, 말이 좀 바뀐 것 같은 느낌이 든다만……?』

조금 전까지의 날카로웠던 분위기를 벗어나 화기애애하게 얘기를 나누는 두 사람을 멀리서 바라보면서, 아멜리아는 슬쩍 한숨을 쉬었다.

"아키라, 나도 아키라의 힘이 되고 싶어."

일단 붙잡은 보스는 숲에 그대로 풀어 주었다. 내 뒤를 이어 엘프들이 심문했지만 아무런 자백도 하지 않았기 때문이다. 아니, 분명 저 녀석은 아무것도 모를 것이다.

보스처럼 보이기만 했지 검술 실력도 형편없었고, 무엇보다 청색급이 어느 정도의 계급인지 모르지만 도적치고는 계획이 너무 조잡했다.

그리고 엘프 부대를 반으로 나눴다. 하나는 인질을 돌려보내기 위한 안내 겸 호위 담당. 또 하나는 우리의 안내 담당이었다. 조금 전의 일도 있었기 때문인지, 전후좌우를 약간의 빈틈도 없이 엘프족 기사들이 호위해 주고 있었기 때문에 실질적으로 우리는 경계할 필요도 없이 그냥 걷기만 했다.

도중에 지친 아멜리아는 덩치를 크게 키운 요루 위에 올라탔다.

"아키라, 정말 괜찮은 거야? 만약 정말로 길드가 공인한 도적이었으면 보수를 받을 수 있었을 텐데."

입술을 삐죽 내밀며 말하는 아멜리아에게 가볍게 꿀밤을 때려 주었다. 보나마나 그렇게 번 돈으로 맛있는 걸 먹고 싶었던 것이겠지.

"나는 유괴당한 사람을 되찾을 수 있었으니까 그걸로 충분해. 그리고 두 마리 토끼를 쫓다간 한 마리도 못 잡는다는 속담도 있으니까 말이지."

"두 마리 토끼?"

『그게 뭐지?』

고개를 갸웃거리는 아멜리아와 요루에게 그 뜻을 설명해 줬다.

『과연, 주공의 세계에 사는 사람들은 재미있는 말을 사용하는군.』

감탄한 표정으로 팔짱을 끼면서 고개를 끄덕이는 요루와 아멜리아. 그 몸짓이 아저씨 같아서 살짝 웃음이 터졌다.

　"자, 다 왔습니다!"

　선두에서 걷고 있던 윌리엄의 목소리가 울려 퍼지자 일행은 걸음을 멈췄다.

　나무들이 방해가 되어서 많이 보이지는 않았지만, 그다지 쓰이지 않은 것으로 보이는 부두에 커다란 배가 정박되어 있었다.

　참고로 아멜리아와 요루는 눈앞에 펼쳐진 푸른 바다에 정신이 팔려 있었다.

　"아키라 님, 저 배는 엘프족 영토와 수인족 영토를 정기적으로 오가고 있는 '란' 호이며, 지금부터는 저 배를 타 주시기 바랍니다."

　그렇게 말하면서 윌리엄은 엘프족 왕족의 도장이 찍힌 편지를 내밀었다. 수인족의 유일한 항구도시인 우르에서 모험가 길드의 길드 마스터에게 전해 주라고 왕에게 부탁받은 것이라고 했다. 그자가 우리 여행에 도움을 줄 것이라고 한다.

　눈치 빠르게 배려해 주는걸.

　아마도 왕은 이걸로 나에게 진 빚을 갚았다고 생각하고 있겠지만, 안됐군. 인질을 구해 준 건 바로 나란 말이지. 동포들이 돌아와서 기쁘기도 하겠지만, 내게 진 빚이 늘어나서 분하다는 얼굴을 볼 수 없는 것이 불만이로군.

　"저희는 여기까지입니다. 아키라 님, 요루 님, 엘프족도 아닌 당신들에게 나라의 입장에서 이런 말을 하는 것은 분명 허락받을 수 없는 일이겠죠. 하지만 윌리엄 개인의 자격으로 당신들께 부탁하고 싶습니다!"

윌리엄은 눈에 맺힌 눈물을 억지로 참으려하는 듯이 얼굴을 찌푸렸다.

"실례지만 아까 아키라 님과 요루 님이 나누셨던 얘기를 바람 마법을 이용해서 몰래 듣고 말았습니다. 인신매매단의 무기에서 우르크의 문장을 보셨다고요. 그 말이 사실이라고 생각하여 감히 부탁드리건대, 저희의 동포인 여성과 아이들을 부디 데리고 돌아와 주시길 바랍니다!!"

"저, 저도!"

"부탁드립니다!"

머리를 숙이는 엘프들.

엘프족은 기본적으로 다른 종족과는 교류하지 않으며 자존심이 강하다. 머리를 숙이면서 부탁하는 일은 엘프족 입장에선 고문과 다를 것이 없었다. 그런 행동을, 아무리 내가 강하다고 해도 자신들보다 수는 많지만 월등히 뒤떨어지는 인간족에게 한 것이다.

그들의 각오가 눈에 보일 정도로 뚜렷하게 느껴졌다.

"훔쳐 듣다니 좋지 않은 취미를 가지고 있군. ……미안하지만 나도 고향에 몸이 안 좋은 어머니와 여동생을 놔두고 왔어. 갈 길을 서두르자."

"아, 아키라 님!"

슬픈 표정을 짓는 엘프들이 무슨 말을 하기 전에 나는 손을 들어 제지했다.

"하지만 뭐, 내가 가는 길에 너희가 말하는 그 동포라는 자들이 있다면 거둬 주는 것도 나쁘진 않겠지."

분명 그 성에서 나왔을 때의 나라면 절대 하지 않았을 말이다. 아멜리아도 처음 만났을 때와는 많이 달라졌다는 생각이 들었지만, 나도 그런 것 같다.

엘프들의 얼굴이 눈에 확연히 보일 정도로 환해졌다.

"아키라 님, 감사합니다!"

"아멜리아 님도 조심해서 가십시오!"

"부디 몸조심하시기 바랍니다!!"

우리가 배에 타자 엘프들이 그렇게 외치고 있었다. 나는 모습이 보이지 않도록 갑판의 중앙부로 도망쳤고, 아멜리아에게 모든 걸 떠넘겼다.

"다들 몸조심해."

"네!!"

그리하여 배는 출항했다. 작아진 요루는 내 어깨에서 바닷바람을 받으며 만족스러운 표정을 지었다.

『기분이 좋구나, 주공.』

"그러게."

하지만 바닷바람은 쐬고 있으면 끈적끈적해지기 때문에 그다지 좋아지지 않는단 말이지. 오늘은 요루도 공을 들여 씻어야겠군.

"아키라, 할 얘기가 좀 있는데."

"······아멜리아."

무표정으로 내 앞에 선 아멜리아. 아멜리아가 하고 싶은 말이 뭔지 왠지 알 수 있을 것 같았다.

"아키라, 나도······ 뭔가 도울 일이 없을까?"

"없을 거야. 아멜리아가 나설 차례는 아직 멀었어."

"······그렇구나."

아멜리아가 고개를 숙였다. 이전까지의 나라면 분명 그 머리를 쓰다듬어 주었겠지만, 나는 그렇게 하지 않았다.

"아멜리아, 만약 나와 여행을 하는 이유가 다르다면 나와는 같이 가지 않는 게 좋아. 지금도 아직 늦지 않았어. 엘프족의 영토로 돌아가."

"왜 그런, 말을······."

나도 이런 말은 하고 싶지 않다.

슬픈 표정을 지은 아멜리아의 얼굴을 보니 마음이 찢어질 듯 아팠다.

"아멜리아, 엘프족의 일은 내 알 바가 아니야. 나는 내 주위의 사람들만 행복하다면 그걸로 충분하니까."

"그 안에 나는 들어 있지 않은 거야?"

"아니, 이미 들어가 있어."

그렇기 때문에 아멜리아를 납치하려고 한 우르크를 더더욱 용서할 수 없다. 하지만 유괴 사건의 진상을 쫓아서 우르크에 가게 되면 마왕성에 도달하기 위한 시간이 더 걸릴 것이다. 성에 남겨두고 온 용사 일행도 마음에 걸리는데, 이 이상의 문제를

짊어진다면…… 일본에는 언제쯤에나 돌아갈 수 있을까.

한시라도 빨리 일본에 돌아가고 싶은 나와, 아멜리아를 지켜 주고 싶은 내가 마음속에서 서로 엉켜서 싸우고 있는 것이다. 그런 내 심정을 아는지 모르는지 아멜리아는 발꿈치를 들어 올리더니 내 머리를 쓰다듬었다.

"아키라는 아키라가 하고 싶은 대로 하면 돼. 나는 내가 하고 싶은 대로 할게."

"……그렇군."

무조건적으로 내 모든 것을 긍정하며 받아들여 주는 아멜리아를 보면서 쓴웃음을 지었다. 이 녀석은 나에게 너무 다정하다. 그런 말을 하면 나도 아멜리아에게 약하다는 소리를 들을 것 같아서 일부러 말하지 않고 있었다.

『……주공, 나는 상관없다만, 이렇게 많은 사람들이 보는 곳…… 배의 갑판에서 할 행동은 아닌 것 같군.』

요루의 지적을 듣고 놀라서 주변을 바라보니, 갑판에선 우리를 최대한 보지 않으려고 애쓰는 선원들이 작업을 하고 있었다. 우리가 한없이 거치적거리는 모양이었다.

그러고 보니 이 세계의 노동자 계급은 대부분이 인간족이었다. 배에서 작업 중인 선원도, 우릴 습격했던 도적도 인간족. 엘프족과 수인족은 그렇게 차이가 나지 않지만, 인간족은 인구가 훨씬 더 많기 때문에 다른 종족의 영토에까지 돈을 벌기 위해 나가 있는 자들도 적지 않았다. 우리가 보고 온 인간족도 전체로 따지면 극히 일부에 지나지 않는다. 불만스럽게 생각하는 자는 없는 것 같았지만, 인간족의 대우가 다른 종족과 다른 것은 분명한 사실이었다.

제2장 수인족의 영토

Side 오다 아키라

배 안에선 이렇다 할 문제는 일어나지 않았다. 오히려 배에서 내린 뒤에 문제가 우리를 쫓아왔다. 아니, 내가 불러들인 거라고 할까.

"이봐, 거기 있는 꼬맹이. 옆에 있는 엘프 여자를 두고 꺼져라."

"……뭐?"

그렇다. 완전히 잊어버리고 있었던 것이다. 아멜리아가 남들과 비교가 되지 않을 정도의 미모를 지니고 있다는 점과 그 옆에 평범한 얼굴이 나란히 서 있으면 너무나 눈에 띄고 만다는 사실을.

눈 깜짝할 사이에 수인족 남자들에게 포위되었다. 털 때문에 잘 알아볼 수 없었지만 얼굴이 붉은 데다 강렬한 술 냄새가 나는 걸 보면 분명 아침부터 계속 술을 마셨을 것이다.

그리고 그 남자들은 보라는 듯이 목에 모험가 길드의 인식표를 걸고 있었다. 색은 노란색이었다. 장비를 통해 생각해 보면 딱 봐도 전사 파티였다. 노란색은 현재 가장 높은 금색 아래의 아래의 아래 정도 되는 급일까. 밑에서 세면 세 번째이니까 밑에서부터 세는 게 더 빠르겠군.

『세계안』으로도 남자들이 전사 계열의 스킬만 가지고 있다는 것은 이미 확인했다. 잔챙이…… 아니, 엑스트라? 만화에 종종 나오는, 얼굴조차 제대로 그려지지 않는 녀석들이로군.

그건 그렇고, 투박하게 생긴 남자의 고양이 귀랑 꼬리 같은 건 수요도 없는 데다 기분 나쁘다. 적어도 얼굴을 성형수술로 고치거나 고양이 귀랑 꼬리를 떼고 오든지 하라고.

마음속으로 내가 그런 생각을 하고 있다는 것을 모르는 수인족 남자들은 내가 겁을 먹어서 아무 말도 못하는 것이라 여겼는지 천박한 소리로 크게 웃었다.

나는 주위에 들리지 않도록 깊고 깊은 한숨을 쉬었다.

"……하아, 정말 전형적인 전개네. 나도 참 고생이 많다."

"아키라, 내가 처리할까?"

"아냐, 내가 할게."

아멜리아와 처음 만났을 때 생각했던 내용인, 남들 앞에 나오면 주위의 반응이 귀찮아지겠다는 것을 완전히 잊어버리고 있었다.

그러고 보니 미남미녀로만 이뤄진 엘프족은 그렇다 쳐도, 이렇게 많은 평범한 사람들 사이를 걸어 다니는 건 처음일지도 모르겠다.

"이봐, 뭘 계속 꿍얼거리는 거야. 남자에겐 관심이 없거든? 아니면 네가 관심이 있나?"

리더로 보이는 남자가 짜증이 난 듯한 말투로 그렇게 소리쳤다. 참을성이 없으면 손해를 본다고 말해 주고 싶었지만, 방금그 말에는 나도 발끈했다.

"누가 뭐에 관심이 있다고?"

스스로도 입꼬리가 올라가는 것을 알 수 있었다. 요루가 어깨에서 날 말리려고 필사적으로 말을 걸고 있었지만, 나중에 듣기로 하고 무시했다. 자, 이 녀석들을 어떻게 만들어 줄까.

나를 게이 취급하는 것뿐이라면 그나마 넘어가겠지만, 아멜리아를 더러운 눈으로 쳐다보지 마.

"일단 상대해 줄 테니까 죽고 싶은 녀석부터 덤벼라."

"뭐?"

그렇게 말했지만 살기는 전혀 풍기지 않은 나는 암기도 '야토노카미'도 꺼내지 않은 채, 손가락을 까딱거리며 도발했다.

"인간족 꼬맹이가 수인족인 우리에게 이길 수 있다고 말하는거냐?"

"너야말로 도망치겠다면 지금 도망치는 게 좋을걸?"

"엄마 젖이 그리울 나이 아니냐?"

"우리를 적으로 돌렸다간 여러모로 위험해질 텐데?"

이번에는 아멜리아가 움찔하면서 반응했다. 내 어깨 위에서 요루가 한숨을 쉬더니 질린 표정으로 고개를 저었다.

"당신들이야말로 이런 데서 소동을 일으켰다간 좋지 않을 거라고 생각하는데. 그 인식표, 모험가들이지?"

무슨 일인가 싶어서 우리 주위에 웅성거리며 모여들고 있는 일반시민들을 보고 아멜리아가 말했다.

지금까지 잠자코 내 보호를 받고만 있던 아멜리아가 말하자 그 순간 남자들은 술렁거렸다. 아멜리아가 말한 내용이 아니라 그 아름다운 목소리에 반응한 것이었지만.

"이봐, 들었어? 방금 그 목소리."

"그래, 위험한데."

"점점 더 저 꼬맹이에겐 아깝다는 생각이 들었어."

"팔면 얼마나 받을 수 있을 것 같아?"

이 정도면 나는 상당히 많이 참았다고 생각한다. 스스로를 칭찬해 주고 싶을 정도다. 하지만 역시 인내심에는 한계라는 게 존재하는 법이지.

나는 손을 앞으로 내밀었다. 아멜리아는 내가 뭘 하려는지 알아차리고 날 말리기 위해서 손을 뻗었다. 하지만 나는 한발 먼저 그 말을 뱉고 있었다.

"『그림자 마법』 발동."

아아. 미리 말해 두는데, 물론 이런 도시 안에서 『그림자 마법』을 전력으로 발동하진 않는다.

아멜리아의 목소리를 들은 남자 시민들이 짐승 같은 눈으로 아멜리아를 보고 있었지만, 행동으로는 옮기지 않은 만큼 그나마 이 녀석들보다는 낫기 때문이다. 그리고 이제 와서 아멜리아에게 후드를 씌워도, 이렇게까지 눈에 띄고 말았으면 더 이상은 의미가 없다.

그렇다면 내 눈앞에 있는 장애물을 전부 쓰러트리면 그만이다.

『제법이군, 주공.』

"끄아아아아!!"

"젠장! 이게 뭐야!!"

"위험해, 위험하다고! 뗄 수가 없어!"

그림자를 작게 줄인 것을 남자들의 눈에 던져서 맞혔다. 그리고 원격조작으로 그 그림자를 안구에 코팅해 주었다. 즉, 잠시동안 장님으로 만들어 준 것이다.

내 실력을 직접적으로 보여주지는 않았지만, 보는 눈이 있는 사람이라면 내 실력을 충분히 알았을 것이다. 쫓아내기 귀찮게 어중간한 수준으로 강한 녀석들의 간섭은 줄어들겠지.

"호오, 제법이잖아."

갑자기 구경꾼들 사이에서 누군가의 목소리가 들렸다. 인파가 갈라졌고, 술렁거리는 사람들 사이를 한 명의 키가 큰 남자가 천천히 걸어왔다.

저 귀와 꼬리는 표범이려나. 검은 옷을 입은 시원스럽게 생긴 남자였다. 하지만 그 얼굴은 가면 같았고, 표정을 드러낼 때 쓰는 근육이 조금도 움직이지 않았다.

"그, 그 목소리는……!"

"위, 위험해!"

"제, 젠장!!"

"왜 저 사람이 여기에……?!"

구경꾼 남자들의 반응을 보면 아무래도 높은 지위에 있는 사람인 것 같았다. 젊어 보이는데 대단하군.

그리고 위험하다고 자꾸 떠들지 마. 시끄러워.

"우선은 자기소개부터 할까. 나는 항구도시 우르의 모험가 길드를 통괄하는 자로, 이름은 린가라고 한다. 잘 부탁한다, 인간족 소년."

"내 이름은 오다 아키라. 잘 부탁해. 당신이 길드 마스터라면 긴 말은 필요 없겠군. 이건 엘프의 왕이 보내는 편지야."

"호오, 소개장인가. 글을 쓰기 싫어하는 그 녀석이 편지를 다 쓰다니 상당히 중요한 안건인 것 같군."

주위 사람들은 내가 린가를 당신이라고 부르는 것을 듣고 술렁거리고 있었지만, 당사자가 마음에 두는 모습을 보이지 않으니까 나도 신경 쓰지 않았다.

내가 엘프 왕이 보낸 편지를 건네주자, 린가는 그 자리에서 봉투를 열어 읽기 시작했다.

"그렇군, 상당히 흥미진진한 얘기인걸. 그리고 글씨가 악필이야."

"딸 앞에서 그런 말은 하지 마."

아멜리아를 힐끗 봤지만 아멜리아는 딱히 마음에 두지 않는 것 같은 모습이었고, 그보다 린가를 관찰하느라 바쁜 것 같았다.

"흠, 그 인간의 딸이라면 아멜리아 공주인가. 아름다운 아가씨가 위험에 노출될 수 있는 이런 시기에 찾아오다니 제법 심지가 굳군."

"……이런 시기?"

턱에 손을 대고 감탄한 듯이 중얼거리는 말을 듣고 나는 반응했다. 무슨 뜻이지?

"모르고 온 건가. 뭐, 좋아. 이런 곳에서 계속 얘기를 나누기도 좀 그러니까 모험가 길드로 가자고. ……아아, 마침 잘 왔군. 야마토 군, 저기 있는 잔챙이들은 모험가 길드에서 제명한 뒤에 가진 걸 죄다 벗기고 들판에라도 풀어주도록 해."

"알겠습니다."

몸을 돌려 뒤로 돌아선 린가는 뒤늦게 생각이 난 것처럼 아직도 눈을 누르면서 웅크리고 있는 남자들을 차가운 눈으로 내려보다가, 가까이에 있던 청년에게 그렇게 명령했다. 보아하니 모험가 길드에서 일하는 사람이 우연히 근처에 있었던 모양이다.

린가가 걸어가기 시작하자 사람들은 알아서 길을 내 주기 시작했다. 사람들이 린가에게 보내고 있는 시선에 담긴 것은 두려움. 이 사람은 대체 무슨 짓을 한 걸까.

그리고 그와 같은 시선을 요루도 받고 있었는데, 이 녀석도 무슨 짓을 저지른 건가.

"너도 상당한 책사로군."

길드로 가는 도중에, 인기척이 적어진 곳에서 린가가 그렇게 말하면서 나를 봤다.

나는 씨익 웃었다.

"끼어들어 준 덕분에 살았어. 아멜리아는 당분간 안전하겠지."

"응……? 아키라, 그게 무슨 뜻이야?"

눈을 동그랗게 뜨고 있는 아멜리아와 요루. 이 두 사람은 유달리 솔직하다고 할까, 순수하다고 할까. 어쨌든 책략이나 함정 같은 것에는 한없이 둔하다.

나는 두 사람을 위해서 설명해 주려고 했다. 하지만 장소도 장소인지라 설명은 길드에 있는 린가의 방에서 하기로 했다.

뭐, 어디서 누가 듣고 있을지 알 수 없는 데다, 이 세계의 문명은 정보기술이 얼마나 발달했는지도 아직 모른다. 밖이랑 린가의 방 중에서 어느 쪽이 더 엿듣기 어려운지는 모르겠지만, 민중에게 두려움의 대상인 길드 마스터의 방이 그마나 나을 거란 생각이 들었다.

"여기가 모험가 길드야."

그렇게 말하면서 린가는 지극히 평범하며, 들어가기가 망설여지는 지저분한 술집의 문을 열었다.

"헤에."

안으로 들어간 뒤에, 나는 자신도 모르게 소리를 내고 말았다.

모험가 길드 안은 외부의 모습과는 달리 상당히 청결하게 유지되어 있었다. 술집을 개장하여 만들었는지 술집에서 쓰이는 카운터가 있었다. 의뢰는 종이에 인쇄되어 색에 따라 난이도가^{랭크}분류되어 술집 벽에 붙어 있었다.

뭐랄까, 상상했던 모습 그대로의 길드였다.

술집의 기능도 착실하게 겸하고 있는지 테이블에는 모험가로 보이는 몇 명이 의자에 앉아 술을 마시고 있었다. 하지만 린가와 내가 길드에 들어온 순간, 소란스러울 정도는 아니었지만 꽤나 대화 소리가 오가던 길드 안이 조용해졌다. 술을 마시고 있던 모험가들 몇 명은 린가와 요루를 보고는 순식간에 술이 깬 듯한 표정으로 얼굴이 새파래지고 있었다.

그런 모습만 없다면 분위기가 편할 것 같은 공간이었는데.

"기, 길드 마스터! 오늘은 무슨 용건으로 여길……?"

"아아, 마일 군. 이분들은 내 손님이야. 내 방에 사람 수에 맞춰서 마실 걸 갖다주게."

"네, 네! 알겠습니다!!"

강아지 같이 생긴 길드 직원이 카운터에서 나왔고, 린가의 지시를 들은 뒤에 다시 카운터로 돌아갔다.

평범한 인간의 수준을 넘어선 내 청력이 카운터 너머의 대화를 놓치지 않았다.

"하아아, 린가 씨는 정말 무슨 생각을 하고 있는지 알 수가 없다니까."

"뭐, 이번에는 기분이 좋은 것 같으니까 그나마 다행이잖아."

"그래, 맞아. 그리고 좀처럼 나타나지 않는다고 생각하면, 또 이렇게 불쑥 누군가랑 찾아오니까 난감하단 말이지――."

"이번에는 사람 수가 많은 건 물론이고 인간족에 엘프족에 시종마……. 이것 참, 지적할 부분이 너무 많은데."

"애초에 시종마는 누구의 시종마인 거야? 아니, 실제로 존재하긴 했단 말인가."

"엘프 족 아가씨, 귀여웠는데에……. 저런 사람이야말로 여신이라고 하는 거겠지."

"어찌 됐든 상관없는 일이야. 일단은 마일, 이걸 먼저 가지고 가."

"으…… 네—에."

얘기를 들어보면 무슨 생각을 하고 있는지 알 수가 없어서 두렵다는 건가? 다른 사람이 무슨 생각을 하는 건지 알 수 없는 건 평범한 일일 텐데.

"편한 곳에 앉도록 해. 뭐, 서류가 잔뜩 쌓여 있어서 앉을 만한 곳도 거기밖엔 없지만 말이야."

길드 마스터의 방은 카운터 뒤에 있는 계단을 올라간 곳의 왼쪽에 있었다.

가구는 책이 대량으로 들어차 있는 책장과 소파, 책상과 의자 뿐이었다. 사람이 사는 느낌이 느껴지지 않는 그 방에는 소파 이외에 대량의 서류들이 빽빽하게 쌓여 있었다. 침대가 없는 걸 보면 린가가 거주하는 공간이 아니라는 것은 알 수 있었지만, 조금 전에 들었던 것처럼 정말로 여기엔 자주 나타나지 않는 걸까.

그저 정식 입구를 통해 드나드는 모습을 보여주지 않는 게 아닐까? 아니, 그렇다면 왜 그런 짓을……?

"그럼 조금 전에 하다 만 얘기를 계속해 줘."

"아, 응."

소파에 앉은 채 잠자코 생각에 잠겨 있던 나에게, 린가는 그렇게 말하면서 자신의 의자에 앉았다. 나는 조금 전의 그 일을 아직 이해하지 못하고 있는 아멜리아와 요루에게 설명해 주었다.

"내가 날린 마법에는 바늘구멍을 1미터 앞에서 통과해야 할 정도로 섬세한 컨트롤이 필요하다는 건 알고 있겠지?"

마법이 얼마나 어려운지 알고 있는 두 사람은 크게 고개를 끄덕였다.

나는 작게 응축한 『그림자 마법』을 움직이고 있는 대상의 안구에 핀포인트로 맞추는 것도 모자라서, 원격조작으로 덮을 수 있게 펼쳤다.

특히 요루는 변신할 대상을 제대로 상상하지 않으면 마법 자체가 발동하지 않으니까 잘 알고 있을 것이다.

"나는 화려하지 않지만 내 실력을 보여줄 수 있는 기술을 일부러 썼어. 자, 아멜리아 양, 왜 그랬을까요?"

"으음, 화려하게 쓰는 것쯤은 실력이 좀 있는 사람이라면 다들 할 수 있는 거니까?"

뜬금없이 자신에게 묻자, 아멜리아는 갑작스러운 질문에 깜짝 놀랐지만 그래도 제대로 대답을 해 주었다.

"정답이야."

"후후후."

나는 상으로 아멜리아의 머리카락을 잔뜩 쓰다듬어 주었다. 아멜리아는 기쁜 표정으로 볼을 붉혔다.

"그럼 요루, 실력을 보여 주면 우리에겐 어떤 이득이 있을까?"

『……어지간히 배짱이 좋은 자가 아닌 이상, 주공이 있는 동안 우리에게 집적거릴 인간은 없어지겠군.』

반대 손으로 요루의 털을 쓰다듬어 주었다. 양손에 꽃이 아니

라 양손에 털이로군.

"정답이야. 그럼 안 좋은 점은?"

『주공의 실력이 들통 나 버렸군. 만약 조금 전의 그 마법 컨트롤을 보고도 전혀 주눅이 들지 않는 실력자라면 대수롭지 않게 우리에게 시비를 걸겠지.』

나는 요루를 안아 들어 그 털에 얼굴을 묻었다. 그렇다, 그 말이 옳다. 다혈질인 수인족이라면 충분히 있을 수 있는 사태지만, 고려해 본 결과 이러는 게 가장 좋을 것이라 생각했다.

"그리고 나는 린가에게 사람들이 보는 앞에서 엘프 왕의 편지를 건네줌으로써 일부러 아멜리아의 정체를 밝힌 거야."

"왕족이라는 걸 알고 일반인들이 피할 것을 노린 거야?"

"그래."

미리 의논하지 않아서 미안하다고 말하자, 아멜리아는 살짝 미소를 지으면서 천천히 고개를 저었다.

"아키라가 하고 싶은 대로 하면 돼. 나는 무슨 짓을 당해도 괜찮아."

"아멜리아……."

『린가 공, 밖으로 나가 있지 않겠나?』

"아니, 지금부터 무슨 일이 벌어질지 상당히 흥미진진하거든."

갑자기 펼쳐지는 핑크빛 공간을 보면서 요루는 쓴웃음을 지었고, 린가는 조용히 웃었다.

"린가가 개입하게 만든 건 노리고 한 거야?"

"아아, 그건 처음부터 노린 건 아니었어. 우연이지만 눈 덕분에 린가가 길드 마스터라는 걸 알았거든. 이것도 인연인데 개입시켜 보자고 생각했어.”

내가 눈 부근을 톡톡 두들겼더니 아멜리아는 곧바로 납득한 표정을 보여 주었다.

얘기를 이해하지 못한 린가가 입을 삐죽 내밀었다. 예상외의 어린아이 같은 모습을 보고 나는 쓴웃음을 지었다.

“너희가 무슨 얘기를 하고 있는지 나도 알아들을 수 있게 설명해 줘.”

입술을 내밀고 있는 린가에게 나는 『세계안』을 적당히 얼버무려서 설명했다. 아무리 길드 마스터라곤 해도 모든 것은 얘기할 수는 없다. 뭐, 정말로 믿을 수 있는 자인지 아닌지 알게 된 후에 모든 것을 얘기할 생각이다. 그렇게 숨길 일도 아니니까 말이지.

“뭐, 상관없겠지. 우리가 파악해야 할 것은 두 가지뿐이야. 오다아키라, 너는 용사소환으로 이세계에서 불려온 용사인가?”

인간족의 어떤 나라가 용사소환에 성공했다는 소문이 퍼져 있다고 한다. 뭐, 미궁에 들어가기 전에 퍼레이드 같은 소동도 있었으니 당연하려나.

나는 말해도 되는 것인지를 확인하기 위해 요루와 눈빛을 주고받았다.

“……그렇군. 그럼 다음 질문인데.”

나와 요루의 반응을 보고 답을 알아차린 린가는 다음 질문으로 넘어갔다. 포커페이스를 유지해야 했지만 역시 나는 이런 눈치 싸움에는 약하다.

"거기 있는 요루라는 이름의 시종마, 너는 마왕의 오른팔인 블랙캣이지?"

요루가 마왕과 가까운 지위에 있었다는 것은 대충 짐작하고 있었지만 오른팔이었단 말인가. 그렇다면 왜 마왕은 자신의 심복을 내게 넘겨주는 거나 다름없는 짓을 한 것일까. 아니, 하지만 대개는 자신의 부하가 배신할 거라고는 생각하지 않을지도 모르지.

『그 말이 옳다만, 지금의 나는 주공의 부하다. 철없던 젊은 시절처럼 이 나라를 멸망시키겠다는 생각은 하지 않고 있으니까 안심해라.』

이봐, 지금 아무렇지 않게 폭탄발언을 내뱉지 않았어? 설명을 요구합니다.

나와 아멜리아가 놀라서 요루를 보자, 린가가 설명해 주었다.

"거기 있는 시종마는 마물이었던 때 마왕의 오른팔로서 이 나라…… 아니, 이 대륙을 멸망시키려 한 적이 있어. 당시의 용사님이 분투한 덕분에 수인왕이 살고 계시는 성의 일각이 무너지고 도시가 붕괴되는 정도로만 그쳤지만, 많은 희생자가 나왔지. 다시 부흥하긴 했지만 그 이후로 우리는 검은 고양이를 두려워하게 된 거야."

요루를 힐끗 보자, 다른 곳으로 고개를 돌린 채 결코 익숙하다고 할 수 없는 휘파람을 불고 있었다. 이 녀석, 일부러 말하지 않은 건가.

어쩐지 도시의 주민들이 나를 보고 도망을 친다 싶었다. 아까 그 똘마니들은 술에 취해서 알아보지 못했겠지만, 일반시민이 나를 보고 도망치는 모습은 정신적으로 충격을 좀 받았다. 하지만 내가 아니라 내 어깨에 타고 있는 요루를 보고 그랬던 건가.

『마왕님의 명령이었으니까 말이지. 그리고 그때는 전쟁 중이었다. 나는 잘못했다고 생각하지 않으며, 사과할 생각도 없다.』

"알고 있어. 단지 확인하고 싶었을 뿐이야."

외견만 보면 순진무구하게 생긴 요루가 사실은 파괴신이었다는 사실에 아멜리아는 어안이 벙벙한 표정을 짓고 있었다. 아니, 겉모습에 속으면 안 된다. 이 녀석은 만나자마자 드래곤 브레스를 뿜어대는 녀석이었다. 잘 떠올려 봐. 처음 만났을 때는 정말로 파괴신이었잖아.

『아, 주공, 도중부터 염화로 다 들리고 있다만…….』

그런 식으로 생각하고 있었단 말이군. 요루가 그렇게 말하면서 토라지고 말았다.

그 모습을 보면 도저히 마왕의 오른팔이라는 거창한 이름이 붙을 만큼 강해 보이지 않았다.

"역시 시종마와 그 주인이 『염화』라는 스킬로 이어져 있는 건 확실한 모양이군. 귀중한 샘플이야."

샘플, 이라. 문득 시선을 돌려보니 천장에 카메라 같은 게 있었다.

이 세계에 온 지 얼마 되지 않았을 때 본 카메라처럼 악의가 담긴 건 아니었기 때문인지, 그만 못 보고 놓치고 만 것 같다.

"자신의 방에 카메라라니, 경비가 엄중하군."

기껏해야 일개 길드 마스터인데, 그런 것치고는 지나치게 엄중한 것 아닐까.

"여기엔 가끔 수인족에게 가장 소중한 보물을 들여놓을 때가 있지. 그 때문이야."

"……보물이라, 우리에게 그런 말을 해도 되겠어?"

우리가 실은 강도이고, 그 보물을 훔치기 위해 찾아온 것으로는 생각하지 않는 걸까.

그렇게 린가에게 말하자 린가는 곧바로 고개를 저었다.

"생각하지 않아. 만약 강도라면 시종마는 데리고 다니지 않지. 하물며 검은 고양이 모습의 시종마라면 당연히 눈에 띌 테고."

확실히 그 말대로, 눈에 띄는 걸 싫어하는 강도치고 지나칠 정도로 당당하긴 하군. 아멜리아가 있는 시점에서 이미 눈에 띄고 말았지만.

그렇지. 눈에 띈다는 말이 나와서 말인데, 그 반대도 있다.

"너의 그 엑스트라 스킬, 『불간섭』이란 건 혹시 다른 사람이 자신을 전혀 인식하지 못하게 하는 효과가 있나?"

"아까 말했던 눈인가……. 그렇긴 한데, 미리 말해 두자면 나는 근본적으로 문관 체질이야. 더구나 첨단공포증이 있어서 나이프도 제대로 쳐다보지 못하지. 그래서 암살자라는 훌륭한 직업을 내 발로 찬 거야."

포크도 무리지만 젓가락은 괜찮기 때문에 야마토에서 젓가락을 들여왔다고 한다.

나는 린가의 스테이터스 표시를 바라봤다.

확실히 직업란에는 암살자라고 적혀 있었다. 나와 완전히 똑같은 글자. 즉, 동업자라는 뜻이다. 암살자 따위는 조연급도 못 되는 직업, 아주 많이 있으니까 놀랄 일은 아니다. 애초에 암살자처럼 보이는 차림을 하고 돌아다니는 사람은 나 정도이겠지만.

스킬인 『불간섭』은 몰래 이 방에 와서 서류정리를 할 때 사용하고 있다고 한다. 어쩐지 주위에서 그런 이상한 평가를 받는다 싶었다. 만약 다른 동업자가 있었다면, 분명 아까운 재주를 썩히는 짓이라고 말하겠지.

실제로 나도 아주 잠깐 그렇게 생각했다. 하지만 이렇게 사는 것도 그것대로 괜찮겠군. 정말로 첨단공포증이 있다면 최악의 직업으로 태어난 셈이다.

"자, 잡담은 그만하고 슬슬 본론으로 들어가자고."

린가가 그렇게 말하자 방안의 분위기가 한껏 긴장된 것 같은 느낌이 들었다.

본론에 들어가자고 말하면서, 린가는 조금 전에 마일이 가져온 음료를 입에 댔다.

참고로 잔에 담긴 것은 흔히 볼 수 있는 감귤계가 아닌 어떤 과일의 과즙으로 만든 주스였다. 냄새로 짐작해 보자면 포도 종류일까. 나는 마시지 않아서 무슨 맛인지는 모르겠지만, 아멜리아가 맛있게 마시고 있는 것을 보면 왕족의 입맛에 맞을 정도로 맛있는 것 같다.

내가 마실 것에 손을 대고 있지 않다는 것을 알아차리고, 린가는 살짝 눈을 찌푸렸다.

"너희는 뭘 하러 이 대륙으로 건너온 거지?"

날카로운 시선을 유지한 채 질문하는 린가를 보면서, 나는 '야토노카미'를 칼집째 빼낸 뒤에 책상 위에 턱 놓았다.

말없이 눈빛으로 재촉하자, 린가는 그걸 반 정도 뽑았다.

"그렇군, 대장장이를 찾으러 온 건가."

날의 상태를 살펴본 린가는 그걸 원래대로 집어놓고는 다시 책상 위에 놓았다.

"꽤나 명품으로 보이는데, 어쩌다가 이렇게 된 거지?"

명품이면 명품일수록 검은 더욱 단단하고 날카롭다. 그건 당연히 도라고 해도 마찬가지다. 초보자의 눈에도 훌륭하다는 걸 알 수 있는 도를 이렇게 될 때까지 써야 했던 일이 과연 무엇인지를 물었다.

"나는 무슨 일이 있어도 레벨을 100까지 올려야만 해. 그러기 위해서 인간족의 영토에 있는 컨티넨 미궁에 들어가서 마물을 닥치는 대로 쓰러뜨렸더니, 이렇게 되더군."

솔직하게 대답하자 린가가 잠시 굳었다. 요루도 같은 반응이었다.

"……내가 잘못 들었나? 인간족의 영토에 있는 미궁에서 이 검으로 싸웠다고 들렸는데."

"아니, 제대로 들은 게 맞아."

"너는 바보로군."

대놓고 말했다. 그것도 시원스러울 정도로. 내 어깨 위에 있던 요루도 그 말이 옳다는 듯이 고개를 끄덕였다. 일단 요루에겐 딱밤을 한대 먹여 주었다.

"설마 인간족 영토에 있는 미궁이 마법사 전용 훈련장이라는 걸 모르고 들어갔단 말인가? 그렇지 않으면 죽으러 들어갔다가 우연히 살아남은 건가?"

"요루에게 설명을 듣기 전까지는 몰랐어. 우연이랄까, 운도 어느 정도는 내 편을 들어주기도 했겠지만, 대부분은 내 실력과 여기 있는 아멜리아 덕분이야."

딱히 크게 신경 쓰지도 않고 대뜸 말해 버리는 나를 보고, 린가는 한숨을 쉬었다.

"아마도 레벨 100이 되면 받을 수 있는 스페셜 스킬을 노리고 있는 것 같은데, 그런 동화 같은 이야기에 목숨을 걸다니, 정말로 죽고 싶어서 환장했군."

나는 씨익 웃었다.

그렇다. 레벨을 100까지 올린 자에겐 스페셜 스킬이라는, 엑스트라 스킬보다도 더 상위에 존재하는 스킬이 주어진다……는 소문이 있다.

물론 나는 사란 단장으로부터 그 얘기를 들었고, 게다가 그 소문이 사실이라는 걸 알고 있었다. 그리고 반드시 레벨을 100까지 올리겠다고 사란 단장과 약속했던 것이다.

최초이자 최후의 약속을.

"스페셜 스킬은 존재해."

내가 단호하게 주장하자, 린가는 내 얼굴을 빤히 바라봤다.

잠깐 동안 방에는 침묵만이 존재했다.

"……그 표정, 정말로 그렇게 생각하고 있는 것 같군. 아니, 확신하고 있는 건가? 왜지? 이 세상에는 이제 레벨 100을 넘긴 영웅이 없을 텐데."

"아니, 존재했었어. 난 틀림없이 봤어. 레벨을 100까지 올린 자에게 스페셜 스킬이 주어진 것을."

어디서 봤는지는 아직 말할 수 없지만 말이지.

"……흠, 뭐, 좋아. 무슨 곤란한 일이 생기면 부탁하도록 해. 나와 길드가 힘이 되어 줄 테니까."

"그게 정말이야?"

모험가 길드를 나온 뒤에, 인파를 거침없이 헤치고 나가면서 아멜리아가 내게 물었다.

내 어깨에 올라와 있는 요루 덕분에 수인족은 알아서 피해 주었으며, 아멜리아가 왕족이라는 것이 이미 시내 전체에 퍼졌는지 아무도 시비를 걸지 않았다. 내가 노리던 대로 되어서 만만세다. 하지만 이제 슬슬 뒷골목으로 들어가고 싶은데.

아멜리아의 질문은 주어가 없었지만, 무슨 뜻인지는 짐작할 수 있었다. 요루도 어깨에서 재주껏 밸런스를 잡은 채 내 머리에 기대면서 말했다. 이 자세는 귓가에 가슴털이 닿기 때문에 조금 간지럽군.

『주공, 레벨을 100까지 올리면 특전을 받을 수 있다니, 나는 들어본 적이 없는 얘기인데?』

"아아, 마물이었던 요루는 그렇겠지. 아멜리아는 몇 번인가 들어본 적이 있을 거야."

그렇지? 그렇게 묻자, 아멜리아는 어색한 몸짓으로 고개를 끄덕였다.

"옛날이야기로는 들어본 적이 있어. 평범한 스킬 레벨을 MAX까지 올리는 것과 마찬가지로, 도착할 수 있는 자는 일부의 천재뿐이라고. 일반인은 도달할 수 없다고. 99까지 올리는 것조차도 힘들지 모른다고."

그렇다. 그 모든 내용은 보나마나 옛날이야기에나 나오는 내용이었을 것이다. 하지만 그렇지 않았다.

"레벨 100에 특전이 있다는 걸 맨 처음 깨닫게 된 사람은 초대 용사였어. 당시의 마왕과 최후의 전투를 벌이면서 동료는 전멸, 자신도 빈사의 상태에서 마왕이 아닌 최후의 마물을 쓰러트린 덕분에 발현했지. 마왕과 싸우던 중에 개화했고, 무사히 그힘을 써서 해피엔딩을 맞았다고 들었어. 뭐, 용사가 주인공인 이야기에 자주 나오는, 자신의 힘을 몇 배로 올려 주는 한계돌파 스킬 같은 거였대."

하나 더 언급하자면, 그 충격으로 인해 마족 영토인 대륙의 북부 반이 날아가 버렸다고 한다. 엑스트라 스킬인 『그림자 마법』으로도 숲 하나를 소멸시킬 수 있었으니, 그 정도 위력은 충분히 되겠지.

참고로, 숲은 숲이라도 일본에 있는 그런 작은 숲이 아니다. 외국에 있는, 작은 나라 하나가 통째로 들어갈 만한 그런 숲이다. 대륙의 반 정도는 쉽게 날리겠지.

『마물에겐 없단 말인가?』

실망했는지, 아쉬운 목소리로 말하는 요루의 머리를 쓰다듬어 주었다.

아멜리아가 고개를 갸웃거렸다.

"그런 전승 자체가 없었다는 건 마물은 물론이고 마족에게도 그런 특전이 없다는 뜻이 되나?"

"아마 그럴 거야. 뭐, 다른 가능성도 있을 수 있지만⋯⋯."

『다른 가능성?』

나는 뒷골목으로 들어가는 길에서 걸음을 멈췄다.

"마족이 의도적으로 숨겼다는 뜻이야."

어깨 너머로 돌아보니, 사람들 사이에 섞여서 린가가 우리 쪽으로 날카로운 시선을 던지고 있었다. 『불간섭』은 쓰지 않는 것 같았다. 그 스킬도 어떤 제약이 있는 걸까. 그게 아니면 쓰지 않고도 들키지 않는다고 생각하는 걸까.

『왜 그러지, 주군?』

"아니, 아무래도 고양이가 한 마리가 있었던 것 같아."

나는 린가의 수상한 행동을 알아차리지 못한 척했다.

"그러면 방 하나를 드리겠습니다. 아침식사는 어떻게 하시겠습니까?"

"아, 밖에서 사먹을 테니까 필요 없어."

"알겠습니다. 방을 안내해드릴 테니 잠시만 기다려 주십시오."

지금 우리는 여관의 접수처에 서 있었다. 제대로 운영 중인 여관으로 보였기 때문에 우리는 함께 가슴을 쓸어내렸다.

실은 조금 전에 아멜리아가 배가 출출하다고 해서, 근처에 있었던 음식점 같은 곳에 적당히 들어갔었다. 마스터는 고양이 계열의 수인족이었다. 종류로 말하자면 삼색고양이라고 할까. 영국풍의 그럭저럭 세련된 카페 같은 가게였다. 수인족이 먹을 만한 것, 예를 들면 개다래나무 같은 것 이외에도 먹을 것이 있었으며, 인간족 모험가로 보이는 사람도 손님으로 앉아 있는 등 손님도 적당히 있는 것 같았다. 남자인 나보다 잘 먹는 아멜리아가 많은 음식을 주문하다 보니 그곳의 마스터와 친해지게 되었으며, 마스터가 추천할 만한 여관을 물어보고 여기로 찾아온 것이다.

마스터도 거리에서 내가 의도적으로 퍼트린 소문을 알고 있는 것 같았으며, 아멜리아의 정체가 왕족이라는 것을 알고 있는 상태에서 소개해 주었을 것이다. 모험가 길드가 그랬던 것처럼 수인족의 건물은 바깥과 내부가 완전히 반대인 경우가 많으며, 겉으로 보기엔 나쁘지 않지만 내부 분위기랑 서비스는 최악……인 일은 드문 일도 아니라고 한다.

뭐, 제대로 운영하는 가게도 있다고 하며 마스터가 추천한 여관인 '수많은 새'는 1층이 술집으로 되어 있는 청결해 보이는 여관이었고, 어깨가 처진 조류 계열의 수인족인 주인은 좋은 사람이었다.

수인족에게는 두려움의 대상인 요루에게도 그다지 겁을 먹지 않았으며, 아멜리아에게도 그녀의 신분에 맞춰서 적절한 대접을 해 주었다.

"만나서 반가워. 난 하루라고 해. 방으로 안내할게."

안내하겠다면서 처진 어깨의 주인 뒤에서 모습을 보인 사람은 인간족 여자애였다. 더구나 머리카락이 검은색이었는데, 여기에 눈까지 녹색이 아니라 검은색이었다면 완전히 일본인으로 봤을 것이다. 이름도 일본풍이로군. 혹시 일본과 비슷하다는 야마토에서 온 사람일까.

"이 녀석, 이분은 엘프의 왕녀님이란 말이다!!"

활기차며 싹싹하게 인사하는 하루를 처진 어깨의 주인이 당황하면서 타일렀다. 아멜리아가 머리를 숙이려던 주인을 말렸다.

"나는 아직 수인족 왕에게도 인사하지 않고 완전히 몰래 와 있는 상태야. 그렇게까지 극진한 대접을 받을 순 없어."

"하지만……."

석연치 않은 표정을 짓는 주인에게, 아멜리아는 한 가지 제안을 했다.

"그럼 당신이 추천할 수 있는 식당을 가르쳐 줘, 그러면 돼."

"네. 그럼 몇 군데를 리스트로 작성해서 방으로 보내드리겠습니다."

아멜리아는 고개를 끄덕인 뒤에 하루에게 안내를 부탁했다. 하루는 아까와는 완전히 다르게 진지한 표정으로 우리를 안내 했다.

"이쪽으로 따라와 주십시오."

하루는 식사를 하기 위한 용도의 넓은 방을 안내하다가, 딱 봐 도 특실로 분류될 만한 큰 방 앞에 멈춰 섰다.

"여기가 아멜리아 님의 방입니다——. 만일의 경우를 대비한 비상출구는 여기. 요청하실 게 있으면 거기 있는 벨을 울려 주 세요."

우리가 안내받은 곳은 아마도 이 여관에서 가장 안전하면서 청결한 방일 것이다.

레이티스 성의 방보다는 못하지만, 상당히 좋은 방이었다.

방의 한가운데엔 커다란 침대가 두 개 있었다. 오랜만의 침대 로군.

"아, 벽은 완전히 방음이 되는지라, 밤에도 소리를 신경 쓰지 않고 즐기실 수 있어요——."

마지막으로 그 말을 남긴 뒤에, 하루는 돌아갔다.

저 녀석, 처진 어깨의 주인 앞에선 존댓말을 제대로 쓰더니, 다시 원래대로 돌아갔잖아. 반성하는 기색이 전혀 없군.

남겨진 우리가 방으로 들어가려고 하자, 요루가 내 귀에 대고 넌지시 말했다.

『……주공, 나는 분위기를 파악할 줄 아는 마물이므로, 밤에 는 눈치껏 나가 있을 테니 안심해라. 아, 염화로 몰래 엿듣는 눈치 없는 짓도 하지 않겠다.』

"요루, 내가 아멜리아에게 그런 짓을 할 거라고 생각해?"

『그렇진 않지만, 차려진 밥상을 마다할 남자는 없다는 말이 있으니까 말이지.』

"어디서 배운 거야, 그런 말은."

『마왕님이 하시던 말씀이다.』

"아직 만나 보지도 못했지만, 마왕에 대한 이미지가 마구 하락하는군."

요루의 입에서 나온 말을 듣고 나도 모르게 움찔하고 놀랐지만, 당사자 본인은 자랑스러운 표정을 짓고 있었다.

아무것도 하지 않았는데 벌써 피곤했다.

요루를 쓰다듬으면서 둘이서 대화를 나누고 있으려니, 아멜리아가 눈앞에 불쑥 나타났다.

"둘이서 뭘 소곤거리고 있는 거야?"

"『아무것도 아냐.』"

싱크로나이즈드 스위밍 선수도 깜짝 놀랄 만큼 정확한 호흡으로 동시에 대답하자, 아멜리아는 "흐—응."하고 납득이 되지 않는 표정을 지었지만, 물러나 주었다.

나와 요루는 한숨을 내쉬었다. 앞으로는 이런 '대화'는 염화로 하자.

그렇게 결의하면서, 그렇게 많지는 않은 짐을 풀기 시작하는 아멜리아 옆에서 마찬가지로 짐을 정리했다.

"……아키라에게라면 먹혀도 괜찮은데 말이지."

옆에서 아멜리아가 그렇게 중얼거리고 있던 것을, 나는 몰랐다.

"아멜리아, 맛있어?"

"응!"

"그렇구나."

입안에 가득히 음식을 넣은 아멜리아를 보면서, 나는 내 입꼬리가 올라가는 것을 느꼈다. 잘 먹는 네가 좋다는 말을 들은 적이 있는데, 이럴 때 쓰는 말이라는 생각이 아멜리아가 먹고 있는 걸 볼 때마다 들었다.

나도 구운 고기를 입에 넣었다. 무슨 고기인지는 모르겠지만 식감은 닭고기였다. 특제 소스도 맛있었고, 미궁에선 접해 보지 않은 맛이었다.

내 옆에서 요루가 뭔지 모를 식물을 우적우적 먹고 있었다. 보라색이었지만 본인이 아무렇지 않게 먹고 있으니까 아마도 먹을 수 있는 것이겠지.

노점의 음식으로 배를 채운 우리는 산책을 즐기는 기분으로 설렁설렁 걸으면서 여관으로 돌아왔다.

방으로 돌아온 뒤에, 침대에 누워 뒹굴면서 오랜 여행으로 쌓인 피로를 풀었다. 이렇게 늘어지게 있을 수 있는 것은 소환된 이후로…… 아니, 최근 들어 몇 년 만일지도 모르겠다.

일단 방을 구석구석 조사하며 마력을 이용해 뭔가가 설치되지 않았는지 살펴봤지만, 아무것도 없었다. 이쪽 세계에 온 뒤로 죽을 뻔하거나 살해당할 뻔한 일이 많았기 때문에 지나치게 신경질적이 된 건지도 모르겠군.

이 세계라면 기본적으로 이 정도의 경계는 필요하겠지만…….

"남은 건 그 길드 마스터의 귀찮은 스킬을 어떻게 해결하느냐 하는 거겠지……. 적이 되면 위험해."

만약 이 이야기를 듣고 있었다고 해도 감지할 수 없다. 『기척 은폐』를 레벨 MAX로 가지고 있는 내가 하는 이런 말을 하는 것도 웃기지만, 자신의 존재를 인식하지 못하게 하는 스킬이란 게 어떻게 있을 수 있느냐 말이지…….

요루는 어딘가 가고 싶은 곳이 있었는지, 저녁식사를 같이 한 뒤에 헤어졌다.

가고 싶은 곳이라니, 아는 사람이라도 있는 걸까?

왕족을 묵도록 안내한 방이니만큼 침대는 푹신했고 아주 편안했다. 그래서 뭔가를 생각하는 것조차도 귀찮아졌다.

미궁에 들어간 이후로 계속 딱딱한 잠자리에서 자고 있었기 때문에 더더욱 그런 생각이 들었다. 아멜리아도 옆 침대에서 꾸벅꾸벅 졸고 있었다. 나도 아멜리아도 잠옷으로 갈아입고 잘 준비를 완벽히 해둔 상태였다.

그러고 보니 헤어질 때 요루가 엄지를 들어 보였는데, 그 녀석, 아직도 내가 아멜리아를 덮칠 거라 생각하고 있는 건가…….

분명 이런 미소녀를 품에 안는 것은 모든 남자들의 로망이겠지. 하지만 나와 아멜리아는 외모 차이가 너무 나는 데다, 나도 그런 경험은 없다. 저쪽 세계에선 살아가기 위해 돈을 버느라 정신이 없었고 매일 밤늦게까지 아르바이트를 했기 때문에 여자 친구 같은 걸 사귈 시간적 여유도 없었으며, 있다고 해도 우리 집에는 늘 어머니가 계시기 때문에 그런 짓은 하지 못했을 거라 생각한다. 뭐, 할 상대도 할 마음도 없었지만 말이지.

그런 생각에 깊이 빠져 있었기 때문에, 아멜리아가 일어나서 내 옆에 누운 것을 미처 알아차리지 못했다. 역시 긴장이 풀려 있었던 모양이다.

"……아키라. 무슨 생각해?"

"아, 응. 그 길드 마스터에 대해서 생각 중이었어."

졸린 눈을 비비면서 아멜리아가 내 얼굴을 들여다봤다.

아주 조금이지만 가슴이 두근거렸다.

"스킬 『무간섭』 말이야?"

"『불간섭』이야. 너무나도 성가신 스킬이라니까."

고양이처럼 내게 몸을 붙인 아멜리아의 머리를 쓰다듬어 주었다. 아멜리아는 마치 고로롱거리면서 울기라도 할 것 같은 표정으로 내게 더욱 밀착했다.

"……이건 다른 얘기인데 말이지, 아키라. 나, 맛있어 보이지 않아?"

한순간 머릿속이 정지되었다. 으응?

"그게 무슨 뜻이야?"

나도 모르게 몸을 일으키면서 그렇게 묻자, 아멜리아는 입을 삐죽 내밀면서 누운 채 나를 쳐다봤다.

"그도 그럴 게, 이렇게 가까이 있는데 아키라는 나를 덮치지 않는걸. 난 매력이 없는 걸까."

풀이 죽은 모습으로 슬픈 표정을 짓는 아멜리아를 보면서 나는 아연실색했다. 설마 아멜리아의 입에서 그런 말이 나올 줄은 몰랐다. 나는 이마를 짚으면서 한숨을 쉬었다.

"매력이 없냐고? 설마. 매력이 너무 넘쳐서 같이 있는 게 힘들 지경이야."

무의식적으로 입에서 본심이 흘러나왔다. 아멜리아는 조용히 눈을 크게 떴다. 내가 지금 대체 무슨 소리를 하는 거람.

어울리지도 않게 얼굴에 열기가 몰려들고 있는 것이 느껴졌다. 더 이상 아멜리아를 직시하지 못하고 등을 돌렸다.

"후후후. 그럼 됐어."

아멜리아는 아마도 귀 끝까지 새빨개져 있을 날 보고 웃으면서 뒤에서 끌어안았다. 등에 부드러운 것이 닿으면서 눌리고 있었다. 그리고 내 뒤에서 귀에 대고 속삭였다.

"아키라가 먹고 싶을 때 먹어도 돼."

"~~~큭."

아아, 여자의 손바닥 위에서 놀아나는 남자라니, 정말 한심하네. 하지만 이것만큼은 양보할 수 없었다. 나는 고개만 뒤로 돌려서 아멜리아의 볼에 입을 맞췄다.

"마왕이 날 보자고 한 일이 끝나면 마음껏 안아 주겠어. 각오해 두라고."

"응!"

최대한 위압적으로 말할 생각이었지만, 아멜리아는 볼을 붉히면서 기운차게 대답할 뿐이었다.

"좋아, 그만 자자. 내일부턴 '야토노카미'를 수리해 줄 대장장이를 찾으러 가야 하니까."

몸을 빙글 돌려서 아멜리아와 마주 보는 자세로 누웠다. 아멜리아는 이미 나에게 몸을 붙인 상태로 꾸벅꾸벅 졸고 있었다. 그러고 보니 아까부터 계속 졸렸다는 생각이 났다. 둘이서 서로 안은 채 침대에 몸을 깊이 뉘었다.

잠기운에 몽롱해진 의식 속에서, 행복해 보이는 아멜리아의 볼에 한 번 더 살짝 입을 맞췄다.

"잘 자, 아멜리아."

Side 요루

『주공, 지금 막 다녀왔다. ……?』

그리고 몇 시간 뒤, 가보고 싶었던 장소에서 돌아온 나는 이불이 유달리 솟아오른 주공의 침대와 사람이 없는 아멜리아 양의 침대를 보면서 고개를 갸웃거렸다.

소등시간은 이미 한참 전에 지났기 때문에 컴컴했지만, 지금은 고양이 모습을 하고 있는 나에겐 관계가 없었다.

대낮처럼 훤하게 보이는 시야 속에서, 천천히 침대로 다가가 이불을 젖혔다. 그리고 소리가 나오지 않게 조심하면서 웃었다.

『호오, 이것 참…… 다행이로군, 아멜리아 양.』

그 자리에는 서로를 안은 채 자고 있는 주공과 아멜리아 양이 있었다. 옷이 전혀 흐트러지지 않은 걸 보면 일선은 넘지 않았다는 것을 알 수 있지만, 아멜리아 양이 주공 때문에 고민하고 있었던 걸 아는 나는 행복해 보이는 아멜리아의 얼굴을 보고 부드럽게 미소 지었다.

이불을 다시 원래대로 덮어 준 뒤에, 나는 비어 있는 또 하나의 침대에 누웠다. 작은 몸이라면 남은 침대의 면적이 아까우니 일부러 침대 크기에 맞춰서 내 몸의 사이즈를 조절했다.

『……잘 자라, 주공, 아멜리아 양. 내일부턴 바빠지게 될 테니까.』

내일 만나러 갈 인물을 생각하면서 그렇게 중얼거린 뒤에, 나는 조용히 눈을 감았다.

Side 오다 아키라

아침에 눈을 뜨자, 눈앞에 미소녀가 있었다.

몇 초 정도 굳었다가 겨우 지금의 상황을 이해했다. 그리고 보니 어제 아멜리아를 안은 채로 잠이 들었었지. 푹신푹신한 침대에, 여자애의 부드러운 감촉에, 눈앞에는 완벽한 미소녀.

이곳은 천국인가? 아니, 오히려 움직일 수가 없으니까 지옥인가?

그런 생각을 하면서 고민하고 있으려니 안쪽에 있는 침대가 삐걱거렸다. 아주 살짝 몸을 들어서 아멜리아의 건너편을 들여다보니, 거대하게 변한 요루가 일어나고 있었다.

『…….』

아침에 약한 요루는 이마에 주름을 잔뜩 잡은 채 일어나면서 크게 하품을 했다. 그리고 내 뒤로 돌아오더니, 옷을 물고 질질 잡아당기기 시작했다.

"아, 잠깐, 요루?"

나는 아멜리아를 깨우지 않도록 조심하면서 팔을 푼 뒤에 아멜리아로부터 떨어졌다. 요루는 날 침대에서 끌어 내리더니 말없이 옷을 벗기려고 했다.

나는 고개를 갸웃거리면서도 요루가 재촉하는 대로 잠옷을 벗고 다른 옷으로 갈아입었다. 내가 옷을 갈아입자 뒤이어서 아멜리아도 깨워 옷을 갈아입게 했다.

"요루, 왜 그러는 거야?"

옷을 갈아입는 중인 아멜리아로부터 시선을 돌리면서 요루의 얼굴을 보자, 요루는 하품을 한 번 한 뒤에야 겨우 입을 열었다.

『어젯밤에 내가 아는 대장장이를 찾아갔다. 지금부터 이리 올 것이다.』

그렇게만 말하더니, 자신은 나른한 표정을 지으면서 침대로 돌아갔다. 우리는 당황한 채 서로의 얼굴을 바라봤다.

"지금부터 올 거라니, 그걸 어떻게 아는데?"

우리가 함께 고개를 갸웃거리고 있으려니, 똑똑 하고 문을 노크하는 소리가 났다. 아니, 상당히 힘차게 두들겼으니까 정확하게 말하자면 탕탕이라는 소리에 가까울지도 모르겠다.

"……들어오세요."

일단 암기를 손에 숨긴 뒤에 대답하자, 하루와 하루를 따라 온 검은 고양이 수인이 들어왔다. 남의 말을 할 입장은 아니지만 상당히 눈매가 사나운 남자였다.

일반적으로 대장장이가 어떤 복장을 하고 있는지는 모르겠지만, 거리에서 자주 보이던 수인족의 남자 옷에 소매가 없는 버전인 것 같은 복장이었다.

"대장장이인 크로우 씨야. 시종마님의 친구라고 해서 일단은 신체검사를 한 뒤에 데려왔어."

크로우라는 수인은 침대에 누워 있는 요루를 한 번 보더니, 그다음은 나와 아멜리아의 몸을 샅샅이 조사하듯이 바라봤다. 하지만 신기하게도 그 시선에서 불쾌한 기분은 느껴지지 않았다.

"아, 응. 고마워, 하루."

편히 있다 가시라는 말을 남기고 하루는 방을 나갔다.

완전히 하루가 멀어지기를 기다렸다가 크로우가 입을 열었다.

"실력은 괜찮은 것 같지만 정신적인 면에선 아직 어린애로군. 그쪽 엘프는 더 말할 필요도 없겠고. '아들레아의 악몽'이라고 불리던 저 마물이 이런 녀석들을 따를 리가 없을 텐데."

입을 열자 일부러 기분을 상하게 하려는 건가 하는 의문이 들 정도로 가시가 돋친 말들을 줄줄이 토해냈다. 하지만 나는 그것보다 더 마음에 걸리는 게 있었다.

'아들레아의 악몽'? 아들레아라면 분명 수인족 영토의 수도였을 텐데.

『주공, 이렇게 보여도 이 녀석은 아마 이 세상에서 제일가는 대장장이일 거다. 성격에 문제가 있어서 좀처럼 손님이 찾아오지 않지만 말이지. 실력은 내가 보증하겠다.』

침대에 누운 채 벽 쪽을 보면서 요루가 중얼거리듯이 말했다.

나는 그 말을 듣고 '아아.' 하고 납득했다. 용사도 그랬던 것처럼 천재는 거의 성격에 문제가 있으니까 말이지.

"설명해 줘서 고맙군. '아들레아의 악몽'이 그렇게까지 말해주면 역시 쑥스럽긴 하지만."

쑥스러운 표정은 전혀 없었지만 기쁜 것은 사실이었는지 꼬리가 아주 살짝 올라갔다. 그렇군, 이자는 츤데레인가.

"만나서 반가워. 나는 오다 아키라. 여기 있는 하이엘프는 아멜리아라고 해."

나의 소개를 듣고 크로우는 아주 약간 고개를 끄덕인 뒤에 손을 내밀었다. 무슨 뜻인지 몰라서 고개를 갸웃거리자 짜증이 난 표정으로 크로우는 강한 말투로 말했다.

"내가 고쳐 주길 바라는 무기를 내놔라."

무슨 뜻인지 이해하고 고개를 끄덕인 뒤에 나는 '야토노카미'를 꺼냈다. '야토노카미'를 본 순간, 크로우의 눈이 순간적으로 커졌다.

나는 그걸 알아차리지 못하고 크로우의 손에 칼집째로 칼을 놓았다.

"……흥. 손질은 게을리하지 않은 것 같지만, 망가지는 속도를 따라가질 못했군. 혹시 컨티넨 미궁에라도 들어가서 혹사시킨 건가?"

한 번 보기만 했는데도 정확히 지적하는 그 관찰력에 감탄했는지 아멜리아가 탄성을 지르고 있었다.

"고칠 수 있을까?"

내가 묻자 크로우는 고개를 저었다. 마치 어이가 없다는 듯이.

"날 뭐로 보고 그런 질문을 하는 거지? 하지만 재료를 모으려면 고생을 좀 하겠군."

칼을 옆에서 보거나 두들겨 보기도 하고, 태양에도 비춰 보면서 지그시 관찰하고 있는 크로우의 말에, 요루가 다시 설명을 추가해 줬다.

『그 녀석은 수리만 할 뿐이고, 수리에 필요한 재료랑 돈은 전부 우리가 내야만 한다. 자금은 마물을 사냥하여 번다고 쳐도, 재료 문제는 조금 골치가 아플 것이야.』

그렇구나 하고 생각하면서 고개를 끄덕인 후 크로우 쪽으로 시선을 돌리자, 마침 칼을 해체하는 중이었다. 그는 코등이와 손잡이 같은 부분을 휙 던져서 돌려주었다.

"그것들은 필요 없다. 날만 내가 맡아두도록 하지. 재료 리스트는 거기 있는 마물에게 전달해 놓았다."

그 말만 하고 방을 나가는 크로우를 아멜리아가 쫓아가기 시작했다.

Side 아멜리아 로즈쿼츠

"잠깐만!"

빠른 걸음으로 여관 밖으로 나간 크로우의 손을 잡았다. 크로우는 한숨을 쉬면서 멈춰 섰다.

"엘프 왕녀, 무슨 볼일이지?"

나는 그 눈을 보면서 숨을 죽였다. 상대를 쏘아 죽일 것 같은 그 눈빛은 평범한 대장장이의 것이 아니었다. 아키라처럼 몇 번이나 사선을 빠져나와 살아남은 눈이다.

"……확인해 보고 싶은 게 있어."

고개를 숙인 채 목소리를 겨우 짜낸 나를 보고, 크로우는 고개를 갸웃거렸다.

크로우가 손에 든 '야토노카미'의 날은 반 정도가 흰 천에 싸여 있는지라 흑과 백의 콘트라스트가 시선을 끌었다.

"당신, 혹시 선대 용사님의 파티 멤버이지 않았……."

선대 용사의 파티 멤버는 마왕의 토벌에 실패했고, 용사와 수인족 대표만 돌아왔다. 인간족과 엘프족은 마왕이 거의 토벌되기 직전에 버티지 못하고 쓰러지고 말았다는 얘기가 전해진다.

한층 더 날카로워진 크로우의 시선을 버티지 못하게 된 나는 도중에 입을 다물었다.

"그래서?"

크로우의 차가운 시선을 겨우 참으면서, 고개를 들고 크로우의 눈을 똑바로 바라봤다.

"싸우는 법을 가르쳐 주면 좋겠어."

Side 오다 아키라

아멜리아가 나간 뒤 요루가 느릿느릿 침대에서 일어났다.

『주공, 쫓아가지 않아도 되겠나?』

나는 날이 없는 '야토노카미'의 검은 칼집과 손잡이, 코등이를 상의 주머니에 넣었다. 여기에 넣어두면 빼앗길 염려도 없고 소매치기라도 당하지 않는 한 안전하다. 뭐, 이걸 훔쳐낸다 하더라도 날이 없는 한 가치는 없겠지만 말이지.

"아멜리아에게도 아멜리아 나름대로 생각이 있어."

암기 개수와 예리도를 확인하고 다양한 곳에 집어넣었다.

요루는 사이즈를 작게 줄인 뒤에 내 어깨에 올라탔다. 한 장의 종이가 내 손바닥 위에 팔랑거리면서 떨어졌다. '야토노카미'의 수리에 필요한 재료가 적혀 있었다.

"우리는 우리가 할 일을 하자고. 나는 '야토노카미'를 고치기 위한 자금과 재료를 모을게. ……요루는 아멜리아를 따라가 줘."

나와 함께 행동할 마음을 단단히 먹고 있었던 요루는 어깨 위에서 휘청거렸지만 재주껏 중심을 잡고 떨어졌다.

『주공, 누가 봐도 지금은 시종마와 주인의 모험이 시작되는 장면이지 않은가?』

나는 요루의 목덜미를 잡고 내 얼굴 앞까지 들어 올렸다. 얼마 전에 우연히 깨달은 것이지만, 고양이 모습을 하고 있을 때는 평범한 고양이처럼 이렇게 잡으면 힘이 빠지는 모양이다. 드래곤일 땐 이곳에 역린이 있겠지.

"나와 넌 어디에 있어도 서로 이어져 있지만 아멜리아는 그렇지 않아. 그리고 마물이라면 이 수인족의 미궁에 들어가면 한 방에 사냥할 수 있는 데다 나 혼자로도 충분해. 다행히도 미궁은 이 도시에 있어."

요루는 입을 삐죽 내밀었다. 내가 하고 싶은 말이 뭔지 이해한 것 같았다.

"아멜리아가 만족할 때까지 곁에 있어 줘. ……이 대륙에 들어온 뒤부터 뭔가 불안한 예감이 자꾸 드니까 말이지. 그리고 저녁식사 시간까지는 돌아오라고도 전해 주고."

요루의 금색 눈이 나를 말없이 바라보다가 바로 닫혔다.

『주공의 분부대로 하지.』

나는 요루를 내려놓은 뒤에 여관을 나왔다. 요루는 아멜리아의 냄새를 따라서 반대방향으로 이동했다. 나는 거기서 그대로 모험가 길드를 찾아갔다.

이 대륙의 미궁에 들어가려면 길드에 가입하는 절차와 미궁의 수준에 맞는 실력이 필요하다고 한다. 처진 어깨의 새 수인족 주인이 그렇게 가르쳐 주었다. 컨티넨 미궁은 그런 게 필요 없었는데 말이지. 왜일까.

아멜리아와 요루가 없을 때의 나는 역시 그렇게 눈에 띄지 않았으며, 일절 주목을 받는 일이 없었다. ……내 입으로 이런 말을 하는 건 좀 그렇지만, 조금 슬프군. 들키면 들키는 대로 귀찮아지지만.

모험가 길드의 장소는 공교롭게도 기억하지 못했지만, 갑옷을 입은 모험가들이 걷고 있는 방향으로 가봤더니 어느새 도착했다. 이것도 엑스트라 스킬인 『행운』 덕분일지도 모르겠다.

　모험가 길드에 들어가니, 린가와 함께 왔을 때와는 달리 주점은 활기가 넘쳤으며, 색에 따라 다르게 설치된 의뢰표 앞에는 수많은 모험가들이 북적거리고 있었다.

　그리고 술 냄새가 심하다.

　"실례합니다, 등록은 어디서 하면 되나요?"

　최대한 정중한 말투로, 처음 왔을 때 우리에게 음료수를 갖다 준 마일이라는 길드 직원에게 물어봤다. 린가는 필요한 게 있으면 자신에게 부탁하라고 했지만 아직은 쉽게 신용할 수 없다. 그자에겐 그다지 빚을 만들지 않는 게 좋을 것 같았다.

　"아, 등록은 여기서 하셔도 돼요."

　내 얼굴을 힐끗 보고도 아무런 반응을 보이지 않는다는 것은, 역시 기억하지 못하고 있다는 뜻이로군. 뭐, 암살자라는 직업으로 볼 때 더 바랄 게 없는 일이지만, 한 명의 인간으로선 만난 적이 있는 사람이 자신을 잊어버렸다는 것은 역시 슬픈 기분이 든다.

　더구나 이 마일이라는 직원을 만났을 때는 길드 마스터가 같이 있었기 때문에 상당히 강렬한 인상을 받았을 것이 틀림없다. 그런데도 기억을 하지 못하고 있었다. 정말 기쁘네, 빌어먹을.

　"글자는 쓰실 줄 아나요? 대필도 가능합니다만."

　내 속마음도 모른 채, 마일은 한 장의 종이와 펜으로 보이는 작

대기를 내밀었다.

"아뇨, 괜찮습니다. 이름과 직업과 종족만 적으면 되는 건가요?"

마일이 고개를 끄덕이는 것을 확인하고, 나는 필요한 사항을 그 종이에 적었다.

"……네, 이걸로 등록은 완료됐습니다. 이게 맨 처음의 랭크인 회색 랭크의 인식표입니다. 랭크는 금색, 은색, 적색, 황색, 청색, 회색으로 구분되죠. 일단 신분증이 되는 것이니까 잃어버리지 않도록 늘 목에 걸고 있으세요."

회색의 플레이트와 내 정보가 적힌 플레이트가 걸린 체인을 목에 건 뒤에 옷 안에 집어넣었다.

"곧바로 랭크를 올리려면 어떻게 하면 될까요?"

듣자 하니 이 도시에선 미궁에 들어가는 것을 랭크로 규제한다고 한다. 최소한 황색 랭크는 되지 않으면 들어갈 수 없다고. 지금의 나는 회색이며 다음이 청색, 또 그다음은 황색이니까 앞으로 두 랭크는 올려야 한다.

"아아, 미궁에 들어가려고 온 건가요? 미리 말해 두겠습니다만, 그 미궁의 마물들은 인간족의 미궁이나 엘프족의 미궁처럼 명확한 약점이 없으며, 물리공격에 약하기도 하고 마법공격에 약하기도 하는 등 제각각 다르거든요?"

그렇기 때문에 더더욱 임기응변으로 대응할 수 있는 스킬을 갈고닦아야 하지만, 일반인은 그 정도로 공격 수단의 폭이 넓지 않으므로 하나에 집중하는 스타일이 더 좋을지도 모른다.

"괜찮습니다. 이래 봬도 실력에는 자신이 있으니까요."

내 얼굴을 한동안 빤히 바라본 후 마일은 깊게 한숨을 쉬었다.

"그렇게 말한 초보 모험가 중에서 대체 몇 명이나 첫 모험에서 목숨을 잃었는지……. 일단 이 모험가 길드에서 매너와 규칙을 배우세요. 얘기는 그다음입니다."

빨리 랭크를 올리고 미궁에 들어가고 싶었지만, 나는 어쩔 수 없이 씁쓸한 표정으로 고개를 끄덕였다.

Side 아멜리아 로즈쿼츠

지면을 잔뜩 채우고 있는 붉은 잎이 마치 카펫처럼 깔려 있는 길을 두 명과 한 마리가 말없이 걷는다. 애초에 한 마리는 걷고 있는 게 아니라 어깨 위에 올라와 있지만.

"……그래서? 어디까지 따라올 생각이지?"

크로우는 멋대로 옆에서 걷고 있는 나를 보지도 않고 말했다.

"당신이 고개를 끄덕여 줄 때까지."

나도 크로우의 얼굴을 보지 않고 대답했다. 크로우는 콧방귀를 뀌면서 웃었다.

"그럼 포기해라. 나는 제자를 둘 생각도, 기술을 다른 자에게 가르칠 생각도 없다. 애초에 공주님이 바란다고 해서 습득할 수 있을 만큼 만만한 기술이 아니야."

하지만, 생긴 것과는 달리 완고한 구석이 있다는 말을 자주 듣는 나는 그 정도로는 물러나지 않는다.

요루는 찰싹 하고 꼬리를 흔들었다.

"그 정도 각오는 해야지. 아키라를 쫓아가기 위해선 그에 걸맞은 노력을 하는 건 당연한 법이야."

크로우는 고개를 저으면서 걷는 속도를 높였다. 물론 나도 그를 뒤따랐다.

"……마물. 어떻게 해야 이 녀석이 포기하지?"

한동안 걸은 뒤, 끈질기게 구는 나에게 질렸는지 크로우는 드디어 요루를 봤다. 요루는 조금 전의 크로우처럼 콧방귀를 뀌면서 웃으며 대답했다.

『포기해라. 아멜리아 양의 포기를 모르는 근성과 위장 크기는 세계 제일이니까.』

그 말을 듣고 나서야 겨우 크로우는 멈춰 섰다.

"옛날에 나는 다른 자들이 그랬던 것처럼 제자를 두고 기술을 가르치려고 했었다. 누구 할 것 없이 죄다 정신이 망가져서 내 곁을 떠났지만 말이지."

나는 '그게 어쨌다는 거야?' 라고 말하는 듯한 표정으로 고개를 갸웃거렸다.

"나는 강해. 은색 랭크의 모험가이기도 하고. 종족의 대표로 선발된 당신보다는 약할지도 모르지만."

고개를 숙이면서 중얼거리듯이 나는 담담하게 말했다. 크로우는 그 옆얼굴을 노려봤다.

"당연하지. 이 세계는 강한 자만 살아남게 되어 있다. 공주님의 역량으론 도달하지 못하는 영역이 있다는 걸 알아둬."

바람이 불면서, 내 흰 머리카락과 붉은 잎이 공중에 흩날렸다. 그 환상적인 광경을 요루는 그저 방관하고 있었다.

주인인 아키라로부터 받은 사명은 내 곁에 붙어 있으라는 것으로 짐작된다. 끼어들거나 잔소리를 할 생각은 처음부터 없었을 것이다.

"약한 존재에게도 기사회생의 기회는 있어. 그 기회를 확실히 움켜쥐기 위해 싸우는 거야. 아키라는 스스로의 손으로 그걸 붙잡았어. 이번에는 내 차례야. 나는 아키라와 함께 살아가기 위해서, 아키라와 나란히 설 수 있을 정도로 강해져야 해. 그러니까——."

손을 꼭 움켜쥐었다.

"나에게 당신의 기술…… 아니, 초대 용사의 기술을 가르쳐 줬으면 좋겠어."

Side 오다 아키라

"……뭐, 대충 얘기하면 이 정도일까요."

마일은 길드 안에서 지켜야 할 매너라는 이름의 일반상식을 술술 얘기한 뒤에, 내 얼굴을 봤다. 내용은 정말로 흔한 것이었는데, 자신이 잘못했을 때는 확실히 사과한다는 것이나 무전취식 금지 등의 당연한 것도 포함되어 있었다.

"결투 제도가 있군요."

나는 가장 신경이 쓰이는 것을 언급했다.

마일은 조금 난감한 표정을 지으면서 웃었다.

"네. 해마다 수가 늘어나고 있으며, 지금은 다혈질인 국민들의 오락거리가 되었죠. 결과를 놓고 도박도 하고 있는 것 같더군요."

수인족은 다른 부족보다 압도적으로 다혈질이라고 들었으니, 뭐 결투 제도란 게 있는 것도 수긍이 갔다. 물론, 인간족이랑 엘프족의 영토에 있는 모험가 길드에 결투 제도 같은 건 없다.

수인족 영토의 모험가 길드에선 부당한 도박을 막기 위해서, 길드가 솔선해서 주최하고 있다나.

"얼마 전만 해도 모험가 길드에 등록하지 않은 인간족과 황색 랭크의 파티가 큰길에서 싸웠습니다. 그런데 황색 랭크의 파티 쪽이 호되게 당한 데다가 그 인간족이 길드 마스터의 손님이었던 모양입니다. 그래서 그 파티는 랭크를 박탈당했죠. 그것도 모자라 그들은 그 젊은이가 건 마법을 풀지도 못한 채 도시 밖으로 쫓겨났다고 들었습니다."

어라, 어디선가 들은 적이 있는 것 같은 얘기다. 분명 어떤 암살자가 자신의 실력을 보여 주기 위해서 희생양으로 삼은 게 아닐까?

"그러고 보니 그 마스터의 손님이란 사람도 마침 당신 같은 암살자의 차림으로……."

나를 보고, 마일이 굳어 버렸다.

"괜찮습니까? 안색이 안 좋은데요."

나를 가리키면서 입을 뻐끔거리는 모습은 너무나도 재미있었다.

"이봐, 모험가에게 손가락질을 하다니 무슨 일이야?"

그대로 움직이지 않는 마일의 뒤에서 다른 직원이 나왔다. 그 사람은 내 얼굴을 보고 '어라?' 하는 표정으로 고개를 갸웃거렸다.

"너는 분명……."

나도 그의 얼굴을 본 기억이 있었다. 어디서 봤는지 몰라서 끙끙대던 나에게 상대가 먼저 대답을 했다.

"큰길에서 황색 랭크 파티를 엉망진창으로 만들어 버린 암살자잖아."

그 말을 듣고 나도 손뼉을 쳤다.

"아아, 린가가 뒤처리를 부탁했던 그 길드 직원?"

그리고 서로 '응?' 하고 얼굴을 봤다. 마일은 그런 두 사람을 보고 웃음을 참느라 부들부들 떨고 있었다.

"뭐, 일단 내 이름은 야마토라고 해. 잘 부탁할게."

어흠 하고 헛기침을 한 뒤에 오른손을 내미는 야마토. 나는 그 손을 힘껏 잡았다. 이 녀석은 왠지 쿄스케를 떠올리게 하는군.

"내 이름은 오다 아키라. 나야말로 잘 부탁하겠어."

지금 여관 '수많은 새'의 한 방은 너무나도 심상치 않은 분위기에 휩싸여 있었다. 내 앞에는 무릎을 꿇고 앉은 아멜리아와 요루가 있었다. 요루의 경우는 고양이 모습으로 그냥 앉아 있기 때문에 그다지 벌을 받고 있는 것으로는 보이지 않았다. 여유가 있어 보이는 요루의 옆에 있는 아멜리아의 다리는 한계에 가까웠는지, 몸이 가늘게 바들바들 떨고 있었다.

"그럼, 어디 변명을 들어볼까?"

나는 빙긋 미소를 지었다. 미소라고 해도 입꼬리가 살짝 올라간 정도에 불과했지만, 사나운 눈매와 평소에는 바뀌지 않는 표정 때문에 극악한 사람 같은 얼굴로 바뀌어 있었다. 아무리 아멜리아라고 해도, 다리랑은 상관없이 와들와들 떨 수밖에 없었을 것이다.

『아, 주공? 아멜리아 양의 다리가 이제 한계에 다다른 것 같다만.』

일단 요루가 중재해 보려는 듯이 말했지만, 내가 온도가 없는 눈으로 요루를 바라보자 그 박력에 진 요루는 그대로 입을 다물었다.

은색 랭크의 모험가와 마왕의 오른팔이었던 마물을 벌벌 떨게 만든 눈에 자비의 빛은 존재하지 않았다.

"무슨 소리를 하는 거야. 한계란 건 넘어서기 위해 있는 거잖아?"

어떤 만화에서 나온 것 같은 대사를 뱉었지만, 그 말이 쓰인 이유는 전혀 달랐다.

"부, 부탁이야…… 이, 이제 용서해 주면 안 돼?"

눈물이 맺힌 눈만 위로 뜨면서 바라보는 최강 콤보에 내 마음은 바로 흔들렸다.

"……뭐, 반성도 하고 있는 것 같으니까, 다시는 그러지 않는다는 약속만 한다면 일어서도 돼."

"약속할게."

겨우 지옥의 고문에서 해방될 수 있게 되자, 아멜리아는 눈을 반짝반짝 빛내면서 즉답했다. 오히려 지금부터가 지옥이라는 것은 모른 채.

시간은 두 시간 전으로 거슬러간다.

어떻게든 선대 용사의 파티 멤버였던 크로우로부터 필살기를 배우고 싶어서, 그에게 매달리고 있었던 아멜리아는 시간이 가는 것을 잊어버리고 있었다. 일단 크로우의 집으로 장소를 옮겨서 재차 부탁을 했다.

크로우의 집은 옆에 훌륭한 대장간이 있어서 그가 천재 대장장이라는 사실이 새삼 떠올랐다. 집은 1층짜리 목조건물로 침대와 책상, 부엌 외에는 다른 물건이 없는 아주 간소한 곳이었다. 목조건물이라곤 하나 옆에서 불을 쓰기.때문에 만일을 대비해 이 세계에서 자라는 절대 불에 타지 않는 나무로 만들어진 것이지만, 그건 요루도 모르는 사실이었다.

『아멜리아 양, 이제 슬슬 돌아가지 않으면 주공이 걱정할 거다.』

요루가 경고하듯이 말을 걸었지만, 아멜리아는 머리를 숙인 채 아무런 대꾸도 하지 않았다.

"아무리 그렇게 버텨 봤자, 나는 아무것도 가르쳐 주지 않을 거다."

크로우는 의자에 앉아 우아하게 차를 즐기면서, 머리를 숙인 아멜리아에겐 눈길도 주지 않은 채 고급스러운 과자를 입에 넣었다.

"부탁입니다. 가르쳐 주세요."

여전히 계속 머리를 숙이고 있는 아멜리아. 요루는 어이가 없다는 표정으로 크로우를 바라봤다.

『이렇게까지 부탁하는데도 안 된단 말인가?』

크로우가 몸을 틀어서 요루를 봤다.

"아무리 나라고 해도 공주님의 생사가 걸리게 되면 신중해질 수밖에 없으니까 말이지."

자신과는 상관없다는 듯이 대꾸하는 크로우를 보면서, 요루는 이마에 힘줄이 불끈 돋아났다. 아멜리아가 움찔하고 반응했다. 그녀는 분한 표정으로 입술을 굳게 깨물고 있었다.

"그렇지, 마물. 저녁시간까지는 돌아가야 하는 것 아니었나?"

크로우가 창을 통해 하늘을 바라보니, 이미 하늘이 약간 어두워지고 있었으며 저녁식사 시간도 지난 뒤였다. 만약 요루의 안색을 살폈다면 분명 창백해지는 순간을 볼 수 있었을 것이다.

『아멜리아 양, 지금 바로 돌아가야 한다. 주공은 통금시간을 철저하게 따지니까. 무시무시하게 화를 낼 거야. 아니, 이미 늦었지만.』

아멜리아는 결국 머리를 들었다. 지금까지 계속 숙이고 있느라 분명 피가 몰렸을 텐데도 얼굴은 새하얗다.

"내일 또 올 거야."

크로우의 집을 나올 때 아멜리아가 그렇게 말하자, 크로우는 그 이상 없을 만큼 싫은 표정으로 손을 저어서 쫓아내는 시늉을 했다.

"요루, 여관까지 얼마나 걸릴까?"

전속력으로 달리면서 아멜리아가 물었지만, 요루는 창백한 얼굴을 하고 있을 뿐이었으며 아무런 대답도 하지 못했다. 눈은 입만큼 제대로 얘기할 수 없었고, 안색은 입만큼 모든 것을 다 얘기하고 있었다.

그리고 가쁜 숨을 쉬면서 여관에 도착했더니 처진 어깨의 여관 주인이 그들을 걱정했고, 적당히 대꾸하면서 방에 들어가자 무시무시한 악귀가 떡 하니 버티고 선 자세로 그들을 기다리고 있었던 것이다.

"자, 아멜리아, 일어서 봐."

분명 누구라도 평생을 살면서 한 번쯤은 다리가 저리는 일이 있었을 것이다. 그리고 저린 뒤에 그 뭐라고 표현하기도 힘든 감각이 너무나 불쾌하며, 아프다는 것도 잘 알고 있으리라 생각한다.

"으, 으으으으으……."

아멜리아는 엎드린 자세 그대로, 갓 태어난 새끼사슴처럼 팔다리를 바들바들 떨면서 눈물을 글썽거렸다. 무릎을 꿇고 앉아 있다가 다리가 저리게 되면 일어선 뒤가 더 지옥이다.

『아멜리아 양…….』

요루는 안 됐다는 표정으로 아멜리아를 봤다. 왕녀인 아멜리아는 분명 태어나서 지금까지 다리가 저릴 때까지 무릎을 꿇고 앉아본 적이 없을 테니까 잠깐 시켜 보자는 생각을 했는데, 예상외로 효과가 있었기 때문에 앞으로 정해진 시간보다 늦게 온 벌로는 이걸 시키자고 생각했다.

"그럼 다음부턴 저녁식사 시간 전까지는 돌아오는 거야, 알았지?"

가학적인 미소를 지으면서 다짐을 받아내듯 말하자, 요루와 아멜리아는 고개를 힘차게 끄덕거렸다.

잠시 기다렸다가 아멜리아의 다리가 회복된 후에 늦은 저녁을 먹었다.

일단은 여관에서도 식사를 할 수 있지만, 요금이 별도로 드는 데다 아멜리아가 노점에서 사 먹는 걸 더 좋아하기 때문에 아침, 점심, 저녁 세끼를 전부 외식으로 해결하고 있다. 애초에 노점이 지나칠 정도로 많아서 끼니마다 가게를 바꿔도 질릴 일은 없기 때문에 요루도 납득하고 있었다.

그리고 아멜리아가 몰래 노점 제패를 노리고 있다는 것도 눈치채고 있었다.

먹으면서, 오늘 있었던 일을 다 함께 얘기했다.

"아무래도 단번에 황색 랭크까지 올라가려면 길드의 신뢰와 황색 랭크 이상의 실력을 보여줘야 할 것 같아. 아멜리아가 올라갈 땐 어땠어?"

아멜리아는 햄스터처럼 볼을 잔뜩 부풀린 채 입속 가득히 넣었던 음식을 전부 다 삼킨 뒤 얘기하기 시작했다.

"모르겠어. 엘프족 영토의 모험가 길드는 활발한 수인족 영토의 모험가 길드와는 달라서 늘 조용했으니까. 퀘스트 같은 것도 거의 없었고, 쓰러트린 마물의 마석과 소재를 돈으로 바꾸는 장소로만 이용했어. 무엇보다 황색 랭크가 된 건 너무 옛날 일이라……. 어느새 은색 랭크까지 올라간 것밖에 기억나지 않아."

그러고 보니 엘프족은 수명이 길었지. 아멜리아의 행동이 너무 어린아이 같아서 잊어버리고 있었다. 분명 아멜리아도 은색 랭크로 올라간 건 상당히 예전 일이었겠지.

"뭐, 어떻게든 황색 랭크까지 올라가서 재료를 모아올 테니까, 두 사람은 지금처럼 지내도록 해."

요루와 아멜리아는 서로의 얼굴을 바라봤다.

그곳에 있는 것은 아멜리아와 요루에 대한 절대적인 신뢰뿐이었다. 그러므로 아멜리아가 뭘 하다가 저녁시간에 늦은 건지 나는 묻지 않았다.

아멜리아는 눈짓으로 요루에게 말하지 말라는 뜻을 전했다. 요루는 그 의미를 정확히 알아차리고 고개를 끄덕였다.

Side 요루

"또 왔나."

진절머리가 난다는 표정을 지은 크로우의 얼굴은 이미 익숙해졌으며, 그 차가운 시선에도 익숙해졌다. 아멜리아 양은 크로우의 앞으로 가서 또 어제처럼 머리를 숙였다.

주공의 명령이 있었기 때문에 다른 행동을 할 수도 없는 나는 또 애원과 무시가 계속되겠거니 하는 마음으로 이미 관전 상태에 들어가 있었지만, 오늘의 크로우는 조금 달랐다.

이제 겨우 아멜리아 양의 굴욕도 열매를 맺는 건가. 나는 그렇게 생각하면서 기대했지만, 그 기대는 바로 배신당했다.

"미안하지만 오늘은 대장장이 일이 잡혀 있기 때문에 하루 종일 옆에 있는 대장간에 있을 거다. 계속 그러고 있을 생각이라면 지루하겠지? 날 위해서 점심을 만들어 와라. 식재료는 이 집에 있는 걸 쓰면 된다."

무슨 말을 하는 건가 했더니 잡일이었다. 뚫어지게 노려보는 내 시선을 알아차린 크로우는 심술궂게 씨익 웃었다.

"거기 있어 봤자 방해만 될 뿐이니, 이참에 잡일이나 시킬까 하는데. 내가 생각해도 좋은 아이디어야."

그렇게만 말하더니, 크로우는 뭔지 모를 금속 덩어리와 재료로 보이는 마물의 일부를 들고 바로 옆에 있는 대장간으로 가버렸다.

나는 한숨을 쉬었다.

『어떡할 거지, 아멜리아 양?』

내가 쳐다보자, 아멜리아 양이 마침 보라색 야채를 쥐고 있던 참이었다. 그 반대쪽 손에는 어디서 꺼낸 건지 모를 식칼을 거꾸로 쥐고 있었다. 아무리 나라도 눈이 동그래질 수밖에 없었다.

『자, 잠깐만. 아멜리야 양, 뭘 하려는 거지?』

"뭘 하다니, 뭘 만들지 고민이 되니까 일단은 야채부터 썰어 보려고."

나는 고개를 갸웃거리면서 말하는 아멜리아 양에게서 우선 위험하게 쥐고 있는 식칼을 빼앗았다. 함부로 휘두르다가 집안의 물건을 망가트리기라도 하면 크로우에게 무슨 짓을 당할지 모르니까 말이지.

그리고 내가 같이 있으면서 아멜리아 양을 다치게 놔뒀다간, 주공의 얼굴이 어떻게 바뀔지 상상하는 것만으로도 두려웠다.

『아멜리아 양, 우선 야채를 자르기 전에 가볍게 물로 씻었나? 잘 봐, 여기 흙이 묻어 있잖아. 그리고 껍질도 벗겨야 해.』

어떻게든 아멜리아 양이 주도하여 요리를 만들지 않도록 내가 나서야 한다.

아니, 돌대가리인 크로우에게 보나마나 희한한 음식으로 만들어질 게 뻔한 아멜리아 양의 요리를 먹여서 아멜리야 양이 지금까지 당한 굴욕을 갚는 것도 재미있겠군. 거기까지 생각했다가, 나는 그건 아니라고 다시 마음을 고쳐먹으면서 고개를 저었다.

만약 그 희한한 요리를 먹고 정말로 쓰러지기라도 하면 주공이 난감해질 것이라고 생각한 것이다.

"그러고 보니, 크로우와 요루는 어떤 관계야?"

야채를 정성껏 물로 씻고 있던 아멜리아 양은, 그녀를 감시하기 위해 절묘한 밸런스 감각으로 머리 위에 앉아 있는 나에게 말했다. 그때 살짝 고개를 위로 들었기 때문에 떨어질 뻔했기 때문에, 나는 당황하면서 아멜리아에게 매달렸다.

『그렇군. 얘기가 조금 길어지겠지만 괜찮을까? 대단한 내용도 아니지만.』

아멜리아가 씻고 있는 야채를 보고 나는 만들 요리를 정했다.

만드는 방법을 지시하면서 얘기하기 시작했다.

『아마 백 년쯤 되지 않았을까? 마왕님의 명령이라곤 하나, 난 수인족의 영토에서 난동을 부린 걸 후회하고 있었지. '아들레아의 악몽'이라고 불릴 정도로 폭력을 쓸 필요가 있는 임무도 아니었다고 생각했다.』

그리고 검은 고양이 모습으로 위령비를 찾아갔다. 가서 뭘 할 생각이었는지는 스스로도 알지 못했다. 단지 미안하다는 생각을 하고 있었다. 그만큼 많은 사람을 죽였으니까 말이지.

크로우와는 거기서 만났다.

내가 위령비가 있는 언덕에 도착했을 때 먼저 온 손님이 있었던 것이다. 위령비 앞에서 누군가의 이름을 부르면서 넋이 나간 표정으로 주저앉아 있는 검은 고양이 모습의 수인족이었다.

나는 자신이 죽인 사람의 유족이라고 생각해서 나무 뒤로 슬쩍 숨었다.

"이봐, '아들레아의 악몽', 거기 있지?"

그렇게 물어본 뒤에 더 다른 말은 없었다. 내 존재를 확실하게 인식하고 있는 것 같았기 때문에 난 나무 뒤에서 천천히 얼굴을 내밀었다. 얼굴을 들여다보니 검은 고양이 모습의 수인족은 나를 똑바로 보고 있었다.

"오랜만이로군. 마왕성에선 신세를 졌어. 그 정도의 마력을 가지고 있으면서 내 눈을 피해 숨을 수 있을 거란 생각은 하지 않는 게 좋을 거다."

그제야 겨우 그 수인이 마왕 바로 앞까지 쳐들어왔다가 멋대로 자멸하더니, 간신히 목숨만 건져서 도망친 용사 파티의 한 명이라는 것을 알아차렸다.

"안심해, 내 여동생은 네가 죽인 게 아니니까."

울어서 새빨갛게 부은 눈으로 위령비를 쳐다보며 그렇게 중얼거렸다. 나는 그가 살기를 풍기지 않는 것을 핑계 삼아서 크로우의 곁까지 갔고, 마찬가지로 위령비를 쳐다봤다.

『그게 무슨 뜻이지?』

"살해당한 거야. 같은 수인족, 그것도 왕족에게."

감정이 없는 목소리로 그렇게 말하는 크로우를 보고, 나는 숨을 죽였다.

"그날, 재앙에 휩쓸린 아들레아에서 도망치기 위해 동원된 배랑 마차가 주민들을 구조하고 있었지. 여동생은 아슬아슬하게 배를 탔어."

크로우는 주먹을 굳게 움켜쥐었다. 손톱이 파고들면서 손바닥이 찢어지는 바람에 피가 지면으로 방울져 떨어졌다.

"그런데 어떤 멍청한 왕족이 '네 오빠가 용사 파티의 영웅이니까 오빠에게 도움을 청해라'고 말하면서 여동생을 밀쳐낸 뒤에 자신들이 먼저 탔다더군."

악문 이 사이에서 신음소리가 흘러나왔다. 그 눈은 마왕의 성에서 만났을 때와는 달리, 복수와 슬픔으로 가득 차 있었다.

"나는 그때 우르에 있었어. 구할 수가 없었지. 결국 여동생은 무너진 건물 밑에 깔려서 죽었어. 그 녀석은 네가 죽인 게 아니야. 동포에게 살해당한 거지."

푸른 눈에서 차례로 물방울이 지면으로 떨어졌고, 큰 얼룩을 만들었다.

나는 위령비를 지그시 쳐다봤다. 그래도 내가 난동을 부린 탓에 크로우의 여동생이 죽은 것은 변함없는 사실이다. 나 자신이 본능이 시키는 대로 날뛰었기 때문에 많은 자들이 죽어간 것이다.

"나는 여동생의 원수를 갚겠어. 시간이 걸릴지도 모르지만, 반드시."

『그렇군.』

마왕의 성에서 벌어진 싸움에서, 크로우와 용사가 마지막까지 버틴 탓에 우리의 피해도 막대했다. 1대1로 싸운다면 질 것 같진 않았지만, 그래도 복수심에 사로잡힌 크로우와 맞붙는 것은 사양하고 싶다. 무뚝뚝하게 대답한 뒤에 한동안 위령비를 쳐다보고 있으려니, 어느새 크로우는 사라지고 없었다.

"그래서 어떻게 됐어?"

잘게 썬 야채를 볶으면서 아멜리아 양이 물었다.

요리는 늘 주공이 담당했기 때문에 나는 아멜리아 양의 실력을 모르고 있었지만, 이런 식으로 배워 나간다면 평균적인 수준 정도는 맛있는 것을 만들 수 있게 될 것 같았다.

『그 후에 그와는 만나지 않았다. 나도 이 도시에 와서 그 녀석의 마력을 감지할 때까지는 잊어버리고 있었지.』

이 도시에 온 날, 어디선가 마법이 날아왔다. 마법이라곤 해도 해가 없는 바람 마법. 아슬아슬하게 겨우 알아차릴 수 있을 정도로 규모가 작은 것이었다.

그것도 주공이 정확히 『그림자 마법』을 발동하는 순간, 주공의 방대한 마력을 틈타 몰래 내가 있는 곳까지 전한 것이다. 주공은 아직 마력 조작과 감지 면에선 나보다 수준이 떨어진다. 그러므로 크로우의 마법은 알아차리지 못했을 것이다.

그 자리에서 나 말고도 그 마법을 알아차릴 만한 인물은 길드 마스터인 린가 정도일 것이라고 생각한다.

"그러고 보니 선대 용사의 파티 중에 마족 못지않게 마력을 잘 다루는 자가 있다는 얘길 아버님으로부터 들은 적이 있어. 그게 크로우 얘기였구나."

나는 고개를 끄덕였다.

용사 파티에 선발되는 기준으로서 각 종족에는 한 가지 공통점이 있다. 그건 무술 또는 마력이 뛰어나며, 그에 관해선 타의 추종을 불허하는 압도적인 기술을 가지고 있어야 한다는 것이다. 크로우의 경우는 그에 해당하는 것이 마력 조작이었다.

『그때 주공과 아멜리아가 여관으로 돌아간 날, 나는 그 녀석을 만나러 갔지.』

"왔나, '아들레아의 악몽'."

처음 만났을 때처럼 그 언덕 위에서 크로우는 날 기다리고 있었다. 나는 그 오만불손한 태도에 말없이 눈썹을 찌푸렸다.

『자신이 불러 놓고선 꽤나 건방지게 구는군. 그리고 나는 '요루' 라는 이름을 받았다. 언제까지 그 이름으로 부를 거냐. 이젠 100년도 더 된 일이지 않은가.』

내가 그렇게 말하자 크로우는 비웃었다. 그리고 내 말을 정정했다.

"아직 100년밖에 지나지 않았다. 그리고 거의 영원한 시간을 사는 너희 마물에게 100년 따위는 눈 한 번 깜박일 정도로 짧은 시간일 텐데."

그 말대로 수인족의 수명은 인간족의 수명에 100년을 더한 수준일 뿐이다. 누군가에게 쓰러질 때까지 계속 살아가는 마물과는 비교가 되지 않는다.

『……그보다 무슨 일이지? 일부러 주공이 마법을 발동하는 것과 같은 타이밍에, 의도적으로 몰래 마법을 보낸 이유는 뭐냐?』

주공이라는 말을 듣고, 크로우는 움찔 하고 반응했다.

"왠지 마력에 위화감이 든다 했더니. 이름도 그렇고, 넌 시종마가 된 거냐. 그 '아들레아의 악몽' 이 인간에게, 그것도 가장 약하기로 이름 높은 인간족을 따르고 있어도 되는 건가? 뭐, 그 마왕이라면 오히려 자신이 그렇게 하도록 명령을 내릴 것 같다만."

나는 짜증스럽게 꼬리를 흔들었다. 그런 얘기를 하러 온 것이 아니다. 애초에 이번이 두 번째 만남이다. 네가 나에 대해 뭘 아냐고 소리치고 싶었다. 아니, 그보다 네가 마왕님에 대해서 뭘 안다는 거지.

『용건은 뭐냐?』

한 번 더 재촉하자, 크로우는 깊은 한숨을 쉬었다.

『네 주인, 느낌으로 판단하자면 그 방대한 마력을 지닌 소년 쪽이겠지. 묻고 싶은 게 많으니까 데려와라. 그렇지, 망가진 검을 고쳐 주는 조건이면 어떨까?』

나는 입을 다문 채 크로우를 바라봤다.

그 시선은 평소에 주공이나 아멜리아 양을 볼 때와는 달리, 바라보기만 해도 상대를 쏘아 죽일 수 있을 정도로 아주 날카로웠다. 크로우는 한숨을 쉬면서 고개를 저었다.

"알아차리지 못했나? 그 검은 초대 용사가 만들어낸 물건이다. 내장된 마력이 인간 한 명의 것과 다르지 않아. 더구나 그걸 소지하고 있는 본인도 마족에 가까운 양의 마력을 지닌 자. 여기서도 뭘 하고 있는 건지 손에 잡힐 정도로 잘 알 수 있지. 지금은 그 엘프 왕녀와 분위기가 좋은 것 같군."

나는 호오 하고 감탄했다.

내 입장에선 크로우의 그 기술이 아니라 이제 겨우 진전이 있을 것 같은 주공과 아멜리아 양의 관계에 감탄한 것이었지만.

그래도 크로우가 아주 조금은 기분이 풀렸으니 잘된 것으로 치자.

『하지만 검을 고쳐 주고 싶다는 이유만으로 날 찾은 건 아닐 텐데. 달리 뭘 숨기고 있는 거지?』

크로우는 자신의 얼굴 앞에서 검지를 들어 좌우로 까딱거렸다. 그 동작에 살짝 발끈했다.

"그걸 너에게 말하면 틀림없이 그 주공이라는 자에게 전해질 것 아닌가. 조금쯤은 스스로의 힘으로 답을 찾아내 보라고. 힌트를 주자면, 그래. 다른 인간에게는 없는 걸 네 주인은 가지고 있다는 거다."

나는 말없이 고개를 갸웃거렸다. 주공이 가지고 있으면서 다른 인간은 가지고 있지 않은 것이라니, 그게 뭘까. 나는 짐작이 되지 않았다.

"그리고 그게 검을 수리하기 위한 재료다. 가까운 시일 안에 가지고 와라."

바람 마법을 써서 내 쪽으로 날려 보낸 건 한 장의 종이. 거기엔 모으기가 어려워 보이는 마물의 부위가 적혀 있었다.

『이렇게나 많이 필요하단 말인가.』

"이것밖에 필요가 없다는 말이다. 그러고 보니 전에도 이런 대화를 나눴군."

크로우는 큭큭 웃었고, 나는 그 얼굴을 응시했다. 처음으로 웃는 얼굴을 봤다.

그리고 그 얼굴은 자신이 속한 종족의 왕족에 대한 복수심을 지니고 있는 자의 얼굴이 아니었다.

하지만 복수가 성공했는지는 차마 물어볼 수가 없었다. 간접적이긴 하나, 내 탓이기도 하기 때문이다.

"……그때 그런 일이 있었구나. 어쩐지 분위기가 이상하다 싶었어."

아멜리아 양은 완성된 요리를 찬장에 놓인 접시에 적당히 담았다. 이왕 차린 김에 과일을 짜서 만든 주스도 같이 곁들였다.

『눈치채고 있었나.』

내 꼬리가 바짝 섰다. 자신의 변화를 눈치채 준 것이 기뻤던 것이다.

"뭐, 맨 처음 눈치챈 건 아키라였지만."

아주 잠깐 쿡 웃더니, 아멜리아 양은 요리를 들고 대장간으로 향했다. 마침 점심시간이 되었기 때문에 크로우는 안에서 일손을 멈춘 채 기다리고 있었다.

"아아, 고맙다. 익숙하지 않아서 힘들었겠군."

솔직하게 고맙다며 인사하는 걸 보고, 아멜리아 양과 나는 눈을 동그랗게 떴다. 크로우는 그런 반응을 전혀 알아차리지 못한 채 요리를 묵묵히 입으로 옮겼다.

요리에 대해서 대단한 반응도 보이지 않았지만 맛이 없다는 말도 하지 않았다. 보아하니 입에 맞는 것 같았다.

"저기, 당신의 여동생 일은 요루로부터 들었어. 여동생의 복수는 성공한 거야?"

문득, 아멜리아 양은 지금 생각났다는 듯이 그렇게 말했다. 이럴 때 대체 무슨 말을 하는 거람. 나는 그렇게 생각하면서 눈을 휘둥그레 뜨고 아멜리아를 봤다.

　크로우의 손이 갑자기 멈췄다.

　"……아직이야. 여동생을 죽인 왕족, 현재 이 나라를 다스리는 왕의 조카는 아직 태평하게 잘 살고 있지."

　그렇게 대답한 크로우의 표정은 너무나 괴로워 보였다.

제3장 패닉

Side ????

──수인족 영토의 미궁, 브루트 미궁에서.

"위험해, 위험해, 위험해, 위험해!! 빠, 빨리 이 일을 길드 마스터에게 알리지 않으면 큰일이……!!!"

어둑어둑한 미궁 안에 남자가 다급하게 달려 나가는 소리와 목구멍 안에서 으르렁거리는 듯한 짐승의 신음소리가 울려 퍼졌다.

그리고 그 소리에 섞여서 들려오는 어린 남자아이의 날카로운 목소리도.

"후후후후후후. 전부, 전부, 망가져 버려."

Side 요루

크로우의 식사가 끝난 뒤에 아멜리아 양은 설거지를 시작했다. 설거지를 하면서 아멜리아 양은 뭔가를 골똘히 생각하고 있었다. 아직 얘기는 끝나지 않은 것 같은 기분이 들었다.

그런 생각을 하고 있으려니, 설거지를 끝낸 아멜리아 양이 크로우 앞에 섰다. 예감이 적중했다.

"당신은 여동생이 왕족에게 살해당했다고 했어. 그럼 당신은 지금 뭘 하고 있는 거야?"

명백히 해선 안 될 말을 대뜸 뱉어버린 아멜리아 양을 보고, 나는 안절부절못하면서 몸을 흔들었다. 아멜리아 양도 여동생을 둔 언니로서 뭔가 생각이 있었을지도 모른다. 그래도 좀 더 에둘러서 표현하거나 다르게 말하는 방법이 있었을 텐데.

그러고 보니 아멜리아 양은 예전부터 생각했던 것을 솔직하게 말하는 일이 자주 있었다. 게다가 아멜리아 양은 남들의 시중을 받는 데 익숙해진 왕족. 남의 기분을 고려하여 뭔가를 말해본 경험은 손가락으로 꼽을 정도밖에 없을 것이다. 그리고——.

다행히도 이번에는 아멜리아 양의 그 성격이 좋은 방향으로 작용한 것 같다.

"아무것도."

그렇게 말하면서, 크로우는 자조하듯 웃었다.

"나는 결국 여동생도 구해내지 못한 나약하기 짝이 없는 놈이다. 그리고 이미 예전에 깨달았지. 여동생이 복수 같은 건 바라지 않고 있다는 걸."

크로우는 책상을 때렸고, 수리가 끝난 무기로 보이는 무겁게 생긴 메이스가 책상 위에서 튀었다.

크로우가 그 언덕 위에서 만난 이후 처음으로 자신의 속마음을 타인에게 밝히려 하고 있었다.

아멜리아 양은 그런 크로우를 차가운 눈으로 보고 있었다. 나는 그런 아멜리아 양의 눈을 보고 등에 차가운 기운이 오싹하게 스치고 지나가는 느낌을 받았다.

『아, 아멜리아 양?』

내가 일부러 불러 봤지만, 아멜리아 양의 대답은 없었다. 아멜리아 양의 붉은 눈에 확연하게 마력이 깃든 것을 봤다.

주공과 아멜리아 양이 가지고 있다고 하는 『세계안』에 대한 것은 동료가 된 그날 바로 들어서 알고 있다. 듣자 하니 상대의 스테이터스가 보인다고 했던가. 주공은 나에게 인간은 감당하지 못할 스킬이라고 말했다. 그 스킬은 마력을 주입하면 다른 것이 보인다고 한다.

"……나라면 누가 뭐래도 복수해 주길 바랄 거야."

크로우가 조용히 눈을 떴다. 그리고 아멜리아 양의 요상하게 빛나는 눈을 보면서 숨을 죽였다.

"엑스트라 스킬인가. 지금, 너에겐 내가 어떻게 보이고 있지?"

크로우는 아멜리아 양의 그것이 『세계안』이라는 것을 재빨리 알아차리고 그렇게 말했다. 아멜리아 양은 조용히 눈을 감았다.

"몰라. 스스로 생각해. 하지만 모든 것을 보는 자로서 하나 조언해 줄게. 자신이 도망치기 위해서 여동생을 핑계로 삼는 건 하지 않는 게 좋아. 허무할 뿐이니까."

아멜리아 양의 눈에는 슬픈 표정으로 크로우 옆에 서 있는 검은 고양이 수인족의 여자애가 지금, 뚜렷하게 눈앞에 보이고 있는 것 같다.

『세계안』은 현재, 과거, 미래에 이르기까지 이 세계의 모든 것을 내다볼 수 있는 엑스트라 스킬. 유령 같은 공상 속 존재가 보였다고 해도 이상한 일은 아니다. 애초에 레벨 문제 때문에 주공은 그런 게 아예 불가능하며, 아멜리아 양도 상당히 의식하고 마력을 주입해야만 보이는 것 같지만.

크로우는 시선을 천천히 아래로 내렸다.

"……맛있었다. 오늘은 그만 돌아가."

그렇게 말하면서 등을 돌리는 크로우에게 아멜리아 양은 인사를 한 번 한 뒤 자리를 떠났다.

나는 아멜리아 양을 따라가면서 크로우가 있는 대장간 쪽을 몇 번인가 힐끔힐끔 돌아봤다. 완전히 대장간이 보이지 않게 된 뒤에야 비로소 아멜리아 양을 쳐다봤다.

『아멜리아 양, 과연 그렇게 말하는 게 옳았을까?』

"괜찮아. 멈춰 서서 아래만 보고 있는 사람에게 기술을 배워봤자 아키라에게 미치지도 못할뿐더러 힘이 되어 줄 수도 없어. 그 사람은 보기와는 다르게 착한 사람이니까 고민할 시간이 필요할 거라 생각해."

만난 지 며칠도 안 돼서 그 사람의 모든 것을 다 드러내 보이는 『세계안』에 한기를 느끼면서 나는 『그렇군.』이라고 중얼거렸다. 그리고 웬일로 주군과 관계없는 사람에게 마음을 쓴다 싶었는데, 역시 주공 위주로 생각하고 움직이는 아멜리아 양에게 존경스러운 마음까지 느꼈다.

──후후후후후후……. 가라, 가서 지상의 인간을 전부 죽이는 거다.

내가 고개를 저으면서 내뱉던 탄식 소리가 도중에 멈췄다. 아멜리아 양도 잠깐 시간이 지난 후에 그걸 알아차렸다. 두 사람은 동시에 지면을 바라봤다.

"……이게 뭐야?"

『……아멜리아 양, 이거 느낌이 안 좋은데.』

마물인 나와 『세계안』을 지닌 아멜리아 양은 그걸 한발 먼저 알아차렸다. 아주 조금 짐승의 성질이 섞여 있는 주위의 수인족들도 고개를 갸웃거리면서 지면을 봤다.

마치 무시무시한 어떤 존재가 누군가의 명령에 따라 일제히 움직이기 시작한 것 같은 느낌.

『큭! 아멜리아 양, 저기……!!』

내 목소리에 따라 그 방향을 보자. 어떤 검은 것이 뿜어져 나오고 있는 것이 보였다.

"이, 이봐, 저긴 미궁이 있는 쪽이잖아……."

"설마 100년 전의 재앙이 또 닥친 건가?!"

"말도 안 돼."

주위의 수인족들이 제각각 그렇게 말하면서 하늘을 쳐다봤다.

뿜어져 나온 검은 존재는 순식간에 하늘로 올라갔으며, 맑게 개었던 푸른 하늘을 검게 물들였다.

『'아들레아의 악몽'.』

나는 불길한 것을 본 기분을 느끼면서 그렇게 말했다.

100년 전에 저런 식으로 수인족 영도의 수도인 아들레아를 습격한 마물은 지금은 습격을 받는 입장이 되어 검은 하늘을 쳐다봤다.

"상황을 파악하고 싶어. 요루!"

『알았다!』

아멜리아 양의 말을 듣고, 나는 사이즈를 조절해 크게 변했다.

아들레아를 습격했던 검은 고양이 모습의 거대한 마물이 갑자기 출현하는 바람에 주위의 수인족들이 패닉에 빠졌지만 지금은 그런 걸 신경 쓰고 있을 때가 아니다.

나는 한 번의 도약으로 그들의 머리를 뛰어넘었고, 가까운 고지를 향해 이동했다.

Side 크로우

"……드디어 시작된 건가, 100년 전 악몽의 재림이."

Side 오다 아키라

"이걸로 나도 황색 랭크가 되었어. 이제 미궁에 가도 문제는 없겠지?"

내가 지금 야마토 앞에서 부채꼴로 펼쳐 보여 주고 있는 물건은, 바로 두 시간 정도 전에 길드로부터 받은 의뢰서였다. 그 수는 다섯 장. 그 모든 종이에 의뢰를 완벽하게 완수했다는 도장이 찍혀 있었다.

"말한 건 반드시 실행하는 성격이었구나, 아키라."

야마토는 당당한 표정을 지은 날 보면서 얼굴이 굳어 있었다. 옆에서 다른 모험가들의 접수 처리를 하고 있던 마일도 놀라서 눈을 크게 뜨고 있었다.

길드에서 받은 의뢰라고 해도 쌓이고 쌓여 있던 잡일 쪽의 의뢰를 대충 넘겨 준 것뿐이다.

그중에는 지금까지 수많은 신입 모험가를 울려 온 성질머리 더러운 어떤 할아버지의 어깨 안마 같은 의뢰도 있었지만, 그 의뢰조차도 나는 겨우 10분 만에 끝내고 말았다.

더구나 그 의뢰서에는 앞으로 자신의 의뢰는 전부 나에게 배정하라는 말까지 첨부되어 있었다.

"너, 그 할아버지를 만족시키다니, 대체 어떤 마법을 쓴 거야?"

넌지시 중얼거리는 야마토를 보고 나는 고개를 갸웃거렸다.

그리고 짐짓 당연하다는 듯이 말했다.

"마법이라니, 난 마법 같은 건 쓰지 않았는데? 그저 할아버지랑 얘기를 나누고 어깨를 주물러 준 뒤에 의뢰서에 도장을 받았을 뿐이야. ……나 참, 뭐가 1주일이나 걸린다는 거야. 별일 없이 10분 만에 끝났잖아. 뭐, 일본에 살았을 때 아르바이트로 갈고닦은 스킬 덕분이겠지만 말이지."

나이 든 사람만 있는 아르바이트 현장에 들어가면 마사지 기술은 싫어도 저절로 익히게 된다. 덤으로 노인들과의 대화 스킬도. 진짜 꼰대스러운 아르바이트 동료들이 많았기 때문에, 이번 할아버지는 그나마 귀여운 축에 속했다.

자신이 맡아야 할 모험가를 내팽개친 채 멍하니 입을 벌리고 있는 마일에게 주의를 줄 마음도 들지 않는지, 야마토는 쓴웃음을 지으면서 내 인식표를 노란색으로 바꿔 주었다.

"다른 의뢰는? 그 외에는 집의 해체작업이랑, 아주머니들의 심부름이랑, 창작요리 아이디어 제출이랑…… 그리고 뭐가 있었더라?"

나는 노란색으로 바뀐 인식표를 받아들고 고개를 갸웃거렸다. 내가 느끼기엔 간단한 의뢰였기 때문에 랭크가 올랐다는 실감이 없었다.

"아아, 그렇지!"

의뢰서를 보고 있던 야마토가 목소리를 높였다. 시선이 우리에게 집중되는 것을 느꼈다. 야마토는 그걸 알아차리지 못했는지, 흥분한 표정으로 몸을 앞으로 내밀었다.

"그 쓰레기집 청소였지! 그걸 어떻게 다 치운 거야?"

나는 "아아, 그거."라고 말하면서 고개를 끄덕인 뒤에, 턱에 손을 댔다.

깨끗함에 집착하는 성격까지는 아니지만, 이상한 곳에서 결벽 증세를 보이는 나도 태어나서 처음으로 보는 말 그대로의 '쓰레기집'에는 경악할 수밖에 없었다.

"우선 집의 해체작업은 의뢰주가 결계마법을 약간 사용할 수 있는 것 같아서, 소음 방지의 결계를 쳐달라고 부탁한 뒤에 집을 받치는 기둥을 전부 부러트리는 것으로 해결했어. 무너트리기만 하면 된다고 했으니까 그 의뢰는 그러면 해결되는 거겠지?"

나는 시선을 조금 위로 들고 멍하니 바라보면서 손가락을 꼽았다.

(아니, 그러니까 어떻게 그 기둥을 부러트린 거냐고. 분명 그 집 기둥 중에는 인간의 몸길이보다도 두꺼운 나무가 있었던 것 같은데.)

야마토가 지적하는 마음속 목소리가 내게 들려올 리도 없으며, 『그림자 마법』을 검 모양으로 만들어서 단칼에 절단했다는 말은 아예 할 수도 없었다.

아무런 지적도 없이, 이야기는 계속 이어졌다.

"아주머니들의 심부름은 매일 아멜리아와 외식하는 동안에 기억해 둔 가게와 그곳의 정가, 거리를 계산해서 가장 짧은 거리와 가장 싼 가격으로 해결했어."

여기 오기 전에는 내가 우리 집의 가계를 전부 담당하고 있었으니까 말이지. 여동생인 유이에게 맡겼다간 태연하게 비싼 것을 사오는 데다, 어머니가 컨디션이 괜찮을 때 장을 보러 가면 마치 노린 것처럼 품질이 떨어지는 것만 골라서 사온다. 우리 집 여자들은 정말이지……. 아버지가 고생을 한 것도 이해가 될 것 같았다.

이게 가장 간단한 의뢰였다고 말하는 나를 보면서 야마토는 머리를 감싸 쥐었다.

(아니, 아니, 대체 머리가 어떻게 된 거야! 대개 그런 건 기억하지도 않는 데다, 기본적으로 그 아주머니들은 혼자선 절대 불가능한 양을 매번 요구하기 때문에, 사실 그 의뢰는 파티로 움직이는 모험가들 전용이었다고! 이번에는 실수로 의뢰가 잘못나가 버렸지만!)

그런 야마토의 반응은 전혀 눈치채지 못한 채, 나는 또 손가락을 꼽았다.

"창작요리에 관한 아이디어를 내는 의뢰는, 우리 집의 창작요리를 약간…… 뭐, 나도 직접 요리를 하니까, 내 경험을 바탕으로 어드바이스를 했더니 왠지 그걸 가르침으로 받아들이더라고. ……일본 요리가 그만큼 보기 드물었던 걸까? 야마토라는 나라는 일본 같은 곳이라고 들었는데."

왜인지 몰라서 고개를 갸웃거리는 날 보고, 야마토는 접수창구에 이마를 찧었다.

(요리점의 셰프에게도 이길 수 있는 요리 실력을 가진 모험가

가 어디 있어?! 그럴 바엔 가게를 차려!! 아니, 의뢰를 한 그 가게의 셰프는 이 도시에선 상당히 유명한 요리사란 말이야!)

직접 소리 내어 말하지 않길 잘했다. 만약 소리를 냈다면 야마토의 목소리는 이미 바짝 쉬었을 것이다.

나는 조금 불쌍한 사람을 보는 듯한 눈으로 야마토를 보고 있었다. 그게 도리어 야마토의 마음을 아프게 후벼 팠다.

야마토는 표면상으로는 이제 회복한 것처럼 다음 얘기를 재촉했다. 그의 이마에선 피가 뚝뚝 흐르고 있었다. 표면상으로도 전혀 회복된 게 아니었다.

"으—음, 뭐, 마지막이 가장 힘들긴 했지."

그렇게 운을 뗀 뒤에 나는 쥐고 있던 손가락을 풀면서 어깨를 늘어트렸다.

"평범하게 청소를 했지만, 그렇게 대단한 쓰레기집은 처음 봤으니까 처음엔 당황하는 바람에 1시간이나 걸렸거든."

전부 쓰레기라고 하기에 『그림자 마법』을 시켜서 먹어버리라 했다. 기본적으로 아무거나 다 먹으며, 마법이니까 배탈 날 걱정은 하지 않아도 된다. 먹은 것이 『그림자 마법』 안에서 어떻게 되는지 모르겠지만, 뭐, 괜찮을 것이다. 그러므로 내가 일한 부분은 필요한 쓰레기와 필요하지 않은 쓰레기를 분류하는 것과 청소 정도였다. 먼지가 두껍게 쌓인 바닥은 내 안에 존재하는 주부 정신에 불을 붙였는지, 청소하는 보람이 있어서 즐거웠다.

한숨 쉬는 소리와 함께 말하는 날 보면서, 야마토는 겨우 "헤에, 그랬구나."라는 목소리를 쥐어짰다.

"응. 하지만 제법 즐거웠어. 의뢰주가 계속 찾았던 금고의 열쇠를 찾았는지 발광하기도 했거든."

보이지 않는 곳에서 움켜쥔 야마토의 주먹이 부들부들 떨었다.

(네가 청소한 곳은 원래는 백작가의 저택이야! 지금은 이미 몰락했지만, 집의 창고에 금은보화를 쌓아놓았다는 전설이 남아 있었고, 쓰레기집이 된 건 그걸 노린 강도들이 어지럽혔기 때문이라고! 금고는 찾았지만 열쇠가 발견되지 않아서, 오랫동안 방치되고 있었단 말이야!! 충격으로 발광하는 것도 당연하지!!)

어느새 조용해진 아키라의 얘기를 듣고 있던 다른 모험가와 길드 직원들도 야마토와 마찬가지로 몸을 떨고 있었다.

"아, 난 미궁에 급한 볼일이 있으니까 그만 갈게. 잡일 쪽 의뢰가 재미있었으니까 또 쌓이게 되면 나에게 넘겨 줘."

원래 순진한 건지, 둔감한 건지, 그도 아니면 사실은 이미 눈치를 채고 있는 건지 모르겠지만 묘한 분위기가 감돌게 된 길드를 빠르게 나가버렸다.

그 모습을, 야마토와 다른 사람들은 말없이 배웅했다.

" '잡일의 구세주' 인가."

누군가가 넌지시 뱉은 말을 듣고 모두가 고개를 끄덕거렸다. 그 말이 나온 김에 더 언급하자면, 쌓여 있었던 길드의 잡일을 거의 다 처리해 주고, 시민들로부터 길드의 신뢰를 지켜 준 구세주이기도 했다.

그날 이후로 길드 안, 또는 시민들 사이에서 나는 '잡일의 구세주' 라고 불리게 되었다던가. 역시 본인이 보는 앞에서 직접 그렇게 부르는 낯 두꺼운 사람은 나타나지 않았지만, 그 일화가 음유시인들의 손에 의해 먼 후세에까지 전승으로 이어진다는 것을, 나는 평생 모른 채 살았다.

생활비를 벌기 위해서 무슨 아르바이트이든 가리지 않고 했던 옛날 경험의 덕을 보면서, 나는 무사히 황색 랭크 모험가가 될 수 있었다.

이미 다섯 건이나 되는 잡일 의뢰를 처리한 뒤였지만, 나오자마자 바로 미궁으로 향했다.

이렇게까지 서둘렀던 것에는 이유가 있었다. 왠지, 너무나도 좋지 않은 예감이 들었던 것이다. 지금까지 겪어본 적이 없었을 정도로 큰 경종이 머릿속에서 울려 퍼지고 있었다.

그리고 그 소리는 미궁에 가까워지면 가까워질수록 강해지고 있었다. 빨리 끝내고 도망치는 게 좋을지도 모르겠다. 다행히 아멜리아와 요루가 매일 들르고 있는 크로우의 집은 미궁에서 상당히 떨어져 있었다.

아멜리아와 요루가 위험에 처할 확률은 낮겠지만, 그래도 나는 아멜리아를 이 대륙에서 떨어트려 놓고 싶었다.

나 자신도 알아차리지 못했지만, 아마도 『위기감지』의 스킬이 지금 일어날 일을 계속 경고하고 있었던 것 같다.

아멜리아가 다시 『소생마법』을 쓰게 될 것이라는 것을.

"……제길."

내가 미궁에 도착했을 때, 수인족 영토에 있는 미궁은 이미 검은 안개가 일면을 덮고 있었다. 그리고 길드 직원들이 황급하게 문을 닫으려고 하는 미궁 문 안쪽에서 짐승의 신음소리와 울부짖는 소리가 들려왔다.

짐승에 가까웠기 때문에 위기감지 능력이 높은 수인족 일반인들은 이 구역엔 없었으며, 인간족의 길드 직원과 타지까지 돈을 벌려고 온 일반인 그리고 미궁에 와 있던 모험가들만이 있었다.

"이봐! 지금 당장 여기서 도망쳐!!"

아마도 나보다 랭크가 훨씬 높을 것으로 보이는 수인족 모험가가 다급하게 소리를 지르면서, 비전투원의 비난을 유도했다.

위험하다는 걸 눈치챈 길드 직원도 도망쳤기 때문에 미궁의 봉쇄는 불완전하게 끝나고 말았다. 길드 직원을 비난할 순 없을 것이다. 누구라도 자신의 몸은 소중하다. 하물며 전투능력을 지니지 않은 비전투원이라면 더 말할 것도 없다. 그리고 분명 문을 봉쇄했더라도 미궁의 바닥에서 올라오는 마물들의 일격에 파괴되었을 것이다.

"이봐! 너도 여기서 물러나!!! 레이드라도 시도하지 않으면 쓰러트리지 못할 마물이 올라오고 있는 게 느껴지잖아!!!"

커다란 기운이 서서히 다가오는 미궁 입구를 보고 있으려니, 사람 좋아 보이는 수인족 모험가가 내 팔을 붙잡고 끌어당겼다. 이미 다른 모험가들은 피난한 뒤였고, 미궁 입구 부근에는 나와 이 모험가밖에 없었다. 그 목에 걸려 있는 인식표는 붉은색이었다.

노란색인 지금의 나보다 한 랭크가 더 높다.

"알았어. 하지만, 어떻게 대처할 거야?"

계속 버티는 모습을 보였다간 내가 미궁 안의 어딘가에 갈 곳이 있는 것처럼 보일 것이다. 내가 미궁에서 물러나려는 의사를 보이자, 적색 랭크의 모험가는 이번에야말로 도망치기 시작했다.

내 팔을 계속 붙잡고 있었기 때문에 그에 이끌려서 나도 달리기 시작했다.

"일단은 길드에 가서 상황을 확인할 거야. 금색에서 황색 랭크까지의 모험가들은 분명 토벌부대로 편성될 테니까, 늦어지면 혼자 따로 움직이다가 죽을 수도 있다고!"

꽤나 익숙한 것 같다고 물으니 너도 그렇게 보인다는 대답이 돌아왔다. 확실히 그렇긴 하다고 생각하면서 나는 쓴웃음을 지었다.

미궁 안에 오래 들어가 있으면, 절체절명이나 대위기 같은 분위기에 익숙해져 버리는지도 모르겠다. 내키지 않는 익숙함이다.

모험가 길드 앞에는 이미 황색 랭크 이상의 모험가들이 많이 집결한 상태였다.

나는 요루에게 『염화』로 지금의 상황을 설명했다.

『알았다. 주공은 가능한 한 거기서 막아다오. 우리는 비전투원의 피난 유도와 피해를 최소한으로 줄이는 데 전념하겠다.』

"그래, 네가 죽으면 나도 죽어. 조심하라고."

『홋. 날 누구라고 생각하나?』

"어리석은 질문이었군. 수시로 연락을 주고받자고. 아멜리아를 부탁할게."

시종마의 계약으로 요루와 나는 목숨이 이어져 있지만, 컨티넨 미궁 최하층의 보스였던 요루의 목숨을 위협할 만한 마물은 브루트 미궁에서도 별로 없을 것이다.

『염화』를 끊음과 동시에 길드 마스터인 린가가 약간 높은 위치에 나타났다.

"쓸데없는 서론은 필요 없겠지. 일단 가까이에 있는 자와 한 조가 되어라. 그 녀석을 목숨을 맡길 파트너라 생각하는 거다. 기본적으로는 조를 유지한 상태로 움직여라. 약한 녀석과 한 조가 되었다면 그건 네 운이 다했기 때문이다."

말하는 내용은 무모하기 짝이 없는 것들뿐인지라, 평소의 나라면 생판 처음 보는 알지도 못하는 녀석에게 목숨을 맡길 수 있겠냐고 말하겠지만, 이번만큼은 그런 말을 할 수가 없었다. 사태는 절박했다.

외모로 구분하면 인간족에 속하는 나에겐 사실 이 토벌부대에 들어갈 의무가 없지만, 운이 좋으면 랭크가 올라갈 수도 있다. 그리고 무엇보다 아멜리아가 가까이 있는 것이다.

아멜리아는 일단 은색 랭크의 모험가이며, 요루까지 같이 있는데도 쓰러질 일은 없을 거라 생각하지만, 그래도 남자는 여자를 지키고 싶어 하는 법이다.

"이봐, 나랑 한 조가 되지 않겠어?"

"좋아, 잘 부탁해."

나에게 파티를 꾸리자고 신청한 사람은 조금 전에 나를 여기까지 끌고 온 적색 랭크의 모험가였다.

"나는 세나라고 해. 그렇게 보이진 않겠지만, 저기 있는 길드 마스터인 린가의 동생이야."

정말로 그렇게 보이지 않는다. 린가가 표범 수인인데 비해서 세나는 늑대 수인이었다.

"내 이름은 아키라야."

간결하게 자기소개를 끝냈다.

그 린가의 동생이라면 더더욱 방심할 수 없겠군. 귀찮은 인간과 가까워지고 말았다. 아니, 저쪽이 다가온 것이 되나.

"얘기가 나온 김에 바로 묻겠는데, 네 포지션은 전위 쪽이야? 아님 후위?"

복슬복슬하게 생긴 꼬리가 파닥파닥 움직이는 것이 시야에 들어왔다. 세나가 내 몸을 이리저리 훑어보면서 말했다.

"전위야. 직업은 암살자."

"그럼 상성은 좋겠군. 나는 후위 포지션에 불 마법사니까."

씨익 웃는 세나를 보고 고개를 끄덕인 뒤에 주변을 둘러봤다. 대부분의 조는 서로의 얼굴을 알고 있는 것 같았고, 자기소개를 하는 자들은 적었다.

"그럼 기본적으론 지금 한 조가 된 둘이서 움직이고, 어떤 이변이 발생했을 경우엔 한쪽이 전령을 맡아라. 실력에 자신이 없는 조는 다른 조와 힘을 합쳐도 된다. 지금 발이 빠른 자를 옆 도시랑

왕도에 보냈다. 그렇다 하더라도 이 도시를 지킬 수 있는 건 우리뿐이다. 우리 도시를, 마족들이 더럽히게 놔두지 마라!!!!!"

""""오오오오오오오오오오!!!!""""

모두의 사기가 높아지는 가운데, 나는 혼자 얼굴을 찌푸렸다.

"……마족?"

어째서 마족이라고 단언할 수 있지?

간간이 들려오는 말을 듣고, 하늘이 검게 변하는 현상이 약 100년 전에 요루가 일으킨 '아들레아의 악몽'과 아주 유사하다는 것은 알았다. 하지만 마족이 같이 있었다는 얘기는 들은 적이 없었다. 요루도 그런 말은 하지 않았다. 애초에 나도 요루로부터 모든 것을 다 들은 것은 아니다. 단지 마왕의 명령으로 요루가 수많은 수인족들의 목숨을 빼앗았다고만 들었을 뿐이다.

그래도 요루의 성격을 감안해볼 때 마족이 이끌고 습격한 것이라면 분명 그렇게 말했을 것이다.

그러니까 아마도 100년 전에 마물을 이끌고 찾아온 건 같은 마물인 요루일 것이다. 그렇다면, 이번에도 지성이 있는 마물이 이끌고 왔을 것이라 생각하는 게 지극히 일반적인 견해이지 않을까?

만약 억측으로 말하는 것이라면, 그거야말로 있을 수가 없는 일이다. 일개 길드 마스터라고 해도, 그 말의 영향력은 틀림없이 본인이 잘 알고 있을 것이다.

그렇다면 어떤 확신을 가진 상태에서 말하고 있는 건가?

"이봐, 정말이지 자주 넋을 놓고 있는 녀석이로군, 다른 자들과 힘을 합치겠어?"

생각에 잠긴 나를 세나가 어이가 없다는 눈으로 바라봤다. 나는 깊게 생각하지 않고 고개를 가로저었다.

"네 실력은 모르겠지만 오랫동안 솔로로 싸웠던 나에게 연계 플레이는 무리이니, 숫자가 늘어나 봤자 서로 충돌만 할 거야."

세나는 고개를 끄덕였고, 내가 생각에 잠겨 있는 동안 파티를 꾸릴 의사를 타진하러 온 것으로 보이는 2인조에게 미안하다는 표정으로 머리를 숙이고 있었다.

"아키라, 세나. 너희 조는 적색 랭크와 은색 랭크의 조를 도와 주러 가라."

드디어 전장으로 출발하려고 했을 때 타이밍 좋게 린가가 그렇게 말했다.

"뭐, 그래도 괜찮아? 황색 랭크를 최전선으로 보내게?"

세나는 걱정스러운 표정으로 날 봤다. 내 실력을 걱정하는 건 처음 겪는 일일지도 모르겠군. 지금까진 아무런 불만도 제기할 수 없도록, 무슨 말을 듣기도 전에 내 실력의 반 정도는 미리 보여주고 있었으니까.

"그래, 이 녀석이라면 문제없어. 여차하면 버리고 도망쳐."

"알았어."

서로를 보면서 씨익 웃는 형제. 조금 전에 했던 말은 취소다. 아주 많이 닮았군.

Side 요루

주공으로부터 연락이 온 뒤, 나와 아멜리아 양은 도시 안을 돌아다녔다.

스스로의 힘으로 도망치기 어려운 노인을 내 등에 태우고 옮기기 위해서였다. 내 모습을 보고 처음에는 꺼리던 노인들도 죽고 싶지는 않았는지, 여기에서도 마물이 날뛰고 있는 게 보이게 되자 순순히 내 등에 올라탔다.

『아멜리아 양, 빨리 도망쳐야……!』

마지막 한 사람을 태운 후, 내가 꼬리로 아멜리아 양을 등에 태우려고 했지만 그녀는 고개를 저으면서 피했다.

"이 너머에 있는 사람들은 아직 도망치지 못했어. 그리고 모험가도 오지 않는 지금은 누군가가 여기 남아서 막아야 해."

거의 바로 근처까지 마물이 와 있었다.

나는 망설였다. 지금 여기를 떠났다가 만약 아멜리아 양에게 무슨 일이 생길 경우엔 연락수단도 없을뿐더러 있는 곳을 알아낼 수 있는 수단도 사라지게 된다.

"빨리 가!"

제정신을 차려 보니 바로 앞까지 마물이 와 있었다. 은색 랭크의 모험가인 아멜리아 양이 당할 것이란 생각은 들지 않을 정도로 약소했다.

『……바로 돌아오겠다.』

등에 있는 많은 목숨을 떠올리면서, 나는 지면을 박찼다.

내 손은 이제 와서 새삼스레 생명을 구하기에는 너무 많이 더럽혀져 있지만, 그래도 이 이상 희생자를 내지 않기 위해서다.

나는 조금 떨어진 곳에서 아멜리아 양 쪽으로 돌아봤다.

"오히려 내가 쫓아가게 될지도 몰라."

아멜리아 양은 그렇게 중얼거리면서 자신에게 다가오는 마물들을 향해 손을 뻗었다.

"『그래비티』."

방출된 마력으로 인해 순백의 머리카락이 공중으로 펄럭이며 올라갔다.

그녀의 가슴에서 은색의 인식표가 오랜만의 전투로 인해 흔들리고 있었다.

Side 오다 아키라

"지금, 내 손에 모든 것을 불태우는 커다란 불꽃을……! ──『불꽃의 손』."

세나가 주문을 읊자 그동안 내가 마물들을 유인했으며, 주문 영창이 끝났을 무렵에 이탈했다. 마법이 완성돼 세나가 내민 손에서 거대한 불꽃의 팔이 뻗어 나오더니 직선상의 마물을 전부 불태워 버렸다.

그래도 마물들은 그 빈틈을 메우려는 듯이 몰려왔다. 최전선에서 전투를 시작한 지 한 시간 가까이 지났지만 마물의 수는 줄어들 줄 몰랐다.

모험가 길드에서 야마토와 마일이 말했던 것처럼 수인족 영토의 미궁—— 브루트 미궁의 마물은 약점이 제각각 달랐기 때문에 연계가 필수적이었다.

그래도 이런 식으로 파티가 편성된 건 수인족의 특성 때문일 것이다.

수인족은 짐승의 피가 섞여 있다. 뭐, 그건 누구라도 아는 사실이다. 문제는 그 짐승의 피가 적게나마 성격에 영향을 주고 있다는 것이라 하겠다.

본래의 짐승이 광포하면 수인 역시 쉽게 분노하고 쉽게 주먹을 휘두른다. 온순한 짐승 계열이라면 상냥하고 싸움을 싫어하며 완력이 강한 짐승 계열이라면 마찬가지로 힘이 세다. 즉, 개별 활동을 주로하는 짐승 계열이라면 집단행동에도 맞지 않는 것이다.

파티 편성을 그 정도로 모험가에게 죄다 맡기고 있었던 건 그게 이유일 것이다.

"아키라, 몇 분만 전선에서 버텨 줄 수 있을까?"

여유가 없는 세나의 목소리를 듣고 뒤로 돌아보니, 세나는 전선에서 싸우고 있던 모험가 두 명을 부축하고 있었다. 둘 다 숨이 넘어가기 직전이었으며, 물러나는 게 조금만 늦었으면 죽었을지도 모른다.

나는 고개를 끄덕였고, 그러는 김에 그 모험가로부터 단검을 빌렸다.

돌아봤을 때 마침 길드에서 빌린 단검이 수많은 마물을 베느라 쌓인 손상을 버티지 못하고 산산조각이 나고 말았던 것이다. 저 모험가가 지닌 단검이 아무리 베어도 날이 무뎌지는 낌새가 보이지 않는 것을 확인했으며, 조금 궁금했기 때문에 이 기회를 틈타서 한 번…… 이라는 속셈이 있었다.

그 자리에서 살짝 휘둘러 봤다. 길이는 내 손에서 팔꿈치 정도였으며, 무게도 적당한 것이 상당히 잘 만든 물건이었다.

"……그, 건, 그 크로우가 만든, 단검, 이니까, 반드시, 돌려 주러 와."

과연, 어쩐지 휘두르기 편하다는 생각이 든다 했다.

더듬더듬 말하는 모험가에게 고개를 끄덕이면서 그의 얼굴을 기억했다. 과거에 마왕의 오른팔이었던 그 녀석이 추천한 크로우가 만든 것이라면, 상당히 비쌌을 것이 틀림없다. 그렇게 많은 돈을 가지고 있지 않은 내 입장에선 빌려주는 것만으로도 고마운 일이로군.

"고마워, 몇 분만 기다리고 있으면 돌아올게."

그렇게 말하고 세나는 전선에서 이탈했다.

나는 씨익 웃었다. 이제 아무런 걱정 없이 싸울 수 있다. 전선에는 아직 수십 명의 모험가가 있지만 여기선 보이지 않는다. 저들도 설마 황색 랭크의 모험가 따위가 지금부터 마물을 전멸시킬 것이라곤 생각하지 못할 것이다.

나는 슬쩍 손을 앞으로 뻗었다.

"『그림자 마법』 발동."

사란 단장의 당부대로, 나는 다른 사람이 보이는 곳에선『그림자 마법』은 쓰지 않는다. 뭐, 들켰다고 해도 어둠 마법의 파생기술이라고 얼버무릴 것이며, 만일의 경우 컨트롤을 잘못해서 사람을 덮치지 않도록 『기척감지』는 늘 전개해 두고 있었다.

이 세상에 모습을 드러낸 그림자는 하늘에 있는 것보다 더욱 진한 검은색으로 지면을 물들이며 기뻐하는 몸짓으로 내게 매달렸다. 감촉은 전혀 없지만 개가 재롱을 부리는 느낌이 들었다.

"좋아, 잡아먹어라. 뭐, 크게 맛있을 것 같진 않지만 말이야."

이 녀석이 맨 처음 잡아먹은 것은 미노타우로스. 그다음은 펜리르나 키메라 같은 아주 레어한 마물만 잡아먹었으니까 입맛이 고급스럽게 바뀌었을지도 모르겠군.

『그림자 마법』이 지나간 곳에선 한 방울의 혈흔도 남기지 않고 마물이 사라졌으며, 그걸 본 마물들은 두려움을 느꼈는지 앞다퉈서 『그림자 마법』으로부터 도망치려고 했다. 하지만 그들은 한 치의 빈틈도 없이 꽉 채워진 간격 때문에 도망치려고 해도 도망칠 수 없었고 동료들의 몸에 깔려 죽는 마물까지 나오는 판국이었다.

"보고 있어도 기분이 좋아지진 않지만, 상당한 절경이긴 하군."

지금까지 도시를 침공하여 수인족에게 계속 공포를 주고 있던 마물들이, 이번에는 뭔지 모를 것에게 겁을 먹으면서 서로 밀치고 도망치느라 아우성이었다. 건물에 깔려서 목숨을 잃은 수인족이나 타지에 돈을 벌려고 왔다가 마물들의 발톱에 베여 죽은 인간족 사람들을 생각하면 유쾌한 기분이 들었다.

최대한 넓게 전개해 뒀던 『기척감지』에 사람의 반응이 나타나자, 나는 『그림자 마법』에게 돌아오라고 말했다. 내 그림자에 들어온 『그림자 마법』에게 잘했다고 칭찬해 준 뒤, 나는 빌린 단검으로 가까이에 있는 마물을 베어 죽였다. 한 마리 한 마리에 시간을 들이려니 상당히 귀찮았기 때문에 공을 들여서, 일격으로 적을 죽일 수 있게 단검을 휘둘렀다.

"미안해, 아키라!"

나는 건물 뒤에서 나타난 세나에게 한 손을 들어서 맞았다.

"왠지 마물의 수가 줄어든 것 같지 않아?"

주변을 돌아보면서 그렇게 말하는 세나에게, 나는 시치미를 떼면서 대꾸했다.

아주 쉽게 소처럼 생긴 마물의 목을 그어버렸다.

"글쎄, 난 잘 모르겠는데. 여기 방어가 워낙 단단하니까 다른 곳으로 간 것 아닐까?"

뭐, 사실은 내 마법이 몽땅 잡아먹어 버렸기 때문이지만.

역시 전부를 잡아먹는 건 무리라서 눈으로 보이는 범위에 수백 마리는 남고 말았지만, 둘이서 싸운다면 여유 있게 쓰러트릴 수 있다. 이 정도면 다른 장소로 도와주러 갈 수도 있을 것 같다.

나는 여유를 가지고 주변을 둘러봤다. 그런 내 옆을 불꽃 덩어리가 스치고 지나갔다.

"다른 데를 보다니, 여유가 넘치는걸."

"당연하잖아? 누가 이렇게까지 전선을 유지하고 있다고 생각하는 거야?"

가벼운 농담을 주고받을 수 있을 정도로 세나도 여유가 있는 것 같았다.

나는 오오, 하고 소리를 질렀다. 시선 끝에는 크로우로부터 받은 재료 리스트에 적혀 있던 거대한 호랑이 같은 마물이 있었다.

"……좋았어, 재료 확보."

순식간에 거리를 좁히고 단검을 휘둘렀다. 분명 발톱을 채집하면 되는 거였지. 나는 그 마물의 발톱을 주머니에 넣었다.

"슬슬 끝날 것 같군. 그럼 남은 마력으로 비장의 기술을 쓰도록 할까."

장난꾸러기 같은 표정으로 세나가 웃더니 주문을 읊기 시작했다.

지금까지의 마법과는 명백히 달랐으며, 주문 영창에도 온 신경을 곤두세우고 있다는 것을 알 수 있었다. 나는 진지한 표정의 세나가 시키는 대로 세나 쪽에 마물이 가지 않도록 세심한 주의를 기울였다.

"……분출하라, 연옥의 불꽃. 그 모습을 보이면서 모든 것을 재로 되돌려라. ——『불길(焔).』"

그 주문이 끝난 뒤에 주위를 둘러봤지만 아무 일도 일어나지 않았다. 불발인가 싶어서 고개를 갸웃거렸을 때 지면이 살짝 흔들렸다.

"아키라, 이쪽으로 와."

점점 심해지는 진동을 느끼면서 식은땀을 흘리는 나에게, 신비한 미소를 지으면서 세나가 손짓을 했다. 잘 보니 마물들이 모여 있는 곳만이 흔들리고 있었다.

"이봐, 이게 뭐야?"

결국 궁금증을 참지 못하고 물어봤더니, 세나는 웃으면서 입에 검지를 갖다 댔다.

쿠룩, 쿠룩 하고 어디서 나는 건지 모를 소리가 들렸고, 마물들이 있는 곳의 흔들림이 점점 격렬해졌다. 분명 도망쳐도 될 텐데 마물들의 발은 움직이지 않았다. 펑 하고 뭔가가 뿜어져 나오더니 그 위에 있던 마물이 순식간에 형체도 없이 사라졌다. 마석만이 달그락 하고 떨어졌다.

마물들이 술렁거리면서 동요했다.

나의, 이미 인간의 영역을 넘어선 눈은 그게 무엇인지, 빈틈없이 포착하고 있었다.

"저건⋯⋯ 마그마?"

일본에 살았던 무렵에 수학여행으로 아소에 간 적이 있었는데, 분명히 전망대 같은 곳에서 이런 동영상을 본 기억이 있었다. 천천히 움직이는 걸쭉한 것이 조금씩, 하지만 확실하게 나무들을 집어삼키는 모습을.

"오오, 의외로 박식한걸. 그래. 마법으로 마그마를 지상까지 분출시킨 다음 강제로 땅속에 돌려보내는 거지. 그게 이 마법이야."

무섭다. 눈앞에서 보이지 않는 공격으로 사라지는 동료를 보는 마물의 눈은 명백하게 공포의 빛으로 물들어 있었다. 그중에는 적인데도 나에게 애원의 눈길을 보내는 멍청한 녀석도 있었다.

왜 도망치지 않았는가 싶어서 마물들의 다리 쪽을 살펴보니, 고열로 인해 다리가 녹아 있었다. 이러니 움직이질 못하지. 아픔을 느낄 수 있다면, 죽고 싶을 정도의 고통과 함께 다음 차례는 자신이 될 것이라는 공포가 끊임없이 습격해오는 마법.

"잔인하군."

열풍이 우리가 있는 곳까지 전해졌다. 분명 『그림자 마법』을 알고 있는 요루랑 아멜리아가 옆에 있었다면 '네가 할 말이냐'고 한마디 했을 것이다. 하지만 내 『그림자 마법』은 통째로 삼켜 주는 데다, 암살도 마찬가지로 공포를 느낄 틈도 없이 순식간에 끝난다. 이런 마법을 대규모 섬멸전에 사용하다니, 고문으로 봐도 손색이 없었다. 인간을 상대로 쓴다면……. 그런 생각을 하자 등이 오싹해졌다.

나는 가늘게 뜬 눈으로 마석을 남기고 죽어가는 마물들을 보고 있었다.

세나의 반칙 급으로 잔인한 마법 덕도 있었기 때문에, 우리가 맡은 구역은 대충 정리가 되었다. 겨우 마음을 놓고 안도의 한숨을 쉬었을 때였다.

절박하게 들리는 목소리로 말하는 요루의 『염화』를 수신한 것은.

『주공! 아멜리아 양이, 아멜리아 양이 납치당했다!!』

머릿속이 새하얘지는 기분이 들었다.

Side 아멜리아 로즈쿼츠

"……하아, 하아, 역시, 수가 너무 많아."

내 마력은 절대 바닥나지 않는다. 하지만 대량으로 마력을 소모하면 역시 지치고 만다. 그 전에 요루가 돌아오면 좋겠지만, 안전한 곳에 노인들을 옮기려면 시간이 상당히 걸릴 것이다.

"그때까지 이곳은 어떻게든 사수해야지."

나는 스친 상처를 입은 두 팔을 수평으로 들었다.

이 상처도 몇 분만 지나면 흔적도 없이 사라질 것이지만, 그래도 입은 상처가 더 많았다.

현재 내 눈앞에는 보이는 것만 계산해도 수백 마리는 될 것 같은 마물의 대군이 있었다. 보이지 않는 곳에서, 버려진 집안이나 다른 마물의 뒤에 있어 보이지 않는 사각을 합친다면 2,000마리는 넘을지도 모르겠다.

죽더라도 자신에게 『소생마법』을 걸어 두면 자동적으로 되살아날 수 있다. 하지만 소생한 뒤에는 마력이 대량으로 사라지게 되기 때문에, 완전히 바닥나는 일은 없더라도 그 반동으로 인해 한동안 움직이지 못하게 된다.

"『그래비티』."

전방 수십 미터 정도의 지면과 마물이 푹 꺼지면서 가라앉았다. 꺼져버린 지면 안에선 위에서 엄청난 질량을 지닌 무언가에

짓눌려 납작해진 마물 수십 마리가 내장을 드러내면서 죽어 있었다.

완전히 아키라가 말한 적이 있던 청소년 관람불가 등급으로 지정될 만한 광경이었다. 도저히 어린아이에겐 보여 줄 수 없다.

참고로 거리에는 어중간하게 짓눌린 집들이 대량으로 있다. 주변 피해까지는 고려할 수 없는 상황이었기 때문이다. 그렇기에 비록 마물로부터 도망칠 순 있었다고 해도 앞으로 생활하기는 어려울 것이다. 미안한 짓을 했다고는 생각하지만. 나도 목숨이 걸려 있으니까 그런 걸 감안하면서 봐주고 있을 수가 없었다.

"……요루가 늦네."

아무 일도 없으면 좋을 텐데. 그렇게 생각하면서 동료의 죽음도 아랑곳하지 않고 맹렬하게 돌진해오는 마물들에게 다시 『중력마법』을 걸었다.

"헤에──. 그렇군. 그 『중력마법』은 그때 봤던 건데……. 네가 엘프족의 공주님이야──?"

어디선가 차분하긴 하지만 어린아이 특유의 높은 목소리가 들렸다.

나는 고개를 사방으로 돌리면서 살펴봤다. 여기에는 나 말고 다른 인간의 목소리는 들려올 리가 없을 텐데. 들려와서도 안 된다. 왜냐하면 그건 미처 도망치지 못했다는 뜻이니까.

하지만 그 목소리는 왠지 귀에 익었다. 어디서 들었는지를 생각하면서 찾았다.

"이쪽이야아. 너, 『기척감지』 같은 위기감지 계열의 스킬은 가지고 있지 않은 거야──?"

다시 목소리가 들린 쪽을 보았다. 그곳에는 머리카락과 눈이 에메랄드 같은 녹색에 엘프족만큼 빼어나진 않지만 귀여운 얼굴을 가진 어린아이가 목이 긴 마물의 머리 위에 앉아 있었다. 분명 이 자리에 아키라가 있었다면 그 마물을 본 순간에 기린이라고 말했을 것이다.

녹색 눈은 이 상황을 즐기고 있는 것 같았다. 그리고 기억을 떠올렸다.

"당신은…… 옛날에 엘프족의 영토를 습격한 마족?"

인간족 영토의 컨티넨 미궁에서 아키라에게 얘기해 준, 나와 키리카의 옛날이야기의 내용 중에는 언급하지 않고 넘어간 일이 하나 있었다. 키리키가 원인을 제공하는 바람에 미궁에서 나타난 마물 중에는 그들을 통솔했던 마족이 있었던 것이다. 아주 짧은 순간 '또 보자──.'고 말하던 목소리를 들었고, 녹색의 빛을 보았다. 그때 나는 아직 어린아이였기 때문에 마족에 관한 건 잘 몰랐지만, 성장하면서 마족이 어떤 존재인지를 알고 난 후로는 그게 마족이라는 확신이 강하게 들었다. 하지만 아쉽게도 한순간의 일이었기 때문에 아버지인 왕에게조차 보고해야 할 것인지를 두고 망설였다.

마족이 등장했다는 말은 마왕이 움직이기 시작했다는 뜻이기 때문에 잘못 본 것을 섣불리 보고해서는 안 된다. 마족이 나타나게 되면, 아무리 엘프족이 다른 종족과 어울리는 걸 싫어한다고 해도 협력태세를 취해야만 하게 된다. 그 정도로 나라를 좌지우지하는 일대사를, 순간적으로 본 것만으론 어떻게 대처해야 할지 확실하게 판단할 수가 없었다.

"오! 맞았어어! 이야, 네 여동생이 어찌나 고마운지 몰라——. 일부러 우리가 즐길 수 있는 자리를 만들어 주었으니까!"

마족이라고 생각하면서 경계를 강화하자, 갑자기 기쁜 목소리로 소리를 높이는 마족. 그의 볼은 마치 새로운 장난감을 받은 아이처럼 홍조를 띠고 있었다.

어느새 마물의 침공이 멈춰 있었다. 마치 나 한 사람만을 표적으로 좁힌 것처럼 마물에게 포위되었다. 사방팔방, 시선이 닿는 곳에는 마물만 있었다.

아키라와 함께 들어갔던 컨티넨 미궁의 트랩, 몬스터 룸도 이렇게까지 수가 많고 커다란 마물은 나오지 않았다.

나를 포위하고 있는 마물 중에는 어쩌면 드래곤으로 변신한 요루에게도 필적할 만큼 큰 개체까지 있었다.

『중력마법』이 섬멸전에 적합한 마법이긴 해도, 지금의 나는 완전히 불리한 상황이었다.

"너에겐 맡길 일이 좀 있거든——. 그러니까 죽일 수 없다는 게 조금 아쉬워."

갑자기 목소리 톤을 낮추는 마족 소년.

그 녹색 눈이 요사스럽게 빛나는 것 같더니, 지금까지 조용했던 마물들이 일제히 움직이기 시작했다. 그것도 맹목적으로 돌진하는 게 아니라, 뭔가에 통솔되어 명령에 따르고 있는 것 같은 움직임이었다.

나는 자신도 모르게 혀를 찰 뻔했지만 도중에 멈췄다. 그런 기품 없는 행동을 했다는 걸 아키라가 알면 안 된다고, 이런 때도 아키라 위주로 생각하는 나는 그 대신 크게 얼굴을 찌푸렸다.

"하지만 네 마법은 잘 알고 있거든? 그러니까 일단은 너를 무력화할게."

마족 소년은 빙긋 웃었다. 그 눈은 한없이 순수했으며, 그 몸에서 나오는 강렬한 마력의 압박이 없었다면 주변에서 흔하게 볼 수 있는 아이와 다를 게 없었다.

"그리고 네 동료인 용사소환으로 오게 된 암살자 군 말인데, 마왕님은 방해가 된다고 말했으니까 죽일 거야. 나도 그 녀석이 싫거든——. 인간족 주제에 멋대로 까부는 게 불쾌하니까. 목적을 이루기 전에 죽여 버려야지."

귀여운 얼굴을 찌푸리는 마족 소년을 보니, 나도 한 번 더 얼굴을 찌푸리고 싶은 기분이었다.

마왕이 아키라를 인식하고 있다는 건 요루가 대신 말을 전해 준 걸 봐도 명백했다. 하지만 아키라가 여기 있는 목적은 마족 영토에서 살아남기 위해 크로우에게 부탁하여 검을 수리하는 것이다. 자신이 마왕성으로 불러 놓고서 그걸 방해한다니, 대체 무슨 생각을 하고 있는 걸까.

"그러니까 나에게 죽을지도 모르는 암살자 군을 위해서라도, 우선은『소생마법』을 써서 자신이 살아남아야겠지. 아, 암살자

군을 죽일 날은 오늘이 아니니까 안심하고 써도 돼——."

소년은 손을 들어 올렸다. 마물들의 포위망이 좁아졌다.

"아, 그렇지. 내 이름은 아울룸이야. 아울룸 트레이스. 기억해 줘."

소년이 손을 내림과 동시에 마물들이 내게 달려들었다.

Side 요루

『……아울룸 트레이스.』

주변에 감도는 마력의 잔재는 낯이 익었다. 십중팔구 그 녀석이다.

"……이봐, 아멜리아가 어느 쪽 진영에 납치된 건지는 봤어?"

평소보다 낮아진 목소리로 주공이 내게 물었다. 분명, 미친 듯이 폭발할 것 같은 감정을 겉으로 드러내지 않으려고 그러는 것이겠지. 지금 당장에라도 쫓아서 달려가고 싶은 기분을 억지로 참고 있음이 틀림없다.

『그 마음은 이해한다. ……하지만, 지금의 주공의 실력으론 그 녀석을 이길 수 없어. 나는 힘을 더 길러야 한다고 생각한다.』

"선대 마왕보다 내 스테이터스가 더 높은데도 말이야?"

『그렇다.』

자신의 목소리가 평소보다 몇 단계는 더 낮다는 것을 깨달았다.

스스로도 약간 놀라고 있었다. 그 녀석이 움직이기 시작했다는 건 마왕님이 움직이고 있다는 뜻이다. 현재는 주공을 내 주군으로 정했다고 하나, 낳아 준 부모인 마왕님의 움직임에 혐오감을 느끼는 짓은, 시종마가 되기 전엔 생각할 수도 없는 일이었다.

"아멜리아를 납치한 녀석의 이름은 뭐야?"

엄청나게 많은 양의 피가 튄 곳 바로 위에 서서 주공은 목소리를 쥐어짜듯이 말하고 있었다. 혈액에도 아주 소량의 마력이 담겨 있었다. 마력이 강한 자일수록 혈액에 함유되는 마력의 양은 많아지며, 한동안 시간이 지난 후에도 그 혈액이 누구의 것인지 알 수 있는 경우가 있다.

평범한 사람이라면 치명적인 양인 그 피는 아멜리아 양의 마력을 품고 있었다.

『마족 중에서 세 번째로 강한 자에게 부여되는 '트레이스'라는 이름을 가진 남자, 아울룸 트레이스. 지금 마족은 마왕님의 부하들조차도 선대 마왕님께 필적하는 실력자들만 존재하지. ……아울룸 트레이스도 그중 한 명이다.』

주공은 웅크리고 앉아 자신의 발밑에 있는, 피가 대량으로 스며든 모래를 주먹으로 움켜쥐었다.

"……일단은 이 부근의 마물을 몽땅 처리하겠어. 더 이상 눈치를 보느라 힘을 아끼는 짓은 안 할 거야."

아멜리아 양의 피 냄새를 맡았기 때문인지, 그렇지 않으면 주공과 나의 기척을 느꼈기 때문인지, 섬멸되지 않은 마물들이 주위에 몰려들고 있었다.

『알았다.』

마지막까지, 주공은 얼굴을 숙이고 있었다.

"『그림자 마법』 발동."

주공의 분노에 촉발되어서인지, 지금까지 그랬던 것 이상으로 많은 마력을 주입했기 때문인지, 아멜리아 양이 만든 것으로 보이는 수많은 크레이터 안에서도 그림자들이 튀어나와 주공의 그림자와 합쳐졌다. 지금까지 써왔던 『그림자 마법』은 자신과 근처에 있는 사물의 그림자를 이용하는 정도가 한계인 걸로 알고 있다.

『……『변신』.』

나는 한숨을 쉬면서 내 몸의 모양을 바꿨다. 드래곤은 아직 공격을 해본 적이 없기 때문에 비늘의 강도가 아직 어설프지만, 이건 다르다.

내가 직접 처리한 마물이니까.

빛이 나를 감싸며 생김새랑 힘의 종류에 이르기까지 모든 것이 바뀌었다. 빛이 사라지자 내 시선은 고양이 모습일 때보다도 몇 단계 더 높아져 있었다. 그리고 시야가 셋으로 갈라져 있었다.

"케르베로스인가……. 컨티넨 미궁에서도 그렇고, 유명한 것들을 너무 많이 보여 주는 거 아냐?"

주공이 뭐라고 중얼거리고 있었다. 하지만 이 마물 특유의 흉포성 때문에 입에선 침이 계속 흘러나왔고, 머릿속이 뒤죽박죽이 되어 있다는 걸 알 수 있었다. 지금은 주공의 말을 반도 이해하지 못하고 있었다.

이 마물로 변신하는 건 블랙캣이었을 때보다 훨씬 더 강대한 힘을 손에 넣을 뿐만 아니라 너무나도 움직이기가 편하며, 평범한 공격이라면 상처 하나 나지 않을 정도로 튼튼한 몸을 자랑한다. 그러나 고려해야 할 것들이 너무 많다. 공격력은 미궁 하층에 있는 마물과 비교해도 손색이 없는데, 마치 약에 중독된 것처럼 사고가 불안정해 계속 뭔가를 파괴하고 싶은 충동이 밀려온다.

그리고 가장 귀찮은 것은 누군가가 날 막아주지 않으면 안 된다는 것이다. 지금은 주공이 있으니까 어떻게든 되겠지만, 군을 이끄는 입장일 때는 절대 사용할 수 없었다.

『주, 공. 나는 지금부터, 힘을 쓸 것이다. 끝나면, 나를, 막아다오.』

주공의 대답도 듣지 않았는데 몸이 멋대로 움직이기 시작했다. 순식간에 가장 가까이 있던 마물에게 달려들었고, 목을 물어뜯었다. 그 마물의 숨이 끊어지는 것도 확인하지 않고, 그저 피를 쫓아 다음 마물에게 달려들었다. 피에 굶주려 있던 자신의 내부가 점점 충만해지는 것을 알 수 있었다.

"오―오―. 과연. 넌 그 모습일 때 자신을 컨트롤하지 못하는 건가."

마비된 것 같은 머릿속에서 주공의 목소리만이 울려 퍼졌다.

"나도 온힘을 다해 펼친 『그림자 마법』을 제어하지 못했지만,

이제 겨우 자신의 의지대로 움직일 수 있게 되었지. 네가 시간을 벌어 준 덕분이야. 잘했어."

단지 그 목소리만이 내 안에 깊이 스며들면서 퍼졌다. 지금은 무슨 말을 하고 있는 건지 이해할 수 없었지만, 원래대로 돌아가면 차분히 생각해 보기로 하자.

Side 오다 아키라

아멜리아의 마력이 남은, 누가 봐도 치명상이라는 걸 알 수 있는 피의 양을 봤을 때, 내 안의 뭔가가 갈가리 찢어지는 소리가 났다.

그렇다곤 해도 분노에 몸을 맡기고 주변을 마구잡이로 파괴하진 않았다. 그저 아멜리아를 지키지 못한 자신에 대한 분노와 무력감, 슬픔이 한꺼번에 밀려오는 바람에 살짝 혼란에 빠졌다. 거기서 겨우 빠져나왔다 싶었는데 이젠 마물이 나타나질 않나, 정말 영문을 알 수가 없었다. 마치 이정표가 없어지면서 길을 잃고 망연자실함에 빠진 어린아이가 된 기분이다.

"『그림자 마법』 발동."

그래도 역시 스스로는 뭔가에 화풀이를 하고 싶다고 생각했는지, 평소보다도 거칠어진 『그림자 마법』이 나왔다. 솔직히 말해서 제어가 되지 않았다.

『주, 공. 나는 지금부터, 힘을 쓸 것이다. 끝나면, 나를, 막아다오.』

『그림자 마법』의 제어에 정신을 팔고 있으려니, 어느새 요루는 케르베로스로 변해 있었다. 미궁에 있을 때도 그랬지만, 나도 알고 있을 만한 유명한 마물만 나오는군.

케르베로스로 변한 요루는 그 말만 한 뒤에 뛰쳐나갔다. 요루가 덮친 마물의 목에선 피가 뿜어져 나오면서 지면을 적셨다. 세 개의 머리가 각각 다른 마물을 물어뜯으면서 순식간에 마물의 시체가 쌓여 갔다.

"……좋아. 장악 완료."

물론, 나도 그저 방관만 하고 있던 건 아니었다. 내 안에서 날뛰고 싶다고 주장하는『그림자 마법』을 달래면서 그 힘을 내 것으로 만들었다.

『그림자 마법』의 힘은 미지수다. 제어할 수 있는 범위에서 힘을 해방한다고 해도 한계가 어느 정도인지는 알 수가 없다. 내게는 너무 지나치게 강한 힘이지만, 신기하게도 풀어 줄 마음은 들지 않았다.

『그림자 마법』으로 발판을 만든 뒤에 마물 위를 넘어 요루가 있는 곳까지 갔다.

케르베로스가 된 요루는 입에서 침을 흘리고 있었는데, 보아하니 이성이 없는 것 같다. 완전히 파괴충동만으로 움직이고 있었다.

나는 요루에게 칭찬의 말을 건네고 전투에 참가했다. 어차피 지금은 무슨 말을 해도 알아듣지 못할 테니까 나중에 한 번 더 말해줘야겠다고 생각하면서,『그림자 마법』을 부여한 단검으로 마물의 급소를 정확하게 찔렀다.

내 발밑에서 늘어난 수많은 그림자는 제각각 움직이면서 주위의 마물을 잡아먹고 있었다. 잡아먹는다고 해도 통째로 삼키고 있기 때문에 마신다고 표현하는 게 더 정확할지도 모르겠다.

"……아, 잠깐, 요루!"

정신을 차려 보니 요루가 멀리 떨어진 곳에 있었다. 떨어져 있다곤 해도 서로의 모습은 보이지만, 그래도 도와주러 가기에는 먼 거리였다. 아까부터 마물이 통솔된 것처럼 움직이고 있다는 생각이 들었는데, 혹시 우리를 분단하기 위해 움직이고 있었던 걸까.

"……마족인가."

유일하게 마물을 부릴 수 있는 종족. 그 힘 때문에 다른 부족이 싫어하게 되었으며, 대륙에서도 가장 환경이 험한 '볼케이노'로 쫓겨난 불쌍한 종족.

그들이 움직였다는 것이 뜻하는 것은 단 하나, 마왕이 움직이기 시작했다는 사실이다. 컨티넨의 레이티스 왕국에 있는 왕이 무슨 생각을 하고 그랬는지는 전혀 알 수가 없지만, 우리 스물여덟 명이 이세계로 소환된 것은 그다지 타이밍이 나쁘지 않았던 것 같다.

"아울룸 트레이스."

그 이름을 부르면서 주먹을 쥐었다.

『그림자 마법』이 꿈틀거렸다.

"용서하지 않겠어."

뜬금없는 얘기지만, 나는 예전에 살던 세계에서 사랑이라는 걸 해본 적이 없었다.

어머니나 여동생인 유이는 물론 소중하다. 하지만 다른 여자들은 나의 용모랑 태도를 두려워만 하는지라 전혀 접점이 없었으며, 미소녀 소꿉친구가 있을 리도 없었다. 아니, 소꿉친구 자체가 없었다. 그 전에 아르바이트가 너무 바빠서 연애 같은 것에 신경을 쓰고 있을 시간이 없었다.

그래서 아멜리아가 내 첫사랑이고, 내가 처음으로 좋아하게 된 여자아이였다. 왕녀라는 걸 알았어도 이 마음은 사라지지 않았으며, 비록 아멜리아가 죽었다고 해도 나는 분명 아멜리아 이외의 여자는 사랑하지 않을 것이다. 소중하게 아껴 주고 싶다고 생각했으며, 지켜 주고 싶다고 생각했다. 아멜리아 앞에서 꼴사나운 모습을 보였을 때는 평소 이상으로 기가 죽었다.

그런 사람이 내 손이 닿지 않는 곳에 있다. 그런데 어디 있는지 알 수가 없다. 어쩌면 너무나 고통스러워하고 있을지도 모른다. 도움을 요청하고 있을지도 모른다. 그런데, 나는 달려가 줄 수가 없다. 눈앞에 있는 마물을 아무리 쓰러트려도, 아멜리아 곁에는 갈 수가 없다.

"아아아아아아아아!!!!"

그렇게 생각하자, 감정이 폭발했다.

시커멓게 물든 하늘이 한층 더 어둠으로 물들었다. 『그림자 마법』이 용량을 돌파하고도 계속 퍼져나가고 있었다.

"사라져라――『그림자 지옥』."

마물이 검게 물든 지면 속으로 서서히 가라앉았다. 마치 개미 지옥처럼 마물들은 그림자에서 빠져나오지 못했다. 마물이 그림자 속으로 완전히 가라앉았을 때, 마력은 이제 거의 남아 있지 않았다.

모든 그림자가 돌아왔을 때, 검게 물들었던 하늘도 원래의 푸른색으로 돌아왔다. 그렇게 인식했을 때 몸에서 힘이 빠졌고 지면이 가까워졌다.

『……주공!!』

무슨 이유인지, 원래의 거대한 검은 고양이 모습으로 돌아와 있던 요루가 지면과 접촉하기 직전에 나를 받쳐 주었다.

『주공의『그림자 마법』에는…… 아니, 방금 보여 준 타입의 『그림자 마법』에는 아무래도 마법을 해제하는 힘이 있는 것 같군. 내 변신도 주공의『그림자 마법』에 접촉한 순간에 풀려 버렸다.』

나를 받쳐 주던 요루가 내 의문에 대답해 주었다. 역시 파트너다.

『그런 것보다! 왜 이런 무모한 짓을……!! 딱히 각개격파를 했어도 좋지 않았나!』

그런 생각을 하고 있었더니, 요루는 갑자기 눈을 치켜뜨면서 내게 화를 냈다. 요루가 말하는 소리는 기본적으로 머릿속에서 울려 퍼지는 소리였던 데다, 마력고갈로 인한 현기증까지 겹치면서 너무나도 눈앞이 어지러웠다.

"……미안, 요루. 잔소리는 나중에 들을게. 지금은 잠 좀 자야겠어."

아, 잠깐, 주공! 이라고 외치는 요루를 무시하고, 나는 눈을 감았다.

역시 한계였다. 요루의 말대로 너무 무리를 했군. 나치고는 드물게도 내 감정이 말을 듣지 않았으니까.

지금도 마력이 남아 있었다면 근처에 마물의 피해를 면한 집까지도 파괴하고 있었을 것이다. 화풀이는 쉽게 지치니까 하지 않는 게 내 모토였는데 말이지. 아멜리아를 만난 이후로 내가 내가 아닌 것처럼 바뀌어 있었다. 하지만 신기하게도 가족 이외의 인간에겐 눈곱만큼도 관심이 없었던 저쪽 세계보다, 이런 식으로 감정을 겉으로 드러낼 수 있는 것에 기쁨을 느끼고 있었다.

"아멜리아, 반드시, 구해 줄게."

그렇게 중얼거리면서, 나는 이번에야말로 의식을 잃었다.

《……마스터의 마력이 한계치를 넘어섰습니다. 허용치를 대폭 오버. 이대로는 목숨이 위험해질 수도 있기 때문에 『그림자 마법』을 강제 발동하겠습니다. 모드 '치유'. 『그림자 마법』에 보존된 마력으로부터 필요한 양을 징수하겠습니다. ……치유 완료. 『그림자 마법』, 강제 정지.》

의식을 잃은 것이 분명한 입에서 기계 같은 목소리가 흘러나왔고, 잠깐 빛이 난다 싶었는데, 아무런 상처도 없는 몸으로 새근새근 자고 있었다. 마력이 바닥나면서 좋지 않았던 안색도 완전히 정상으로 돌아와 있었다. 그건 아멜리아와도, 요루와도 만나기 전에 딱 한 번, 키메라와의 싸움에서 입은 부상 때문에 다 죽어갔을 때도 일어난 현상이었다.

주인이 무사한 수준을 넘어서 아예 완전히 회복한 것을 확인하고, 요루는 서두르고 있던 걸음을 늦췄다.

"……음."

모르는 장소에서 나는 눈을 떴다.

『주공, 일어났나.』

자리에서 일어나 두리번거리면서 주위를 돌아보고 있으려니, 내가 누워 있던 침대 옆에 있는 창문으로부터 아기고양이 모습의 요루가 들어왔다. 안도한 것 같은, 그러면서도 왠지 지친 것 같은 표정을 짓고 있었다.

"요루, 여긴……?"

"우리 집이다."

요루에게 물었을 텐데, 다른 목소리가 방 안에 울려 퍼졌다. 들어본 적이 있는 목소리였다.

"……크로우."

검은 고양이 수인이자 대장장이 장인인 그는 뭔가를 들고 내 근처까지 왔다. 방에는 침대 말고 다른 가구가 없었으며, 옷장조차도 없었다. 정말로 잠을 자기 위해서만 존재하는 방인 모양이다.

"기분은 어때?"

"최악이야. 내가 얼마나 오랫동안 의식이 없었던 거지? 그리고 아멜리아는 어디 있어?"

장시간 잠들었을 때 느껴지는 특유의 나른함이 내 몸을 감싸고 있었다. 머리가 돌아가지 않았다.

이 세계에 소환되었을 때부터 늘 죽음이 곁에 있는 것 같은 기분이 들어서, 깊은 잠을 제대로 잘 수 없었다고 생각한다. 그런데도 지금은 완전히 수면욕이 사라져 있었다. 분명 상당히 오랜 시간 동안 잔 것이 틀림없다.

시간이 지나면서 점점 머리가 돌아가기 시작했기에 상황을 파악했다. 이마에 손을 짚었다.

"아아, 그렇군. 아멜리아는 마족에게 납치당했지."

『그래. 마물의 침공은 종식되었지만 아멜리아 양은 행방불명이다. 참고로 주공이 난동을 부리다가 정신을 잃은 건 3일 전의 일이다.』

요루의 말을 듣고 나는 놀랐다. 3일 동안이나 잠들어 있었단 말인가.

옛날, 트럭에 치일 뻔한 아이를 구하려다가 대신 치인 적이 있었는데, 그래도 의식을 잃었던 시간은 겨우 이틀이었다. 그때는 치인 뒤에 타이어와 타이어 사이에 몸이 들어간 덕분에 다친 곳은 거의 없었다. 이번에도 보기엔 큰 상처는 없었다. 부상이 없는데도 3일이나 계속 잤다니 신기한 일이다.

그렇게 생각하고 있으려니, 복잡한 표정을 하고 침묵에 잠겨 있는 요루가 시야에 들어왔다.

"요루? 왜 그래?"

안아들고 쓰다듬어 주자, 요루는 고양이처럼 목을 고로롱거렸다.

전에 아멜리아와 둘이서 누가 더 빨리 요루가 고로롱거리게 만드는가를 놓고 겨루는 시시한 놀이도 한 적이 있었다.

『주공은…… 아니, 역시 아무것도 아니다.』

엄청 신경이 쓰였다. 하지만 요루는 이렇게 마음을 먹으면 스스로 얘기하겠다는 결심을 할 때까지 일절 얘기하지 않는다는 것을 경험을 통해 잘 알고 있었기 때문에, 나는 입을 닫았다.

크로우는 우리 두 사람이 입을 다물기를 기다렸다가 손에 들고 있던 것을 내 허벅지 위에 떨어트렸다.

"네가 의뢰했던 거다. 마족과 싸우려면 필요하겠지. 재료와 비용은 외상으로 해 줄 테니까 빠른 시일 안에 갚아라. 그리고 네가 썼던 단검 말인데, 일단 날을 갈아 뒀다. 주인에겐 앞으로도 소중히 쓰라고 대신 말해 줘라."

전선을 이탈한 모험가로부터 빌린 단검은 마치 새것처럼 반짝이고 있었다.

"알았어. 고마워."

그리고 두 자루의 단도 쪽으로 시선을 돌렸다.

"둘로 나눈 건가. 역시 너무 난폭하게 썼나?"

"그래. 하지만 뭐, 넌 암살자다. 단도 쪽이 더 쓰기 편하겠지."

두 자루의 단도는 모든 부분이 칠흑색으로 덮여 있었으며, 뽑아 보니 날까지도 검은색이었다. 한 자루의 칼이었던 '야토노카미'를 두 자루로 나눠서 단도로 만든 것이 분명한 것 같다. 한가운데쯤에 크게 금이 가 있었으니. 그 부분에서 둘로 나눈 것일까. 크로우의 말투를 통해 생각해 보면 복구가 불가능할 정도는 아니었지만, 내 직업을 감안해서 일부러 나눴다는 말인가.

"그리고 이것도 가지고 가라."

작은 상자 같은 것을 떨궜다. 나는 그걸 주워들어서 찬찬히 살펴봤다. 요루는 요루대로 그걸 보고는 눈을 크게 뜨고 있었다. 본 적이 있는 모양이다.

『이봐, 이건 그…….』

"그래. 네가 생각하는 바로 그거야. ……열어 봐라."

크로우가 시키는 대로 나는 조심스럽게 뚜껑을 열었다.

"반지……?"

안에 들어 있던 것은 피처럼 붉은 보석이 중앙에 박힌, 둔탁하게 생긴 반지였다. 누가 봐도 남성용이었다. 이름이 새겨져 있는 것도 아니었고, 단지 안쪽에 글자가 새겨져 있었다.

"I'll lead you everywhere── 나는 그대를 이끄는 자이다."

더구나 이 세계에는 존재할 리 없는 글자였다. 공교롭게도 일본어는 아니었지만, 일본어 다음으로 친숙한 영어였기 때문에 그럭저럭 읽을 수는 있었다. 분명 초대 이외의 용사, 영어권에서 온 용사가 만든 것이겠지.

"역시 용사로군. 그걸 읽을 수 있단 말인가."

정확하게 말하자면 난 용사가 아니지만 말이지.

"그래, 우리가 태어난 나라는 아니지만, 우리가 살았던 세계의 언어야."

"그렇군." 크로우는 그렇게 말하면서 고개를 끄덕였다. 보아 하니 '야토노카미'에 새겨진 글자와 모양이 달랐기 때문에, 이 글자는 역시 읽을 수 없을 거라 생각했던 모양이다. 아무래도 '언어이해'는 우리 세계의 언어에는 효과가 없는 것 같으니까, 공부하지 않았다면 읽을 수 없었겠지만 말이지.

수업시간 대부분은 자고 있었지만, 국어와 영어, 수학 수업은 일어나 있으려고 했다.

장래를 위해서라느니 하는 그런 이유가 아니라 단지 그냥 선생이 무서웠기 때문이지만. 영어 선생은 특히 늘 웃는 얼굴에 아무것도 보지 않은 척 굴고 있으면서도, 자고 있는 학생이 있으면 바로 알아차렸다. 게다가 자고 있는 사람부터 무작위로 지명해서 질문을 하기 때문에 방심할 수가 없었다.

"뭐, 지금 네가 읽은 내용 그대로다. 그 반지는 장착한 자가 바라는 것이 어디 있는지를 가르쳐 준다. 손가락에 끼고 네가 원하고 바라는 것을 강하게 생각해라. 반지에서 나온 빛이 가리키는 곳에 그게 있다."

심장이 두근거리는 것 같은 느낌이 들었다. 원하고 바라는 것, 바라는 것. 즉, 아멜리아의 위치도 알 수 있다는 뜻이다.

나는 서둘러 반지를 오른손의 검지에 끼고 아멜리아를 강하게 생각했다.

"오오!"

반지에서 붉은 빛줄기가 나왔고, 방의 벽을 비췄다.

그쪽은 수인족 영토의 미궁, 브루트 미궁이 있는 방향이었다.

『이봐, 저건 국보급의 보물일 텐데. 왜 네가 가지고 있는 거지?』

아멜리아를 찾아갈 수 있는 길잡이가 생긴 것을 기뻐하는 반면, 요루는 크로우에게 소리를 낮춰서 물었다. 여차하면 성의 보물창고에 들어가야 할 보물인 것이다. 그런 요루를 보면서 크로우는 별일도 아니라는 듯이 고개를 저었다.

"옛날에 구해 준 사람으로부터 받았다. 그자는 신분을 밝히지 않았으니까 어디 사는 누군지는 모르지만, 쓸 만할 것 같아서 받아둔 것이다."

"저주가 담긴 게 아니라서 다행이로군."

표정 하나 바뀌지 않은 채 딱 잘라 말하는 크로우를 보며 요루는 약간의 살의를 느꼈다. 만약 이게 저주가 담긴 물건이고, 만약 주공에게 무슨 일이 생긴다면, 당장에라도 이 녀석을 죽여버리겠다고 결의했다.

"어쨌든 이걸로 아멜리아가 있는 곳에 갈 수가 있어. ……넌 같이 갈 건가? 크로우."

내가 돌아보면서 묻자, 크로우는 왜 자신이 가느냐고 물으면서 고개를 갸웃거렸다.

"요루에게서 들었는데, 아멜리아의 스승이 되어 주었다면서? 제자를 구하러 가지 않는 건가?"

요루를 노려보면서, 고개를 저으며 어깨를 으쓱하는 크로우.

"언제 스승이 되었다는 거지? 그런 말은 한마디도 한 기억이 없는데.”

“하지만 이렇게까지 해 주었다는 건, 적어도 아멜리아를 걱정하고 있다는 뜻이겠지?”

내 질문을 듣고, 크로우는 입을 다물었다. 무슨 생각을 하고 있는지 알 수 없는 눈으로 허공을 바라보고 있었다.

“…………그렇군. 만약 무사히 살아서 돌아온다면 가르쳐 보는 것도 좋겠지.”

『그게 정말인가?』

요루가 물어뜯을 것처럼 크로우에게 달려들었다. 아기고양이 모습이었기 때문에 그렇게 대단한 박력은 없었지만, 만약 거대해진 상태였다면 크로우는 이 정도로 화려하게 피하진 못했을 것이다.

“나에게 두 번이나 같은 말을 하게 할 셈인가? 정말로 무사히 살아서 돌아온다면 그렇게 하겠다는 뜻이다.”

이 녀석, 츤데레라도 되나. 가르쳐 줄 수 없는 것도 아니거든! 뭐, 그런 뜻이야?

어쨌든 안심했다. 크로우는 같이 갈 생각이 없는 것 같았지만, 그래도 힘을 빌려주었다.

“크로우, 기왕이면 부탁을 하나만 더 들어주지 않겠어? 대체 어떤 자가 마족을 끌어들인 건지 조사해 줘.”

안도감으로 인해 힘이 빠지려던 몸을 질타하면서 크로우에게 말했다. 머리 위에 요루를 얹은 크로우는 짜증스러운 표정을 지으면서 내 쪽을 봤다. 아니, 이 녀석의 불쾌해 보이는 표정은 늘

장비하고 있는 것이었던가.

"말하지 않아도 조사할 거다. 아직 일반인에겐 마족이 찾아온 것을 숨기고 있지만, 왕이 공표하는 것도 시간문제지. 그렇게 되면 어디서 침입했느냐 하는 것이 문제가 된다."

나는 고개를 끄덕였다.

아무리 항구도시라고 해도 그렇게 쉽게 침입할 수 있는 만큼 경비가 느슨하진 않다. 내가 입국할 때 엘프 왕족의 허가가 필요했던 것처럼, 항구도시이기 때문에 오히려 경비는 더 엄중하며 모험가 길드까지 존재하니까. 물론 모험가 길드가 있는 것은 미궁이 있기 때문이지만, 숙련된 모험가가 늘어나면 늘어날수록 결과적으로 경비가 견고해진다.

마족과 인간족이 외모상으로 거의 차이가 없다곤 해도, 마족의 불길한 마력은 마법에 대한 지식이 없는 자라도 감지할 수 있다. 애초에 이 세계에, 특히 싸움에 강한 종족으로 유명한 수인족에게 마법의 지식이 전혀 없는 사람은 한 명도 존재하지 않지만.

"조사한다면 길드 마스터인 린가와 그 동생인 세나를 우선 조사해."

요루와 크로우가 동시에 놀라서 눈을 크게 떴다.

『주공, 그건…….』

"린가, 그 녀석은 길드 앞에서 모험가들에게 지시를 내리면서 '우리 도시를 마족들이 더럽히게 놔두지 마라'고 말했어. 하지만 그때는 분명 마족이 코빼기도 안 보이던 시점이야. 맨 처음 마족이 있다고 말한 건 누구지?"

요루처럼 마족과 관계가 있다면 또 모를까, 대개는 마족이 있는지 아닌지는 알 수가 없다. 정보의 출처가 불확실했다.

그 자리에서 마족이라는 말을 듣고 동요한 모습을 보이던 모험가도 적지는 않았지만, 그때 냉정함을 유지하던 걸로 보였던 세나도 어딘가 수상했다.

그 전에, 아무리 모르는 사이라고 해도 기본적으로 생각해볼 때 황색 랭크와 적색 랭크의 모험가를 최전선으로 보내려고 할까. 수인족은 실력자가 많으며, 그 자리에는 은색 랭크의 모험가 파티도 있었다. 그때는 이미 대응이 늦어서 시가지에 상당한 양의 마물이 뛰쳐나온 상태였다. 도시를 지키는 길드 마스터로서 우선해야 할 사항은 비전투원을 안전하게 피난시키는 것이다.

나라면 은색 랭크 등의 고랭크 모험가들에게 강력한 마물을 각개 격파하도록 지시하고, 적색이나 황색 랭크 같은 저랭크 모험가에겐 비전투원이 피난하도록 서포트하는 임무를 맡겼을 것이다.

린가의 작전은 아무리 생각해도 피난이 늦어진 비전투원의 안전은 약속할 수 없는 것이었다. ……그렇다면 일반인 중에서 싸울 능력이 있는 자가 마물로부터 비전투원을 지키는 역할을 자청하고 나서도 이상할 게 없다.

"……설마 일부러?"

『주공?』

갑자기 입을 다무는가 싶더니 그렇게 중얼거리면서 눈을 크게 뜬 날 보고, 요루가 걱정스럽게 말을 걸었다.

"······나는 린가가 흑막일 가능성이 있다고 생각해. 모험가 배치는 전부 길드 마스터인 그 녀석이 했어. 린가가 심각하게 무능하지 않는 한, 시가지에 마물이 넘치기 시작한 그 상황에서 비전투원을 무시하라는 지시를 내린 것은 역시 이상해."

내 말의 진의를 헤아리면서 요루는 눈썹을 찌푸렸다. 그에 비해 크로우는 벌레를 몇 마리나 씹은 것 같은 표정을 짓고 있다.

『그게 무슨 뜻이지?』

"······길드 마스터인 린가라면, 아멜리아가 미처 피난하지 못한 비전투원을 도와줄 것이라고 예상해서 싸움에 참가하도록 꾸미는 것도 가능하다는 뜻이야."

물론 그 외에도 그럴 수 있는 자가 있기는 하다. 마족이 있다는 진실도 직접 목격했거나, 어떤 스킬의 힘으로 알아냈을지도 모른다. 하지만——.

"······모험가의 움직임을 컨트롤하고 엘프 왕녀를 혼자 싸울 수밖에 없는 상황으로 몰아넣었단 말인가. 그럼 나는 그 뒤를 캐보기로 하지. 너는 일단 쉬어라."

나는 고개를 끄덕이고 침대에 누웠다. 슬슬 한계였던 것이다. 『그림자 마법』의 마력 소비량이 엄청나다는 것을 깨달은 뒤로는, 그다지 마력을 소비하지 않도록 쓰고 있었기 때문에 이런 일은 지금까지 없었다. 즉, 나는 고갈될 때까지 마력을 소비한 것은 이번이 처음이라는 얘기다. 마력이 고갈된 상태가 이렇게까지 힘들 줄은 미처 생각하지 못했다. 다음부턴 조심하도록 하자.

눈을 감자 바로 몸이 수면 태세로 들어가는 것을 알 수 있었다. 요루와 크로우가 무슨 얘기를 나누고 있었지만 지금의 나는 이해할 수도 없었으며, 의식은 점점 어둠 속으로 가라앉았다.

Side 요루

나는 침대에 누운 주공의 모습을 보고 당황했지만, 자고 있을 뿐이라는 크로우의 말을 듣고 안도의 한숨을 쉬었다.

마력이 고갈돼 죽음에 이르는 마법사도 적지 않다. 걱정이 되는 것도 당연한 일이었다.

인간은 숨을 쉬기만 해도 조금씩 마력을 소비한다고 한다. 이는 어디까지나 마족의 생각이며 사실인지는 모른다. 하지만 주공은 한 번은 확실하게 죽음의 심연을 헤맸던 것이다.

무리라는 건 알고 있어도, '호흡을 멈춰!' 라는 생각이 저절로 드는 건 어쩔 수가 없었다.

"……그건 그렇고 용케도 살아 있었군."

크로우가 나지막이 중얼거렸다.

나는 크로우에게 주공의 그 현상에 대해 말할지 말지를 두고 망설였지만, 나는 물론이고 주공조차도 아마 무슨 일이 일어났는지 전혀 모르고 있을 것이다.

크로우는 어떻게 할지를 몰라서 고민 중인 나를 빤히 보고 있었다.

"……뭐냐. 의논하고 싶은 게 있으면 빨리 말해라. 나는 지금부터 도시로 나가볼 거다."

크로우의 차가운 눈이 침대 위의 나를 내려다봤다. 아무리 나라도 그 눈빛에는 이길 수가 없었고 결국은 얘기를 했다.

대규모로 『그림자 마법』을 발동한 후, 주공은 완전히 마력이 고갈되면서 죽음을 기다리기만 하는 상태에 빠졌는데도 이렇게까지 회복된 것을.

그때 들렸던 목소리에 대해서도.

"……자기 회복 계열의 마법은 아니로군. 애초에 고갈된 마력을 어디서 보충한 거지?"

나지막이 뭔가 중얼거리고 있는 크로우는 내버려 둔 채, 나는 주공의 얼굴 쪽으로 다가갔다. 그리고 이마에 내 발바닥을 대보았다.

"…………으응."

『흠, 열은 없는 것 같군. 마력을 많이 소비한 자는 대개 열이 나는데 말이지.』

차가운 내 발바닥 때문에, 주공은 아주 조금 얼굴을 찌푸렸다. 그리고 잠이 든 상태에서 몸을 뒤척였다. 얼굴 가까이에 있던 나를 끌어안으면서.

『……아, 주공? …………이봐, 크로우, 날 좀…….』

아무리 그래도 잠이 든 주인을 공격하여 억지로 빠져나올 수는 없었다. 게다가 그 주인은 완전히 무의식 상태였으므로 공격하기는 더욱 어려웠다. 크로우에게 도움을 요청했지만 크로우는 이미 방에 없었다.

『망할 자식…… 하아, 무모한 짓은 하지 말아 다오, 주공. 일단 주공이 죽으면 나도 죽으니까 말이다.』

의식을 치르기 전에 설명을 했을 때, 죽음을 두려워하지 않는 이 남자를 재미있는 인간이라고 느꼈다. 하지만 지금은 단지 무사히 있어 주기를 바라는 마음이 강했다. 그렇지 않으면 심장이 버티질 못할 것이다.

무엇보다 나도 죽을 마음은 눈곱만큼도 없다. 마왕님으로부터 얘기를 전하는 메신저로서 미궁의 심층부로 가라는 명령을 받고, 한 번은 죽겠다고 각오했었지만 그건 그때의 일일 뿐이다.

뭐, 어떻게든 빠져나가겠다고 생각했었고 결과적으로 이런 꼴로 나오기는 했지만, 재미있는 인간과 만날 수 있었으니 결과적으론 잘 된 일이다.

어쨌든 나는 아직 죽고 싶지 않다. 그러니까 주공과 함께 있을 것이다. 일단 시종마로서 계약한 몸이다. 주공이 죽으면 나도 죽으니까, 내가 주공을 지키면 만사해결이다. ……그렇게 생각하고 있었다. 하지만 이 주인이란 자는 여러모로 골치 아픈 일이나 사건을 불러들이는 체질인지, 죽을 뻔한 일을 겪는 것도 부지기수다.

어중간하긴 하지만 스테이터스가 차원이 다르게 높으니까,

이번이 처음으로 위기에 빠진 것처럼 보이지만, 엘프족 영토에서도 평범한 인간족이었다면 맨 처음 날아온 화살을 맞고 이미 이 세상에 없었을 것이라 생각한다. 그 정도로 수많은 사선을 빠져나왔다.

『부탁이니까 죽지 마라.』

나는 자신을 끌어안은 주공의 볼에 얼굴을 갖다 댔다. 긍지 높은 마물이라면 해선 안 될 행동이었지만, 신경 쓰지 않았다. 미궁의 최하층에 있는 보스 방에서 실컷 날 끌어안았으니 이젠 익숙해졌다. 당초의 계약대로, 내 털을 쓰다듬는 일도 자기 전에 빠짐없이 하기도 했고.

기도하는 심정으로 그의 몸에 내 몸을 붙이고 문질렀다. 애원하는 것처럼 몇 번이나 중얼거렸다.

『죽지 말아 다오.』

그 감정이, 단지 자신이 죽고 싶지 않은 감정만이 아니라는 것을 자각하지 못하고 있었다.

잠시 후에, 그의 온기의 유혹을 이기지 못하고 꾸벅꾸벅 졸기 시작한 나는 주공의 팔에 머리를 기댔다.

『주, 공…….』

──아키라는 천천히 눈을 떴다. 품 안에 뭔가가 있다는 걸 깨닫자, 눈이 저절로 떠지고 말았던 것이다.

"……괜찮아. 이번 같은 짓은 다시는 하지 않을 거야. 난 절대 죽지 않아. 집으로 돌아갈 때까지는."

그리고 시종마를 끌어안고, 한 번 더 깊은 잠에 빠졌다.

Side 오다 아키라

내가 눈을 뜬 것은 그날 저녁이었다. 당장에라도 아멜리아를 찾아가고 싶다고 주장하는 나를 크로우와 요루가 달랬다.

『지금부턴 어둠이 더 깊어질 거다. 확실히 어둠은 암살자의 영역이긴 하다만, 마물의 영역이기도 하다는 걸 잊지 마라.』

"아직 완쾌되려면 한참 멀었다. 더 자라."

왜 두 사람이 침착할 수 있는지 이해하지 못한 채, 아멜리아에게 갈 수 없다는 것 때문에 조바심을 냈다.

"왜…… 왜 그렇게 침착하게 있을 수 있는 거지?"

이 짜증을 분산하기 위해서 벽을 쳤다. 분풀이라는 것은 알고 있었다. 내가 지금의 이 상태가 된 것은 앞뒤를 생각하지 않고 『그림자 마법』을 쓴 탓이며, 두 사람도 죽을 만큼 애타게 아멜리아를 걱정하고 있다는 것을 알고 있었다. 하지만 화를 내지 않고는 가만히 있을 수가 없었다.

『……나는 지금 침착한 상태가 아니다, 주공.』

"나는 침착한데 어쩐다냐. '어둠의 암살자' 님?"

자기와는 관계없다는 듯이 대꾸하는 크로우에게 발끈하면서, 다시 입을 열려고 했을 때 뭔가가 걸렸다.

" '사일런트 어새신' ?"

너무 동요한 나머지, 나도 모르게 되묻고 말았다. 머리가 혼란스러워서 처음엔 무슨 소리를 하는 건지 알아듣지 못했다.

크로우는 그런 나를 보면서 씨익 웃었다. 처음 만난 이후로 지금까지 크로우의 비아냥은 실컷 들어왔지만, 이 정도로 등줄기에 오한이 느껴지는 웃음은 처음 봤다.

『……주공의 이명(異名)이라는군.』

가장 듣고 싶지 않은 말을 요루가 뱉었다. 이 녀석, 일부러 이러는 건가?

내 친구인 쿄스케는 완전히 자각도 없이 사람이 건드리지 않기를 바라는 부분을 핀포인트로 노리고 찌르는데, 혹시 요루도 그런 부류일까.

"네가 마지막으로 『그림자 마법』을 써서 마물을 섬멸하는 모습을, 도시의 주민들이 피난한 장소인 언덕에서 보고 있었다더군. 황색 랭크의 모험가치고는 이례적으로 빠르게 이명이 정해졌어. 더구나 길드에서 공인된 거야. ……잘됐군. 아주 멋진 이름을 받았으니까."

내 어깨를 툭 친 뒤에, 크로우는 방에서 나갔다.

나는 머리를 감싸 쥐었다.

"아니, 아니, 암살자가 눈에 띄어서 어쩌자는 거야."

『확실히 그렇긴 하군. 뭐, 주공이 다른 흔한 암살자들보다도 실력이 떨어진다고 생각하진 않지만.』

요루가 위로하는 듯한 말을 해 주긴 했지만, 내 상처는 그 정도로 나을 만한 게 아니었다.

……대체 뭐냐고. 그 중2병 분위기가 철철 넘치는 이명은!

아니, 애초에 이명이란 게 왜 있는 거야! 게다가 길드 공인 제도였단 말이야?! 난 처음 들었어!

"……저어어어얼대로 반 아이들에게 알려져선 안 돼. 쿄스케랑 용사에겐 특히 더……."

쿄스케는 분명 그 무표정으로 '잘됐군.' 이라고 말할 것 같다. 그것도 진심으로 그렇게 생각하고 있을 테니까, 질이 더 안 좋다.

용사 쪽은 분명 노골적으로 질린 표정을 짓겠지. 사정을 얘기하면 '그거 힘들었겠네.' 라고 말할 것이 틀림없다. 그건 그것대로 짜증이 나지만, 그 후에 우리의 대화 내용을 여자애들이 물으면 다 얘기할 것이며, 반 전체에 퍼지게 될 것까지도 충분히 예상할 수 있었다.

나는 머리를 감싸 쥔 채 한숨을 쉬었다.

"……하아. 저기, 요루, 이명을 좀 더 무난한 것으로 바꿀 순 없을까."

『불가능하진 않겠지만, 이미 도시 곳곳에선 '어둠의 암살자^사일런트 어새신'가 한창 화제가 되고 있는데? 이제 취소하는 건 어렵지 않을까.』

사태의 중대함을 모르는 요루는 왜 이명을 그렇게까지 거부하는지 이해하지 못한 채, 고개를 갸웃거리고 있었다.

"그런가——. ……눈에 띄어도 된단 말인가, 암살자. ……아니, 내 마법은 '어둠' 이 아니라 '그림자' 인데 말이지."

내 말에 찬동하는 기운이 내 그림자에서 느껴졌다. 그렇지?

너도 그렇게 생각하지?

『멀리서 봤을 땐 어둠을 사역하고 있는 것처럼 보였겠지. 애초에 『그림자 마법』이라는 마법은 알려지지 않았으니까. 정체가 그림자라고 해도 그때는 주변 일대가 어둠으로 휩싸여 있었으니, 어떤 의미로 보면 틀린 것도 아니고 말이다.』

'그렇다면 '어둠의 암살자' 말고 더 잘 어울리는 이명이 있나?'라고 물으면서 고개를 갸웃거리는 요루. 빌어먹을. 반론할 말이 없네.

애초에 그림자 속성의 마법을 갖고 있으며, 게다가 암살자 노릇을 하고 있는 시점에서 중2병이라는 사실은 달라지지 않는 것 같다. 원래 살던 세계에 돌아가게 되면, 내 흑역사가 후세에 전해지지 않도록 이 녀석들의 입을 막는 걸 가장 우선해야겠어.

"……오늘은 그만 얌전히 자겠어. 하지만 내일은 아침 일찍 출발할 거야!"

분해서 이불을 덮고 있으려니 또 졸리기 시작했다. 아무래도 몸은 아직 잠을 바라고 있는 것 같았다.

그러고 보니, 전에 살던 세계에서도 분할 때나 화가 났을 때 이불을 덮어쓰고 있으면 대개는 잠이 들면서 흐지부지되었던 일이 많았다. 아무리 그래도 고등학생이 된 이후로는 여동생인 유이로부터 어린애 같다는 한마디를 듣고 더 이상은 그러지 않게 되었지만.

『알았다, 알았어.』

"……대답은 한 번만 해도 돼."

머릿속이 멍해지는 걸 느끼면서, 그 말만 한 뒤에 다시 꿈속으로 빠졌다.

『……마력 고갈의 반동은 크지. 하물며 주공의 경우는 한 번 죽을 뻔했으니까. 하루 이틀 사이에 나을 리가 없을 거다.』

그렇게 중얼거리면서, 요루도 방에서 나갔다.

『그림자 마법』이 마력을 자가 회복했다고 해도 허용범위 안의 아슬아슬한 수준일 뿐이다. 죽지 않을 만큼의 선만 겨우 유지했으니까. 지금은 마력 회복 포션을 조금씩 복용하고 그다음은 잠을 통해 회복하는 수밖에 없다.

마력회복률은 70퍼센트. 이 정도까지 오면 괜찮지 않느냐고 생각할 수도 있지만, 아멜리아 탈환을 앞두고 불안한 요소는 하나라도 더 제거해 두고 싶다.

그건 알고 있지만, 아멜리아를 찾아가려고 하는 마음을 억누를 수가 없는지라 잠도 깊게 들지 못하고 있었다. 그렇기 때문에 하루 정도면 끝날 회복이 2, 3일이나 걸리는 것이다.

"……빨리, 빨리……."

Side 사토 츠카사

"그래서? 최종목표가 마왕을 쓰러트리는 것이라고 하면 앞으로는 어떻게 할 거야?"

인간족의 대륙에 있는 나라, 야마토에서 머무르고 있었던 우

리 용사 일행은 슬슬 무거운 몸을 일으켜 출발하려 하고 있었
다.

"……들은 바에 따르면 선대 용사 파티는 마왕에게 도착하기
전에 마족이랑 마물들 때문에 용사와 수인족 대표 말고는 전부
쓰러졌다고 하더군."

그게 약 100년 전의 일이다. 선대 용사는 설욕하지 못하고 수
명이 다해 죽었다고 한다. 지금의 마왕과 그 때의 마왕은 바뀌
지 않았다고 하는데, 애초에 마족의 수명이 얼마나 되는지는 아
무도 모른다.

"그만큼 마왕뿐만 아니라 부하들도 강하다는 뜻이네."

호소야마의 말에 고개를 끄덕였다.

"선대 용사 파티의 실력이 어느 정도인지는 모르지만, 세 대
륙에서 실력자들이 모인 것은 틀림없어."

"지금의 우리보다 강한 것은 확실하겠군."

조용히 이야기를 듣고 있던 아사히나가 중얼거렸다.

최근 며칠 동안, 우리는 모험가 길드에 등록하여 의뢰를 받고
있었다. 기본적으로 미궁이 없는 야마토에선 받아들일 수 있는
의뢰가 한정적이다. 게다가 모험가가 잘 들르지 않기 때문에 약
한 마물일지라도 전투력이 없는 사람은 쓰러트릴 수 없는 토벌
의뢰가 산더미처럼 쌓여 있었다. 그걸 분담하여 하나하나 처리
해 가다 보니 겨우 한숨을 돌릴 수 있게 되었다. 하지만 미노타
우로스 때처럼 위기에 빠질 만큼 강한 실력을 가진 마물은 이 부
근에 없는 것 같았다.

확실히 말해서, 사란 씨나 질 씨의 훈련과 비교하면 상당히 부족했다. 컨티넨 미궁의 상층부에 있는 마물과 비슷한 수준이다.

"글타고 해서 기초를 소홀히 하믄 안 된데이."

우에노가 팔짱을 끼면서 응응 고개를 끄덕였다. 잘 보니 나와 아사히나를 제외한 모두가 팔짱을 끼면서 고민하고 있었다.

"모험가 랭크는 오늘 황색으로 올랐어. 역시 미궁이 없기 때문인지, 이곳은 마물의 레벨이 너무 낮아서 상대가 안 돼. …… 그렇다면 할 일은 하나 아닐까?"

확실히 기초는 소홀히 하면 안 되지만, 여길 떠나서도 배울 것은 많이 있다.

"또 일식이 그리워지겠네에."

"뭐, 그 문제는 츠다가 알아서 잘 해결하겠지."

"역시 나한테 떠넘기는 거야?"

용사 파티의 요리 담당인 츠다 토모야가 투덜거렸다.

일단 여자 두 명도 『요리』 스킬은 가지고 있지만, 집에서 요리 담당이었다던 그가 가장 스킬 레벨이 높았고, 요리도 맛있었기 때문에 직업이 기사(나이트)임에도 불구하고 멤버들의 어머니 같은 위치에 자리하고 있었다.

참고로, 용사 파티의 나머지 한 명은 최근에 "살아 있길 잘 했어."가 입버릇인 와키 다이스케였다. 직업은 조교사(테이머). 그는 지금 숲에서 만난 작은 원숭이 같은 동물과 길에서 발견한 고양이를 테이밍하고 있었다. 그는 전체적으로 분위기가 가볍다. 그가 참가하면 진지한 대화도 가벼워지기 때문에 참으로 신기하다. 그렇게 보여도 가족 중에선 장남이라고 한다. 이 파티 안에선 누가 봐도 막둥이일 텐데.

마물은 기본적으로 의사소통을 할 수 없기 때문에 조교할 수는 없다. 수백 년에 한 명 정도 마물에게 이름을 지어주고 기르는 '마물을 부리는 자'라는 인간이 나온다고 하는데, 인간에게 해밖에 주지 않는 마물을 기른다니, 별 희한한 괴짜가 다 있다고 생각했다.

"미리 말하는데, 만들어본 적이 있는 것밖에 만들 줄 모르거든? 더구나 이 세계는 저쪽보다 조미료가 적으니까 만들 수 있는 것도 한정되어 있다고."

용사 파티의 방패, 요리 담당인 츠다가 입을 삐죽거리자, 나나세가 그의 어깨를 토닥토닥 두드려 주었다.

그── 나나세 린타로는 그 비뚤어진 성격을 가진 아키라와 대화할 수 있는 걸 봐도 알 수 있지만, 커뮤니케이션 능력이 상당히 높다. 덤으로, 거의 얘기를 하지 않는 아사히나와 애니메이션 얘기로 꽃을 피운 적이 있다는 전설의 인물이다. 파티에선 차남 정도의 위치에 있다고 할까. 그렇다면 나는 장남인가?

"자, 자, 그만큼 토모야의 요리가 맛있다는 뜻이야. 확실히 이 세계의 식량으로 일식을 만드는 게 어렵다는 건 나도 알고 있지만, 맛만 일본풍으로 바꿀 수는 있지 않을까?

"……그거라면 가능할지도……."

"오! 정말이야?! 그럼 부탁할게──."

"내도 무보고 싶다——!"

가볍게 부탁하는 와키에게 편승한 인물은 우에노 유우키. 어쨌든 활기차다. 가끔 그녀가 태양처럼 보일 때가 있다, 와키와 우에노가 진지해질 때는 이 세계의 종말이 올 때라고 각오해두는 게 좋을지도 모르겠다. 이 아이는 차녀 정도가 되겠군.

"나는 행복해질 수 있다면 뭐든 좋아."

느긋한 표정으로 조금 핀트가 어긋난 말을 하는 사람은 호소야마 시오리. 매운 걸 좋아하며, 먹는 것에는 무엇이든 자극적인 냄새가 나는 푸른 가루를 대량으로 뿌려 먹어야 직성이 풀리는 것 같았다. 전에 살던 세계에선 이런 사람인 줄은 몰랐는데, 혹시 숨기고 있었던 걸까. 이 사람은 장녀에 해당하는 위치에 있다고 할 수 있겠다. 그렇다면 마지막으로 남은 아사히나는 아버지가 되겠지만, 의외로 딱 맞는 것 같다.

"이봐, 이봐, 그보다 앞으로 어떻게 할지를 의논하는 중이었잖아?"

옆으로 샌 얘기를 겨우 되돌렸다. 모두 깜짝 놀라 진지한 표정을 지었다. 나는 무슨 의견이 없느냐고 물으면서 아이들의 얼굴을 둘러봤다.

"무기가 필요해."

벽에 기대서 팔짱을 끼고 있던 아사히나가 나지막이 중얼거렸다. 역시 이런 자리에선 그의 의견이 가장 도움이 되는군.

"확실히 그러네. 나는 성에서 받은 성검이 있으니까 괜찮다고 해도, 츠다의 검은 이미 엉망이 되었으니까."

"돈도 적당히 있으니, 이참에 모두 다 무기를 갖추는 게 좋을 지도 모르겠는걸."

"아, 그럼 나랑 유우키도 호신용으로 뭔가 무기를 가지고 있는 게 좋을 것 같은데. 어제는 상당히 위험했으니까."

우리의 기본적인 진형은 전위에 나와 아사히나와 츠다, 후위에 바람 마법사인 나나세와 우에노와 호소야마로 이뤄지고 있다. 하지만 이런 경우, 뒤에서 오는 적에겐 거의 무방비가 된다. 모두가 『기척감지』의 스킬을 습득했지만 애석하게도 스킬 레벨이 아직 낮다. 어느 정도 접근을 허용해야 알아차릴 수 있는 레벨이다.

"아, 그렇다면 이 세계에서 가장 실력이 좋은 대장장이가 수인족 영토에 있다는 얘기를 들은 적이 있는 것 같아."

모두가 나나세 쪽으로 시선을 돌렸다.

"하지만 어디까지나 소문이야. 듣자 하니 선대 용사 파티에서 살아남은 수인족 대표로, 지금은 항구 도시인 우르에 있다고 들었어."

"……확실히 우르에는 수인족 영토의 미궁이 있었지."

마치 마무리 공격을 날리듯이 아사히나가 그렇게 말한다면, 이미 갈 곳은 정해진 것이나 마찬가지였다.

"좋아, 그럼 내일 배를 타고 우르에 무기를 조달하러 가자. 가능하면 그 세상에서 가장 실력이 좋다는 대장장이가 무기를 만들어 준다면 좋겠지만, 무리는 하지 않겠어. 자신에게 맞는 무기를 찾아내는 것이 중요해."

오오—! 그렇게 소리치며 기운차게 주먹을 들어 올리는 아이들을 보면서, 안도의 한숨을 쉬었다.

이걸로 그럭저럭 아키라보다 한발 먼저 앞서갈 수 있게 되었다.

제4장 브루트 미궁

Side 오다 아키라

『반지는 정말로 여길 가리키고 있는 건가? 주공..』

우르에 있는 브루트 미궁 앞에서, 요루가 확인하려는 듯이 나를 쳐다봤다.

그때는 미궁의 문을 부수고 마물이 튀어나왔지만, 지금 문은 수리되었으며 완전히 닫혀 있었다. 역시 모험가 길드, 일처리가 빠르다.

주위에 사람이 없었기 때문에 들어갈 수는 있지만, 나올 수 있을지 어떨지를 모르겠다. 컨티넨 미궁처럼 최하층에 마법진이 있다고는 장담할 수 없으므로 어떤 의미로는 도박이로군.

나는 오른쪽 검지를 봤다. 빛은 닫힌 문을 비추고 있었다.

"그래, 확실히 빛은 미궁의 입구를 가리키고 있어."

『그렇군.』이라고 말하면서, 요루는 몸을 크게 만들었다. 나는 미궁의 문을 열고 요루의 등에 올라탔다.

"미리 얘기했던 대로 돌파하자."

『내게 맡겨라.』

이번 목표는 아멜리아가 있는 곳으로 가는 것이기 때문에, 피할 수 있는 전투는 피하자고 사전에 정했다. 아멜리아와 아울룸 트레이스라는 녀석이 얼마나 아래층에 있는지 모르기 때문에, 성실하게 한 층 한 층을 공략하는 것이 아니라 보스와 싸울 때 이외에는 요루의 각력을 이용하여 돌파할 것이다. 나는 이제 컨디션이 완전히 정상으로 돌아왔으니 요루와 같은 속도로 달리는 것쯤은 충분히 가능하다고 말했지만, 나를 과보호하는 시종마가 완고한 자세를 유지하며 끝까지 수긍하지 않았다. 이래선 누가 주인인지 모르겠군.

"……아니, 잠깐만."

드디어 출발하려고 할 때, 나는 어떤 기척을 느끼면서 요루를 멈춰 세웠다. 암기를 꺼냈고, 마침 그림자가 져서 사각이 되어 있는 곳에 던졌다.

"꺄악?!"

작은 비명을 지르면서 우릴 훔쳐보고 있던 한 명의 여자 수인이 빛이 닿는 곳으로 나왔다. 얼굴은 후드를 쓰고 있었기 때문에 보이지 않았지만, 키가 컸다. 나보다는 약간 작으려나.

나는 미간을 찌푸렸다. 이 목소리는 어디선가 들은 적이 있는 것 같은데…….

『누구냐?』

요루가 이빨을 드러내면서 으르렁거렸다. 그 목소리는 주위의 공기가 떨리게 느껴질 만큼 경계심으로 넘쳐 있었다.

예상했던 대로 여자는 두 다리를 떨었고, 얼굴이 굳었다.

"요루, 『위압』을 조금만 낮춰. 얘기하고 싶어도 하질 못하잖아."

『……알았다.』

내가 말하자, 요루는 내키지 않는 표정으로 『위압』의 위력을 낮췄다. 그래도 움직이지 못할 정도로는 조절하고 있었다.

"저기……."

맑은 방울소리 같은 음색의 목소리가 울려 퍼졌다. 그제야 겨우 내 안에서 느껴지던 위화감의 정체를 깨달았다.

"넌 컨티넨 미궁에 들어가기 전에 용사 일행을 노려봤던 사람이지?"

왕성에서 나오는 게 처음이었던 우리에게 살기를 보내던 후드를 쓴 사람. 용사 소환에 희생이 필요하다고 말했던 여자애다.

"당신은…… 아니, 이젠 됐어요. 미안하지만, 저도 같이 가도 될까요?"

후드를 쓴 여자애는 무슨 말을 하려다가 고개를 저었고, 조용한 목소리로 우리에게 그렇게 말했다.

『신용할 수가 없는데. 그리고 우리는 갈 길을 서두르고 있다. 너랑 어울려 주고 있을 여유가 없어.』

내가 생각하고 있는 것을 거침없이 대신 말해 주는 요루. 나와 아멜리아는 잘 따르지만 다른 인간에겐 조금 날카롭게 대하는 구석이 있다. 역시 마물시대의 잔재인 걸까.

"그럼 신분을 밝히면 될까요?"

그렇게 말하면서 여자애는 후드를 뒤로 활짝 젖혔다. 코발트

블루의 눈이 나를 쏘아봤다.

"제 이름은 리아. 리아 라군. 수인족 최대 국가 우르크의 제1 왕녀예요."

의지가 강해 보이는 눈이 아멜리아와 조금 닮았다.

『호오, 제1왕녀님께서 이런 장소엔 무슨 일로 온 거지?』

허스키견 수인으로 보이는 여자애는 요루의 『위압』에 눌려 침을 꿀꺽 삼켰다. 그 겁을 먹은 표정을 보니, 실전 경험은 그다지 없다는 것을 알 수 있었다. 지금의 『위압』은 컨티넨 미궁의 상층 부근에서 느낄 수 있는 수준밖에 되지 않는다. 즉 쓸 만한 전력은 되지 않는다는 뜻이다. 그러므로 같이 가겠다고 말했을 테고, 자신이 전투에 적합하지 않다는 것은 잘 알고 있겠지.

"엘프족의 왕녀, 아멜리나 님을 만나고 싶어서예요."

『아멜리아 양을……?!』

시선을 아래로 낮추면서 꺼낸 그 말을 듣고, 나는 자신이 냉정을 잃었다는 걸 알 수 있었다. 요루도 의외의 대답을 듣고 자신도 모르게 『위압』을 완전히 해방하고 말았다.

나는 요루의 등에서 내려왔다. 그리고 리아라는 수인의 멱살을 잡았다.

"윽?!"

"아멜리아는 미처 도망치지 못한 수인족이 도망칠 수 있는 시간을 벌기 위해서 혼자 전장에 남았고, 수많은 마물을 상대로 싸웠다."

나는 암기를 꺼내서 리아의 목에 댔다.

"그런 아멜리아가 붙잡혀 있는 장소가 여기라는 것을 어떻게 알고 있지?"

암기를 든 손에 나도 모르게 힘이 들어가는 바람에, 공포로 얼굴이 일그러진 리아의 목에 약간 피가 배었다.

"……나는 인간족 왕녀 때문에 헤아릴 수 없이 지독한 꼴을 당했지. 아멜리아 외에, 자신을 왕녀라고 지칭하는 자는 기본적으로 신용하지 않아. 대답에 따라선 주저 없이 죽이겠다."

그 말만 한 뒤에, 얘기하기 쉽도록 아주 조금 힘과 『위압』의 강도를 낮췄다. 아마도 요루가 리아에게 보낸 『위압』보다 내 쪽이 더 강했으리라고 생각한다. 아멜리아가 관련되면 아무래도 힘을 조절할 수가 없다니까.

"콜록…… 저에겐 싸울 수 있는 힘은 없지만, 지킬 수 있는 힘은 있습니다. 그리고 저는 수인족으로서 온 게 아니라 왕녀로서 충고를 하러 온 거예요."

그 눈은 확실히 진실을 말하고 있는 눈이었다. 묻고 싶은 게 많았지만, 나는 일단 쥐고 있던 옷을 놓아 주었다. 하지만 암기는 목에 그대로 대고 있었다.

"그건 질문에 대한 대답이 아니야. 어떻게 여기라는 것을 알았지? 미행을 당하고 있는 낌새는 없었어. 즉, 처음부터 여길 목표로 삼고 왔다는 뜻이지."

날카롭게 노려보자, 리아는 겁을 먹은 표정으로 대답했다.

"스킬 『강화후각』을 썼습니다. 아멜리아 님과 이상한 냄새가 미궁에 들어가자마자 끊겼으니까요."

『강화후각』? 나는 고개를 갸웃거리면서 요루를 봤다.

『쉽게 말하자면 코가 좋다는 뜻이다. 다른 오감에도 각각 강화스킬이 있는데, 그런 스킬들은 수인족에게 출현할 가능성이 가장 높지.』

요루의 설명을 듣고 "그렇군."이라고 말하면서 고개를 끄덕였다.

일단 리아의 얘기가 사실인지 아닌지 확인하기 위해서 나는 오랜만에 『세계안』을 사용했다.

리아 라군

종족 : 수인, 직업 : 수호자 Lv.52

생명력 : 2500/2500

공격력 : 150

방어력 : 5000

마력 : 2000

스킬 : 강화후각 Lv.7, 왕족의 기품 Lv.2, 단도술 Lv.2

엑스트라 스킬 : 신의 결계

확실히 스킬 란에 『강화후각』이 있었으며, 더구나 레벨이 7이라면 스킬 레벨이 상당히 높은 수준이다.

이 정도면 냄새를 따라가다가 아멜리아를 찾아낼 수 있을지도 모른다. 그래도 뭔가 아멜리아의 소지품이 필요할 것 같지만.

그리고 정말로 싸울 수 있는 힘은 없는 것 같았다. 공격력이 레벨 1이었을 때의 비전투계열 직업을 가진 반 아이들 수준이었다. 수인족은 스킬을 쓰지 않아도 원래 신체능력이 높은 부족이라곤 하지만, 아무리 그래도 이건 너무 낮은 것 아닌가? 뭐, 그 이상으로 방어력이 높으니까 괜찮으려나.

그리고 그 이상으로 마음에 걸리는 것이 있었다.

"너, 혹시 양녀로 왕족에 입양된 건가?"

설마 들킬 것이라 생각하지 못했는지, 리아의 어깨가 경련했다.

"어, 어떻게 그걸……?"

나는 리아의 겁을 먹은 눈을 봤고, 모든 게 다 귀찮아졌기 때문에, 요루의 등에 다시 올라탔다.

"……빨리 타."

뒤를 쓱 가리키자, 리아는 멍한 표정으로 날 봤다.

『괜찮겠나? 주공. 거짓말이 아니란 건 알았지만, 잘 알지 못하는 자를 신용하는 건…….』

"누가 신용한다고 했어? 지금은 시간이 아까워. 이런 곳에서 계속 시간을 낭비하고 있을 수가 없어서 그러는 거야. 그리고 아무리 왕녀님이라고 해도 이런 곳에 올 정도라면 각오는 되어 있겠지?"

얼굴도 보지 않고 그렇게 말하자, 리아는 비틀거리는 걸음으로 일어서 요루의 등으로 기어올랐다.

"가겠습니다. ……무슨 일이 있어도, 이것만큼은 아멜리아

님에게 전해야만 하니까요."

"좋아. ……가자, 요루."

요루는 아직 할 말을 다 하지 못한 표정이었지만, 나는 별말 하지 않고 요루에게 명령했다.

내 몸 아래에서 요루의 털이 사락사락 움직이더니 빛을 발했다. 요루의 『변신』이다.

위에 타고 있어서 전신은 볼 수 없었지만, 빛이 사라지자 요루는 검은 털의 치타 같은 마물로 바뀌어 있었다. 다리는 매끄럽게 가늘고 길었으며, 빨리 달리는 데 특화된 것처럼 보이는 몸집이었다.

『단단히 붙잡아라. 떨어져도 주공 이외는 거두지 않을 거다.』

리아를 보면서 그렇게 말한 뒤에, 근육에 힘이 들어가는 것을 알 수 있었다.

"윽?!"

한 걸음 내딛자마자 풍경이 바뀌었다. 두 걸음 만에 마물이 눈앞에 나타났다. 세 걸음 만에 마물도 저 멀리 뒤로 지나가면서 멀어졌다.

뒤에서 리아가 비명을 지르면서 내 허리를 붙잡는 걸 알 수 있었다. 솔직히 아멜리아가 아닌 다른 여자애가 그러는 건 나에겐 민폐밖에 되지 않지만, 지금은 꾹 참기로 하자.

아멜리아보다는 크지만, 나는 그 부분에는 그다지 흥미가 없는 남자라서 문제가 되지 않는다. 어디인지는 말하지 않겠지만.

"자, 우선은 네 얘기를 듣도록 하지. 혀 깨물지 않게 조심하면서 말해."

맹렬한 스피드로 달리는 도중 몸을 빙글 돌려서 리아와 마주봤다. 리아는 붙잡고 있던 내 허리를 놓을 수밖에 없었기 때문에, 다급하게 요루의 털을 붙잡았다.

"저, 저는 아까 말하신 대로 원래부터 왕족이진 않았습니다."

내가 그 사실을 알아차린 이유는 스킬의 순서 때문이었다.

대개 스킬은 습득한 순서대로 나열된다. 나도 아멜리아도, 요루 또한 그랬다. 그렇다면 수인족만 예외는 아닐 것이다.

그중에 아멜리아와 리아의 차이점은 스킬 『왕족의 기품』이 첫 번째에 있다는 것과 두 번째에 있다는 것이었다. 아멜리아에게 물어봤는데, 왕족은 기본적으로 태어나기 전부터 왕족이므로 『왕족의 기품』이 스킬 란의 맨 처음에 위치한다고 했다. 옛날에는 『세계안』으로 수많은 사람들의 스테이터스를 봤다고 하며 그렇게 가르쳐 주었다. 즉, 스킬 란의 두 번째에 있는 리아는 후천적으로 그 스킬을 얻은 것이 된다. 스킬 레벨이라거나, 그 외에도 판단할 근거는 많이 있었지만 내 생각한 내용은 대충 이 정도였다.

그리고 아마도 리아가 왕족으로 들어가게 된 것은 직업과 엑스트라 스킬 때문이겠지.

"저는 조금 유복한, 어디에나 있을 법한 가정의 딸이었어요."

빠른 스피드의 세계에 익숙해졌는지 리아는 점점 막힘없이 얘기하게 되었다.

그건 나도 예상하지 못했던 얘기였다.

"제 진짜 집안은 이미 몇 대 전에 몰락한 옛 귀족 집안이었으며, 제 아버지 대에는 이미 평민 중에서 조금 더 유복한 수준의 가정일 뿐이었죠."

통로를 꺾었기 때문에 조금 흔들렸다. 떨어질 뻔한 리아가 황급하게 요루에게 강하게 매달렸다.

"제, 제가 왕족이 된 건 5년 정도 전이고, 그때까지는 지방에 있는 마을에서 살고 있었어요. 하지만 어느 날 마물이 습격해 왔고, 저를 제외하고 아버니와 어머니를 포함한 모든 마을 사람들이 죽었어요……. 죽었다고 생각했죠."

리아는 그 시점에서 입술을 강하게 깨물었다. 나는 분위기가 바뀐 리아를 보고 '어라?' 하며 고개를 갸웃거렸다.

"그, 마을을 습격했다는 마물은 뭐지?"

리아의 그 눈에는 증오의 빛이 깃들었다.

"슬라임입니다. 일격에 쓰러졌어야 할 그 마물이 마을 사람들을 전부 집어삼켰죠. 그건 평범한 슬라임이 아니었어요. 확실히 슬라임은 다양한 개체가 있지만, 그날까지 검은색 슬라임 같은 건 본 적이 없었습니다."

나는 살짝 숨을 죽였다. 검은 슬라임이라면, 처음 만났을 때 아멜리아를 자신의 안에 붙잡아두고 있었던 그 슬라임이다.

나는 엘프족의 아름다운 용모에 눈독을 들인 자가 노예 등으로 삼기 위해서 엘프족을 노리고 슬라임을 풀어놓았을 것이라 생각하고 있었다. 아멜리아는 슬라임을 인간족 영토에 풀어놓은 것을 의아하게 생각하고 있었던 것 같지만, 나는 그렇게까지 깊게 생각하지 않았던 것이다.

하지만 수인족에게까지 피해가 미쳤다면 얘기는 달라진다.

엘프족 영토에서 만났던, 우르크의 문장이 새겨진 검을 들고 있던 기사로 보이는 인신매매범도 마음에 걸리는데, 수인족 내부에선 정말로 무슨 일이 일어나고 있는 거지?

"……분명 그 슬라임은 누군가가 개조해서 인위적으로 풀어 놓은 겁니다."

"아까 말했던 죽은 것으로 생각했다는 말은 무슨 뜻이지?"

고개를 숙인 채 뭔가를 중얼거리고 있는 리아에게 거듭 질문했다. 리아는 표정이 한층 더 어두워졌다.

"당신을 처음 만났을 때 말했죠? '어떤 희생 위에 용사 소환이 벌어지고 있는 건지 알고 있느냐'고."

"……잠깐, 잠깐, 설마 붙잡힌 수인족 사람들을 희생해서 소환되었다고 말하는 건 아니겠지?"

리아에게 컨티넨 미궁 앞에서 그런 말을 들었을 때 들었던 생각이다. 하지만 그때는 그 생각을 부정했다. 단지 용사를 소환하기 위해서 그렇게까지 큰 희생을 치르는 이유를 알 수가 없었으며, 그때는 아직 타당한 이유가 있어서 소환되었다고 생각했기 때문이다.

하지만, 내 바람과는 달리 리아는 고개를 위아래로 끄덕거렸다.

"그 설마가 맞아요. 저는 제가 수호자라는 걸 알게 된 후로, 만약을 대비해서 가족과 마을사람 몇 명에게 결계를 쳐 두고 있었죠. 수호자는 단순한 결계사와는 다르게, 고정된 공간이 아니라 이동하는 물체에도 결계를 칠 수가 있습니다."

과연, 그렇다면 인간 그 자체에게도 결계를 칠 수 있단 말이로군. 공격력은 낮지만 방어력에 관해선 부여에 가까운 효과가 발생한다.

"결계를 친 대상이 결계를 파괴하는 것 이외의 방법으로 죽었을 경우, 예를 들어서 결계를 물리공격 전용으로 쳤을 때 맹독에 당해 죽으면 결계는 자연스럽게 사라지죠. 그리고 그건 저도 느낄 수가 있어요. ……마을을 습격당한 시점에선 저도 동요하고 있어서 깨닫지 못했지만, 슬라임이 집어삼킨 단계에선 아직 제 결계는 사라지지 않았어요. 저는 사람들의 행방을 계속 좇고 있었지만, 어느 날 갑자기 모든 결계가 거의 동시에 사라졌습니다. 그때는 이미 양녀로서 왕족에 입양된 상태였기에 왕녀의 권한을 풀로 활용하여 그때 무슨 일이 일어났는지 조사했어요."

나는 시선을 아래로 낮췄다. 그다음 내용은 더 듣지 않아도 알 수 있었다.

"수인족 영토에선 아무 일도 없었지만, 인간족 영토에선 그 의식이 벌어지고 있었습니다. 저주받을 용사 소환이 말이죠. 제가 걸어 두었던 결계가 사라진 타이밍과 용사 소환을 위해서 방대한 마력이 마법진에 주입되는 타이밍이 같았다는 것을 밝혀낸 뒤로, 저는 용사를 한 번이라도 직접 보려고 인간족 영토로 갔던 겁니다."

그때 나와 만나게 된 거로군.

문득 나는 생각했다. 리아는 내가 용사 소환으로 이 세계에 온 것을 모르고 있는 건 아닐까. 처음 만났을 때 내가 먼저 리아에게 말을 걸었지만, 그때의 나는 용사 일행의 줄에서 빠져나온 상태였다. 그리고 아멜리아를 만날 때를 대비해서 나를 조사했다고 해도 '마물을 부리는 자'나 내가 원하지 않은 것이라곤 하지만, 용사 소환으로 불려온 이세계인라는 사실보다도 '어둠의 암살자' 같은 이름 쪽이 훨씬 더 잘 알려져 있을 것이다.

내가 용사 소환으로 불려온 사람 중 한 명이라는 것을 수인족 중에서 알아차린 자는 린가뿐이다. 단순한 길드 마스터인 린가가 나에 관한 정보를 일부러 일국의 왕녀인 리아에게 가르쳐 줬다고 생각하기는 힘들다. 무엇보다 용사라는 말이 나올 때마다 리아로부턴 아주 약하지만 살기가 풍겨 나오고 있었다. 하지만 그건 나를 향한 것이 아니었다.

미리 말해 두는 게 좋을까?

마족이 얼마나 강한지 모르기 때문에 만일의 경우를 생각하여 방어를 맡길 사람으로서 리아의 동행을 허락했지만, 사실은 나 혼자서 마족과 싸울 생각이었다. 솔직히 말해서 리아가 빠져도 큰 손해는 되지 않는다. 내가 용사 소환을 통해 소환된 자들 중 한 명이라고 밝혀도, 리아가 나를 어떻게 할 수 있는 입장은 아니니까. 하지만 언제 밝히는 게 좋을까.

"――제 아버지는 왕족 전용 소품을 만드셨거든요. 저는 수호자라는 직업도 가지고 있고, 그러다 보니 의지할 곳이 없어진 저를 왕족으로 거둬 준 거죠."

리아는 그렇게 말하면서 얘기를 마무리 지었다. 복잡한 표정을 짓고 있을 내 얼굴을 보고, 리아가 당황하면서 말했다.

"얘기하는 도중에 흥분해 버리는 바람에 시간 순서가 엉망이 되어버렸지만, 제 과거 이야기는 그리 대단한 내용이 없으니까 그냥 잊어버려도 됩니다."

대단한 내용이 많아! 그렇게 소리치고 싶은 마음을 꾹 참으면서, 나는 가장 궁금하게 생각하던 것을 물었다. 내가 용사 소환으로 온 것을 밝히느냐 마느냐는 그에 대한 대답을 들은 후가 될 것이다.

"그럼 아멜리아에게 전해야 하는 얘기는 뭐지? 간략하게 들었을 뿐이지만, 너와 아멜리아 사이에는 접점 같은 게 없잖아."

양녀로 들어갔을 뿐이며 왕위계승권도 없는 리아가 아멜리아와 아는 사이일 가능성은 한없이 낮았다. 더구나 엘프족과 수인족은 사이가 좋지 않다. 가능성은 더욱 낮아진다.

리아는 약간 망설이면서 입을 열었다.

"저는 아멜리아 님에게 경고를 드리려고……. 아멜리아 님의 스킬인『소생마법』을 노리고 마왕이 움직이기 시작했다는 정보가 들어왔기에……."

나는 눈썹을 찌푸렸다. 너무 많은 것이 복잡하게 얽혀 버려서, 한 번쯤은 종이에 적어서 정리하고 싶은 기분이었다. 물론, 고속이동 중이라 불안정한 요루 위에선 불가능할 것이고, 일단 적을 것도 없다.

『주공, 10층의 보스 방이다.』

말없이 듣고 있던 요루가 내게 말했다.

고개를 돌리자, 요루의 시선 끝에는 보스 방의 커다란 문이 보였다.

"미궁에 들어온 지 얼마 되지도 않았는데……."

『나를 누구라고 생각하는 거냐……. 어떡할 건가, 주공?』

나는 리아 쪽을 보고 있던 몸을 앞으로 돌렸다. 손을 앞으로 내밀면서, 눈을 감았다.

"돌진해."

『알았다!!』

1밀리미터만큼도 내 말에 의문을 가지지 않은 채, 요루가 문으로 돌진했다. 뒤에서 리아가 비명을 지르면서 내 등에 달라붙었다.

"『그림자 마법』…… 원격발동."

문이 파괴된 순간, 나는 감고 있던 눈을 떴다. 안 그래도 지상보다 어둑어둑한 미궁 안이 완전한 어둠으로 덮여버렸다. 하지만 그 어둠도 다음 순간에는 거짓말처럼 사라지면서 개었다. 확실한 반응을 느끼면서 나는 입꼬리를 올렸다.

"히익!!"

요루가 다음 층으로 이어지는 문으로 방향을 바꾸기 전에, 리아는 보고 만 모양이다. 갈가리 찢긴 모습으로 방의 중앙에 드러누워 있는 보스였던 물체를.

나는 지금까지 자신의 그림자와 자신의 그림자와 겹쳐 있는 다른 그림자로만 『그림자 마법』을 발동할 수 있었다. 하지만 컨티넨 미궁에서 익힌 마력의 원격조작과 이번에 『그림자 마법』을 한계까지 썼던 경험을 통해 자신 이외의 그림자도 이용할 수 있다는 것을 알게 되었다. 그래 봤자 자신의 시야가 닿는 범위 안으로 한정될 뿐이지만.

"……무서워?"

나는 내 등 뒤에서 아무런 소리도 내지 못하고 있는 소녀에게 물었다.

요루는 벌써 12층으로 가는 계단을 발견한 상태였다. 컨티넨 미궁처럼 트랩이 작동했지만, 다음 순간에 이미 요루는 그 자리에 없었다.

"무섭지 않다면 거짓말이겠죠. 하지만 저는 동행을 허락받고 같이 있는 몸. 불만을 말할 입장이 아닙니다."

말은 그렇게 했지만 내 옷을 움켜쥔 손이 파르르 떨고 있었다.

확실히 머리로는 그렇게 생각하고 있겠지. 하지만 좀 더 본능적인 부분에선 분명 지금 당장에라도 도망치고 싶을 것이 틀림없다. 생물이란, 인간이란 그런 존재인 것이다. 근원적인 공포에는 거역하지 못한다.

"당신의 정체는 대체 뭔가요?"

나는 잠시 생각한 후에 입을 열었다.

"나는 소환으로 불려온 단순한 암살자이면서, 아멜리아의 연인 같은 자에…… 네가 가장 혐오하고 있는 인간 중의 하나야."

"······네?!"

리아가 놀란 듯이 큰 소리를 냈다. 나는 그런 반응에 상관하지 않은 채 생각에 몰두했다.

마왕이 아멜리아를 노리고 있다고는 생각하지 못했다. 틀림없이 나를 노리는 것으로 생각하고 있었는데, 요루를 통해서 나를 부른 것도 아멜리아를 노리고 있었기 때문일까. 그렇다면 왜 아멜리아의 『소생마법』이 필요한 걸까. 이제 곧 죽을 것 같으니까 수명을 늘리기 위해서인가? 내 입장에선, 왜 그렇게까지 하면서 이 세계에서 살아가고 싶은 건지 이해하기가 어렵지만.

"······당신은 용사 소환으로 이 세계에 왔단 말인가요?"

"그래. 나는 네 가족의 마력과 목숨을 쓴 소환으로 불려온 인간 중 한 명이야. 내가 미운가? ······죽일 건가?"

얘기를 들어보면 내가 리아에게 죽어야만 할 이유는 어디에도 없다. 하지만 리아가 처한 경우는 충분히 동정할 만했다. 죽어 줄 마음은 없지만, 맞아 주는 것 정도는 받아들이자고 생각하고 있었다.

하지만 나는 리아를 얕보고 있었던 모양이다.

"아뇨, 당신 자신에겐 잘못이 없습니다. 용사 소환이 정말로 부조리한 짓이란 건 이해하고 있어요. 하지만 용사 소환을 벌인 레이티스의 사람들은 용서할 수 없습니다."

그렇게, 단호하게 자신의 속마음을 밝히는 걸 듣고, 의외의 공격을 맞은 기분이 들었다.

밑에서 요루의 몸이 떨렸다.

『제대로 한 방 먹었군, 주공.』

"시끄러워."

나는 다시 몸을 돌려서 리아 쪽을 바라봤다. 이번에는 당황하는 기색 없이 요루의 털을 붙잡고 있었다.

"그럼 질문을 바꾸지. 용사를 죽이고 싶나?"

리아와 처음 만났을 때, 그녀의 살기는 분명히 소환된 우리에게도 쏟아지고 있었다. 용사를 제외한 사람들 중의 일부인 나를 죽이지 않겠다고 말한다면, 남은 사람은 같은 반 아이들 중에서 유일하게 진짜 용사가 된 사토 츠카사라고 할 수 있다.

내 추측대로 리아는 고개를 끄덕였다.

"용사인 분에게도 선택권이 없다는 건 알고 있습니다만……."

리아가 고개를 숙였다. 그렇게 딱 잘라서 생각할 수는 없다는 뜻인가.

뭐, 나에게 해가 없다면 괜찮은가. 용사에게만 해가 미친다면 그건 그것대로 괜찮다. 멍청한 용사에 관한 일은 내 알 바가 아니다.

"하다 만 얘기를 다시 하지. 너는 아멜리아에게 경고를 하러 왔어. 아멜리아의 냄새를 쫓아왔다가 우리와 만났으며, 동행하게 된 것이고."

"네, 그 말이 맞습니다. ……제가 질문을 해도 괜찮을까요?"

생각에 잠긴 나에게 리아가 조심스럽게 물었다. 나는 고개를 들지 않은 채 허가했다.

"아멜리아 님은 누구에게 끌려간 겁니까?"

"아울룸 트레이스라는 마족. 그자가 아멜리아를 납치했어."

리아가 눈을 크게 떴다.

나는 입술을 깨물었다.

아울룸 트레이스는 마족. 그렇다면 아멜리아의 유괴를 명령한 자는 마왕일 가능성이 크다. 애초에 아울룸 트레이스는 마족 중에서 세 번째로 강하다고 하니까 마왕이나 제2인자에게 명령을 받았다고 해도 이상할 건 없겠지만.

마왕이 노리는 것이 뭔지는 아직 모르겠지만, 좋은 일이 아니라는 건 알고 있다. 아멜리아는 이 미궁에 있는 동안에 반드시 되찾을 것이다.

Side 아멜리아 로즈쿼츠

눈을 뜨자 맨 먼저 시야에 들어온 것은 가장 사랑하는 사람의, 빈말로도 좋다고 할 수 없는 날카로운 검은 눈이 아니었다. 선명한 에메랄드 색의 커다란 눈이었다.

"아! 일어났네."

너무 늦어서 기다리다 지쳤다고 말하면서 천진하게 웃는 어린아이의 얼굴을 보고 나는 놀라 벌떡 일어났다. 황급히 거리를 벌리려고 했지만 몸이 말을 듣지 않았다.

"아── 안 돼──! 네 몸의 자유는 내가 빼앗았으니까. 안 그래도 한 번 죽어서 『소생마법』을 자신에게 거는 바람에 몸이 약해졌으니까 말이지──."

유일하게 움직이는 머리를 돌려 주위를 돌아보았다.

사슬이나 구속구로 묶여 있는 건 아니었으며, 그냥 몸이 움직이지 않을 뿐이었다. 어떤 마법으로 움직이지 못하게 만든 것 같았다. 그리고 볼에 닿는 모래의 감촉은 익숙했다. 장소는 달랐지만, 분위기랑 공기는 같았다.

"……미궁."

"그래, 맞아! 역시 아멜리아 공주는 대단하네."

만족스러운 표정으로 고개를 끄덕이는 마족 소년을 노려봤다. 살해당하기 전에 그가 이름을 밝힌 것 같긴 하지만, 기억할 마음이 전혀 없었기 때문에 기억이 나지 않았다.

살기가 담긴 시선을 마치 산들바람이라도 되는 듯이 받아 넘기면서, 소년은 활짝 웃었다.

"너무하네——. 그런 눈으로 보지 말라고. 이렇게 예쁜 얼굴이 아깝잖아?"

능글맞은 소년을 보면서 나는 어금니를 힘껏 깨물었다. 몸을 움직이려고 했지만 전혀 움직이지 않았다. 지면에 몸이 닿아 있는 감각은 느껴진다. 울퉁불퉁한 지면에 눕혀져 있기 때문에 등이 아팠다. 그런데, 몸은 움직이지 않았다.

조금 떨어진 장소에 있던 소년이 또각또각 발소리를 내면서 내 쪽으로 다가왔다.

"내가 말했지? 움직이지 못한다고. 마왕님이 널 상처 하나 없는 상태로 데려오라고 말씀하셨기 때문에 비장의 수를 쓴 거야——."

산책이라도 하는 듯한 걸음걸이로 내 부근까지 와서 웅크려 앉은 소년은 얼굴을 앞으로 불쑥 내밀었다.

"우리 마족이 마물을 조종할 때 쓰는 술법을 엘프랑 인간, 수인에게 걸어 보면 어떻게 될지 줄곧 궁금했거든──. 네 덕분에 그 의문이 풀렸어."

손이 닿는 거리에 있는데 죽일 수가 없다. 아니, 내 힘으론 죽일 수 없을지도 모르지만 도망치는 것 정도는 가능할지도 모르는데, 그럴 수조차도 없었다.

아키라의 발목을 붙잡고 말았다.

"역시 완전하게 듣지는 않았고 조종까지는 어려웠지만, 마족에 버금가는 마력을 지닌 엘프의 움직임을 완전히 봉인할 수 있네. 이건 좋은 수확이야."

생글생글 웃으면서 소년이 멀어졌다.

그런 것보다 나는 아키라가 날 어떻게 생각할지가 걱정이었다. 만약 아키라에게 버림이라도 받는다면 나는 분명 살아갈 수 없을 것이다. ……아니, 하지만 지금은 이런 비관적인 생각을 하는 것보다 많은 정보를 이끌어내는 게 더 좋은 방법이려나.

"……왜 미궁에 있는 거야?"

내 첫 질문을 듣고 소년은 눈을 반짝였다. 보아하니 물어 주길 바랐던 모양이다. 마족이니까 나보다는 훨씬 연상일 것이라고 생각했는데, 외모와 다르지 않게 어린아이 같다.

"그러니까 말이지, 내 상사라고 할까? 마족에서 두 번째로 강한 자가 마법진을 쓸 줄 알아. 그래서 그 마법진을 써서 이 미궁으로 왔지만, 돌아갈 때도 그 마법진을 쓰기 위해서 미궁을 내려가야만 하지 뭐야——. 만일에 대비하기 위해서라고 말했지만, 왜 최하층에 마법진을 설치한 걸까——?"

의외로 간단하게 정보를 누설해 주는 바람에, 열린 입이 닫히지 않는 기분이었다. 물론 실제로 입을 벌리고 있는 건 아니었지만, 순간적으로 눈을 크게 뜨고 만 것은 어쩔 수 없는 일이라고 생각한다.

마족의 2인자는 마법진을 사용한다. 더구나 마족의 영토에서 수인족 영토까지 연결할 수 있을 만큼 대단한 마법진을 말이다. 컨티넨 미궁의 최하층에 있었던 마법진만큼은 아니지만, 상당히 골치 아픈 종류다. 전투 중에 그 정도로 먼 거리를 연결할 수 있을 것 같진 않지만, 장거리 워프 마법진을 쓸 수 있다는 말은 단거리도 쉽게 쓸 수 있다는 뜻이다. 사각으로 돌아 들어와 배후에서 기습……이라는 수도 충분히 가능할 것 같았다.

마법진은 한번 그려놓으면 마력을 주입하기만 해도 주문을 읊을 필요 없이 마법이 발동한다. 하지만 단점이 있는데, 마력의 소비량이 일반적인 마법의 몇 배나 된다. 즉, 마력이 적은 인간족은 사용할 수 없다. 수인족도 무리다. 엘프족이라면 아슬아슬하게 그 기준을 만족할지도 모르지만 워프 계열의 마법진만큼 마력을 소모하는 것은 힘들지 않을까.

애초에 마법진은 마족이 개발했다는 얘기를 들었으니, 마족 전용일지도 모른다. 마력의 소모가 심하다는 단점 때문에 연구가 제대로 되지 않았으니까 마법진에 대해선 전혀 아는 게 없었다.

분명 몇 년 전에 인간족 연구자가 마력 소모를 줄이는 마법진을 개발했지만, 발표하기 전에 마족에게 납치되고 말았다. 지금은 어떻게 되었는지 모르겠지만 아마 죽었으리라 생각한다.

　"그렇겠지——. 귀찮겠지——. 나도 그렇게 생각해. 갈 때는 최하층에 있던 마물을 타고 올라갔지만, 『마력조작』을 풀었더니 어디론가 가 버리는 바람에 돌아올 때는 걸어서 왔지 뭐야. 뭐, 지금은 쉬는 중이지만 말이지——."

　아무래도 놀라서 크게 뜬 눈을 다른 뜻으로 해석한 모양이다. 내게는 잘된 일이다.

　"이제 몇 층을 더 내려가야 하는 건데?"

　"음——…… 잘은 기억이 안 나지만, 20층 정도 남았으려나아. 아, 너는 마법으로 옮길 테니까 안심해——."

　그게 정말이라면 지금은 80층쯤에 있는 건가. 요루가 같이 있으면 아마 늦지 않게 올 수 있을지도 모른다. ……구해주러 와준다면 말이지만. 죽는다면 아키라와 함께 죽고 싶다. 그러니까 죽을 생각은 없지만, 이 상황에서 살아남는 것은 불가능하다고 생각한다. 지금 내가 할 수 있는 것은 정보를 이끌어내는 것과, 이 소년의 기분을 최대한 좋게 유지하는 것이다.

　"……."

　한심하다. 뭐가 무녀란 말인가. 이런 건 내가 바란 게 아닌데.

　옛날부터 이 직업은 이해가 되지 않았다. 내가 선택을 받은 이유도, 내가 바란 대로 세계가 움직인다는 의미도. 암살자는 암살, 바람 마법사는 바람 마법…… 그런 식으로 다른 직업에는 이름 그대로의 특색이 있는데 무녀는 뭘 하면 되는지 모르겠다. 과거에 무녀였던 사람의 기록도 거의 남아 있지 않으니까 뭘 하는 직업인지도 알 수가 없었다.

나는 지금까지 제1왕녀라는 지위에 안주하면서 그저 휘둘리는 채로 살아왔을 뿐이다. 키리카는 엘프족 유일의 검사라는 적성이 있다는 걸 알게 된 후로는 검 수행에 열중했다.

그 모습을 보면서 부러웠다.

나는 과연 어떨까. 뭘 해도 어느 정도는 해낼 수 있었다. 하지만 열중할 정도로 뭔가에 빠진 적이 없었다. 그도 그럴 게, 열중하기 전에 해내고 말았으니까. 아무것도 할 수 없는 사람이 보기엔 사치스러운 고민이라는 건 잘 알고 있다. 하지만 아무래도 동경할 수밖에 없었다.

나는 아키라가 부럽다.

입을 다물어 버린 날 보면서, 소년이 입을 삐죽 내밀었다.

"뭐야——. 다음은 네 얘길 해 줘. 나만 얘기하고 있잖아."

나는 허를 찔려서 소년의 눈을 바라봤다. 동그랗고 커다란 에메랄드색 눈이 불만스럽게 흐려져 있었다. 거리를 두었다고 생각했었는데, 의외로 가까이에 그 눈이 있었다.

"그렇지—……. 나에게도 여동생이 있는데, 내가 즐길 수 있었던 무대를 만들어 준 네 여동생은 어떤 애야?"

한순간, 의외라는 생각을 하고 말았다. 하지만 생각해 보면 그들에게도 가정이 있고, 형제가 있고, 부모가 있고, 좋아하는 사람이 있는 것도 당연한 일이었다.

인간족도 수인족도, 엘프족까지도 어린아이에겐 마족이 얼마나 위험한 종족인지를 맨 먼저 가르친다. 연극 같은 것에서도 반드시 마족이 악역이다. 지금까지 수없이 많은 인간들이 납치되거나 살해되었기 때문에 당연하긴 하다. 이것도 일종의 세뇌일지 모른다. 아무 짓도 하지 않은 마족의 입장에서 보면 지극히 부조리한 대우이겠지. 하지만 그만큼 마족 이외의 인간들은 마족을 두려워하고 있는 것이다. 내 머릿속에도 마족은 마음을 지니지 않은 완전한 악이라는 인식이 있었다. 그러므로 악마 소년에게 여동생이 있다는 것이, 너무 인간다운 모습이라 이해력이 따라가지 못하고 있었다.

"……내 여동생은 강한 아이야. 하지만 사실은 나약했다는 걸 최근에 알게 되었어."

키리카는 분명 내가 부러워서, 시샘이 나서, 죽이고 싶을 정도로 질투했을 것이다. 하지만 그건 나도 마찬가지였다. 키리카가 폭발하지 않았다면 내가 폭발했을지도 모른다.

"엘프족에서 유일하게 검사의 적성이 있다는 걸 알게 된 후로는, 원거리 공격에만 적성이 있는 동포들을 지키겠다고 말하면서 검술을, 말 그대로 자는 시간도 아까워하며 연습했었어."

매일 미궁에 가는 여동생을, 밤늦게까지 검을 휘두르는 연습을 하고 있는 여동생을, 가상의 적으로 삼은 나무를 베고 있는 여동생을 보고 있었다. 어떻게 하면 그렇게까지 열중할 수 있는지를 몰랐으니까. 키리카는 분명 다른 사람들에게 나와 동등하게 보이도록 노력했을 것이다. 같은 엘프족 자매이고, 약간의 시간 차이로 인해 내가 조금 먼저 태어나서 언니가 되었을 뿐이었지만 그때는 전혀 다른 종족처럼 느껴졌다.

"지금은 금색 랭크의 모험가야. 전투력만 따진다면 마족에게도 뒤지지 않아."

"그런 애가 왜 나약했다는 거야?"

조용히 애기를 듣고 있던 소년이 자못 이상하다는 듯이 내게 물었다. 나는 쓴웃음을 지었다.

지금 생각해 보면 알아차리지 못한 것이 우습다. 키리카가 가슴속에 품으면서 키워온 것을 나도 가지고 있었으니까.

"여동생은 날 질투하고 있었어. 그리고, 그걸 아버님도 나도 알아차리지 못하게 교묘하게 숨기고 있었지."

우리는 성격이 닮지 않았다는 말을 자주 들었지만, 나는 아주 닮았다고 생각한다. 분명 아버님도 키리카도 나의 추악한 질투는 알아차리지 못했을 것이다.

"그게 폭발한 뒤에야 처음으로 키리키가 나약했다는 걸 알았어. 날 질투했고, 지켜주고 싶었던 동포들을 엉망진창인 꼴로 만들고, 아버님을 속이고, 자신이 여기에 있다고 갓난아기처럼 울부짖었지."

그것조차도 부러웠다. 엘프족의 백성들이 바라는 아멜리아는 그런 짓을 하지 않는다. 그런 이미지만이 내 마음속에 뿌리를 내렸으며, 나는 행동으로 옮기기는커녕 생각하는 것조차 거부하고 있었으니까.

"키리카는 나약했어."

그렇다면, 나는 과연 어떨까. 키리카는 참아내지 못했으니까 약한 건가? 아니, 질투심을 품고 있었으면서도 폭발하지 않았던 나는 키리카보다 약하다.

"그렇구나——. 내가 엘프족의 영토에 갔을 땐 너밖에 보지 않았으니까, 여동생이 어떤 아이인지 궁금했어——. 그럼 다음은 내 여동생 얘기를 해 줄게."

번민하면서 생각에 잠겨 있는 내 어둠을 물러가게 해 주려는 듯이 밝은 말투로 소년이 말했다. 나는 다른 형제가 어떤 관계로 지내는지에 대한 궁금증을 느끼면서 그 얘기를 집중해서 들었다.

"내 여동생은 말이지, 마물을 조종하는 게 특기야! 나보다도…… 아니, 마족 중의 그 누구보다도!"

자랑하듯이 소년의 눈이 빛났다. 눈부셨다. 갑자기 미궁 안에 에메랄드색 태양이 출현한 것 같았다.

"난 말이지, 여동생이 좋아. ……아, 연애감정은 아니야! 물론 가족으로서 좋아하는 거지. 하지만 여동생은 날 싫어하는 것 같은데, 늘 날 무시해."

태양이 어두워졌다. 감정의 기복이 심한 아이다. 요루는 당연하다고 쳐도, 아키라도 나도 그다지 감정이 드러나지 않는 타입이라서 신선했다. 최근에는 눈빛으로 그들이 무슨 생각을 하고 있는지 파악하고 있다.

"난 이런 성격이니까 어쩌면 날 성가시다고 생각하는 게 아닐까 싶어서, 한때는 여동생으로부터 거리를 두기도 했어——."

나도 키리카와 거리를 뒀던 시기가 있었다. 아니, 너무 바빠서 거리를 두고 싶지 않아도 두고 말았다고 할까. 서로 형편과 시간이 안 맞긴 했지만 1년 만에 만났더니 역시 울음을 터트리고 말았다.

그때가 그립네. 아직 엘프의 백성들로부터 키리카의 기억이 사라지지 않았을 때의 일이다.

"그랬더니 여동생이 나한테서 떨어지지 않게 되더라고. 날 싫어하는 줄 알았으니까 깜짝 놀랐지. 그래서 '왜?'라고 물어봤어."

소년이 쿡쿡 웃었다.

그 얼굴은 나를 죽일 때와는 또 다르게 자애로움으로 가득 차 있었다. 여동생을 정말 좋아한다는 걸, 아무것도 모르는 나도 알 수 있었다.

"그랬더니 오빠가 싫다고 말한 적은 없다고 하지 뭐야. 정말로 그때의 류네는 귀여웠다니까──! 뭐, 지금은 또 무슨 이유인지 모르지만 날 무시하고 있단 말이지──."

그렇구나, 크로우와 마찬가지로 츤데레라는 걸까. 츤데레라는 말은 아키라에게 배운 것이지만 의외로 츤데레는 많이 있는 모양이다.

구김살 없이 웃는 마족 소년은 그 모습만 보고 있으면 도저히 나를 죽이라고 마물들에게 명령을 내렸다는 생각이 들지 않을 정도로 평범했다. 오히려 이런 말을 해서 미안하지만, 아키라보다도 더 인간미가 느껴졌다.

내 머릿속에서 마족은 다들 무표정한 인상이었지만, 이 소년은 그렇지 않았다.

"마족은 전부 너처럼 웃어?"

한 번 더 묻는 나를 보며 소년은 웃었다.

"류네는 그다지 웃지 않아——. 마왕님도 잘 웃지 않는다고 할까. 네 번째로 강한 사라이스는 늘 화를 낸다니까——? 두 번째로 강한 마히로는 웃기는 하는데………."

어쩜 저렇게 즐거운 표정으로 방긋방긋 웃으면서 마족의 특징과 이름을 가르쳐 주는 걸까. 이렇게까지 술술 다 얘기해 버리는 소년을 보면서, 나는 역시 불안감을 느낄 수밖에 없었다. 이런 모습을 하고 있지만 일단은 마족 중에서 세 번째로 강한 자다. 그렇다면 정보를 누설한다는 건, 나를 아키라와 요루에게 돌려보내지 않을 절대적인 자신감이 있기 때문이다.

"자——. 이제 슬슬 네 동료도 올 때가 되었으니까, 서두르기로 할까. 난 천천히 걸어가느라 여기까지 오는 데 며칠이나 걸렸으니까 말이지——. 미궁은 태양이 없어서 하루가 얼마나 진행되었는지 모른다는 게 싫어."

그렇게 중얼거리면서 일어선 소년은 희미하게 빛나는 손을 내이마에 댔다.

"반항한답시고 소동을 부리면 귀찮으니 잠깐 자고 있어——."

서서히 흐려지는 의식 속에서, 에메랄드가 조금 전과 전혀 다르지 않은 광채로 반짝이고 있었다.

Side 오다 아키라

"저, 저기! 아울룸 트레이스라는 분이 마족이란 건 사실인가 요?"

요루의 스피드가 더욱 올라가 귓가를 스치고 지나가는 바람 때문에 일반적인 목소리가 들리지 않게 되었을 때, 뒤에서 리아가 소리를 높였다. 리아가 있다는 걸 잊어버렸던 나는 순간적으로 굳어 버렸다.

뭔가를 생각할 때 너무 지나치게 집중하는 것이 나의 안 좋은 버릇이다.

"그래. 요루가 단언했으니 틀림없어. 그리고 나도 확인했지. 그 마력은 마족 이외에는 달리 생각할 수 없어."

아멜리아의 혈흔이 남아 있던 장소에는 낯선 마력의 잔재가 있었다. 혈액처럼 마력 그 자체가 깃드는 거라면 또 모를까, 공기 중에 그 정도로 색이 뚜렷한 마력이 남는 것은 내 마력량으로도 무리다. 엘프족보다도 마력이 높은 나를 넘어설 정도의 마력을 지닌 자는 한정되어 있다. 즉 마족인 것이다.

"그런가요……. 마족이 움직이기 시작했다는 건 마왕이 움직이기 시작했다는 뜻. 마왕이 바뀌었는지는 모르겠지만, 전에 마왕이 움직이기 시작했을 때는 마물의 활동이 활발해지면서 각 대륙의 미궁에서 마물이 뛰쳐나왔다고 하던데. ……이번의 마족 습격은 아멜리아 님을 납치하는 것 외에도 선전포고 같은 의미가 있는 게 아닐까 하는 생각이 드는군요."

리아의 말을 듣고 고개를 끄덕였다.

그때 문득 소박한 의문을 입에 올렸다.

"마왕은 왜 다른 종족을 습격하는 거지?"

마왕이라고 하면 악한 자이며 마족과 마물은 마왕의 부하……라는 인상이 있기 때문인지, 왜 마왕 및 마족, 마물이 다른 종족을 습격하는 것인지 생각해 본 적이 없었다. 대륙을 정복하고 싶다거나, 인간들을 마족의 노예로 만들겠다거나…… 뭐, 그런 건가?

『우리 같은 자들이 마왕님의 마음을 이해할 순 없지만, 최초의 마왕님이 다른 종족을 습격한 것은 볼케이노 대륙으로 마족을 쫓아낸 것에 대한 복수였던 것 같더군.』

그러고 보니, 사란 단장이 얘기해 준 신화에 그런 장면이 있었지.

분명 다른 종족들은 마물을 유일하게 조종할 수 있는 마족을 두려워하고 싫어했으며, 가장 살기 힘든 볼케이노 대륙으로 쫓아냈다느니 어쨌다느니.

지금까지 살아온 인생 중에서 가장 사건이 많은 시간을 보내고 있기 때문인지 기억이 많이 애매하다. 아직 그때 이후로 1년도 지나지 않았는데, 꽤나 먼 옛날인 것 같은 기분이 들었다.

설마 그때는 마물을 타고 수인족의 왕녀와 함께 엘프족 왕녀를 구하러 간다고는 생각도 못했을 것이다. 정말로 그럴 의도는 없었지만 멤버 구성이 꽤나 알차다. 아멜리아와 아울룸 트레이스까지 모인다면 모든 종족이 한자리에 모이는군.

"그렇군. 다른 역대 마왕도 그랬어?"

내 질문을 듣고 요루가 앞을 응시한 채로 고개를 끄덕였다.

동시에 진로방향에 있던 마물 한 마리를 짓밟았다.

『마족 이외의 종족들 중에서 인간족 같은 경우엔 용사를 히어로로, 마왕을 악의 두목으로서 여기고 있지. 그중에는 그 히어로를 동경하면서 마왕성까지 자력으로 찾아오는 멍청이도 있었다. 주공처럼 기척을 숨기는 게 능숙하며 용사에게 동경심을 품은 나머지, 훈련을 쌓으면서 전력으로 봐도 손색이 없을 정도로 성장한 자는 그야말로 마왕님의 침실까지 침입한 적도 있었다더군.』

나는 눈을 크게 떴다.

아니, 레이티스 성도 그렇고 마왕성 경비대도 그렇고, 그렇게 쉽게 침입을 허용해서 어쩌자는 거야.

『부끄러울 따름이다만, 마족은 다른 종족보다 마력이 우수하기 때문에 자만하는 자들이 많지. 용사 파티 이외에 다른 누군가의 마왕성 침입을 허락한 적도 한두 번이 아니다.』

뭐, 애초에 나는 아직 태어나지 않았던 때의 일이니까 모든 게 기록 속에 있는 내용이다만, 요루는 그렇게 운을 뗀 뒤에 이야기를 계속 이어갔다.

대화 도중에 20층 보스를 만나자마자 바로 죽였다. 이 정도로 많이 베거나 짓밟고 있으려니 리아도 익숙해진 듯 아무런 반응도 보이지 않았다.

10층에 도착했을 때보다 몇 단계나 더 페이스가 빨라지고 있었다. 이 상태로 간다면 앞으로 몇 시간 안에 최하층에 도착할지도 모르겠다. 역시 내 파트너는 대단하다.

『그러던 중, 몇 대 전의 마왕은 침입자에게 왕비를 잃고 말았지.』

비통한 목소리가 울려 퍼졌다.

바람이 귓가를 스치고 지나가는 가운데, 요루의 목소리만큼은 잘 들렸다.

『그 마왕은 분쟁이 일어나는 걸 싫어해서 인간족은 물론이고 수인족, 엘프족에게도 일절 손을 대지 않았다. 그러기는커녕 다른 종족에게 평화협정을 맺자고 제안할 정도로 싸움을 기피하고 있었지. 아내를 사랑하고, 자식을 사랑하고, 동료를 사랑하고, 마물을 사랑한 마음 착한 마왕이었다. 그런데 자신이 마왕이었다는 이유만으로 아내가 살해당한 것이다.』

말하고 싶은 바가 뭔지는 잘 알았다. 살인사건을 일으킨 사람의 친족이 미움을 살 만한 짓은 아무것도 하지 않았는데도 불구하고 세간의 차가운 시선을 받게 되는, 그런 경우와 조금 닮았다는 느낌이 들었다.

"즉, 영웅이 되고 싶어 하는 바보가 바보 같은 짓을 했단 말인가."

대중심리란 것은 간단하다.

나쁜 짓을 한 사람은 악. 좋은 일을 한 사람은 선.

그 배경에 있는 사정 같은 건 관계가 없다. 있는 것은 선이냐 악이냐 하는 것뿐. 그것만으로 그 사람의 모든 것이 정해진 것처럼 단정하고 칭송하고 비난한다. 정말로 잔인하고 어찌할 도리가 없는 사람도 있겠지만, 그럴 수밖에 없었던 사람도 있을 텐데.

『그 말이 옳다. ……그 후로 그 마왕은 체결 과정을 밟고 있던 평화협정을 철회하고, 아내를 죽인 남자와 같은 종족, 수인족의 도시를 두 곳 정도 멸망시켰지.』

자신이 당한 것을 그 몇 배로 갚아 주었다는 말인가. 요루의 말로는 마왕의 아내를 죽인 남자의 가족은 천천히 괴롭히면서 죽였다고 한다. 남자가 보는 앞에서.

"……기분이 더럽군. 마왕의 아내를 죽인 남자는 스스로가 정의를 관철하여 그 마왕의 아내를 훌륭하게 죽였다고, 그야말로 영웅이 될 것이라고 생각했겠지. 그런데, 뚜껑을 열고 보니 자신의 손으로 가족을 죽인 거나 마찬가지인 결과가 되었단 말인가."

나 자신이 한 짓 때문에 가족, 어머니랑 유이에게 해가 미친다면 나는 자신의 몸을 스스로 바쳐서 고문이든 뭐든 당하는 게 훨씬 더 낫겠다는 생각을 했다.

『그 후로 마족은 한층 더 다른 종족으로부터 두려움을 사게 되었으며, 평화협정을 맺는 것은 요원한 일이 되었다. ……그러니까 주공, 마족이 나쁘다는 건 하나의 측면에 지나지 않아. ──이 사실을 감안하고 행동해 주면 좋겠다.』

다리를 멈추지 않는 요루는 내 쪽을 볼 수가 없었지만, 그 목소리는 지금까지 들었던 것 중에서 가장 진지했다.

나는 잠깐 생각한 뒤에 대꾸했다.

"……글쎄, 과연 어떨까."

확실하게 대답하지 않았기 때문인지 흔들림이 조금 격렬해졌다. 뭔가를 말하고 싶은 표정을 지은 요루가 입을 열기 전에 견제했다.

"미리 말해 두지만, 나는 마왕의 변명을 듣지 않겠다고 하지는 않았어. 하지만 현재 이렇게 아멜리아는 납치를 당했고, 이번 습격으로 수인족 중에서도 몇 명이 죽었지. 그 이야기에서 등장한 마왕과 상황이 다르다고."

배로 갚아 주겠다고까지는 말하지 않겠다. 하지만 적어도 당한 만큼은 확실하게 갚아 줘야겠지. 그게 예의라는 거다.

"만약 이번 습격이 마왕 본인의 명령이었다면 요루가 뭐라고 말해도 나는 마왕을 용서할 생각은 없어. 이해했지?"

『……그래, 알았다.』

역시 요루는 자기 입으로 말한 것만큼 마족과 거리를 두지는 못할 것이다. 마왕을 낳아 준 부모라고 했으니 무리도 아니다. 하지만 아멜리아를 납치당한 내 머릿속에는 자비라는 말은 존재하지 않는다. 확실히 지금 들은 얘기는 가슴이 아프지만, 그것과 이건 별개다.

뭐, 아멜리아가 용서하겠다고 말한다면 얘기는 달라지겠지만.

나와 요루 사이에 아주 조금이지만 어색한 공기가 흘렀을 때, 리아가 입을 열었다.

"저는 그런 사정이 있는 줄 몰랐습니다. 당시의 왕족이 뒤에서 손을 써서 덮어 버린 걸까요. 요루 님이 말씀하신 마왕에 대해 기록에 남아 있는 내용은 마왕이 평화협정을 제안하여 방심을 유도한 뒤에, 마족을 동원해 습격했다고만……."

왕족이 덮어 버렸을지도 모른다니, 그랬다면 멍청한 녀석이 태어날 법도 하군. 뭐, 왕족이 정보 통제도 하지 않고 정보를 흘려보내고 있었다면 그건 그것대로 걱정이 되지만, 사실을 알려 주지 않고 덮어 버리는 것도 화가 난다.

정말이지, 어째서 어느 세계에서도 인간들은 평화롭게 살아갈 수가 없는 걸까.

"어느 쪽이 옳은지, 어느 쪽이 잘못한 건지. 딱히 상관없잖아. 마법이란 게 있는 이 세계에선 기록 같은 건 쉽게 덮어쓸 수 있다고. ……그래도 뭔가를 믿고 싶다면 자신의 눈으로 직접 볼 수밖에 없어."

나는 암살자를 자칭하면서도 아직 아무도 죽인 적이 없는 데다, 죽일 각오도 되어 있지 않았다. 오히려 아무도 죽이고 싶지 않다는 생각조차 하고 있다. 힘을 지니고 있어도, 강력한 마법을 쓸 수 있어도 마음은 달랐다. 나는 죽이고 싶지 않으며 죽고 싶지도 않다. 하지만 지금부턴 그런 말을 할 수가 없을지도 모르겠군.

"나도 마음을 단단히 먹어야겠어."

이럴 때 그 녀석이라면, 쿄스케라면 어떻게 했을까.

그리고 몇 시간 뒤, 대화도 거의 하지 않게 된 상태에서 70층에 도착했다. 『그림자 마법』의 연속 사용으로 인한 마력 감소를 신경 쓰고 있기 때문인지, 보스들도 요루가 인정사정없이 짓밟아서 쓰러트리고 있었다. 나도 모르게 짓밟힌 마물들을 동정하고 만 것은 어쩔 수 없는 일이라고 생각한다.

보고 있으려니 너무나도 불쌍했다. 때를 기다렸다가 계층의 보스로서 당당하게 등장한 것과 거의 동시에 예상치도 못하게 살해당했다. 더구나 같은 마물에게. 이걸 불쌍하다고 하지 않으면, 무엇이 불쌍하단 말인가.

하지만 그런 느슨한 분위기는 70층을 지났을 무렵부터 긴장감으로 인해 팽팽해지기 시작했다. 점점 그 마족의 마력이 진해지고 있었다. 평범한 인간이라면 숨을 쉬는 것도 힘든 농도였다. 그냥 지나치기만 했던 장소에 이 정도의 마력이 남아 있을 줄이야…….

아멜리아 탈환을 최우선 목표로 삼고 마족에게 복수하는 것은 포기하는 게 현명할 것 같다.

"요루, 『그림자 마법』을 쓰겠어."

『……어쩔 수 없군. 맡기겠다, 주공.』

보이기 시작한 보스 방을 눈앞에 두고 내가 그렇게 말하자, 요루는 한숨을 쉬면서 승낙해 주었다.

조금 전 70층에 있던 보스는 요루가 맹렬한 스피드로 한 번 밟은 것만으로는 쓰러트릴 수 없었다. 보스의 방어력도 생명력도 아래층으로 내려갈수록 높아지고 있었던 것이다. 덕분에 한 번 더 밟기 위해서 급하게 방향전환을 할 수밖에 없었기 때문에 리아가 버티지 못하고 날아가 버렸다.

　음속을 넘어설 것 같은 스피드로 움직이는 요루가 모든 체중을 실어서 날린 공격을 맞고도 아직 숨이 붙어 있다니, 상당히 끈질긴 녀석이었다. 70층의 마물이 그 정도라면 80층에선 아마도 강한 마물이 등장할 것이다.

　문이 열린 순간, 방 안의 그림자를 이용하여 『그림자 마법』을 발동했다. 바로 공격을 시작했다.

　"『그림자 마법』 발동."

　『……?! 잠깐! 주공!!』

　뭔가를 알아차린 요루의 목소리가 전해지기 전에, 이미 『그림자 마법』은 발동되었다. 방의 중앙에 자리를 잡고 있는 상어에 날개와 손발이 달린 것 같은 거대한 마물에게 박혔다…….

　"……뭐야?!"

　마물의 심장부를 정확히 꿰뚫었을 『그림자 마법』은 마물의 몸에 닿자마자 사라져 버렸다.

　"설마, 이 녀석은 마법을 무효화하는 스킬을 가지고 있는 건가?"

　내가 중얼거리는 소리를 듣고, 요루가 씁쓸한 표정으로 고개를 끄덕였다.

　『저 녀석의 이름은 포세이돈. 물과 대지를 조종하며, 주공이 말한 대로 마법 무효화 능력을 가지고 있다.』

　우와아.

　요루에겐 '블랙캣' 이라는 생긴 모습 그대로의 이름을 붙였으면서, 이 녀석은 '포세이돈'이라고 부른단 말이야? 더구나 포세이돈은 분명 신의 이름이었을 텐데……. 아무리 그래도 불길한 마력을 뿜어내는 상어 머리 마물은 아니었던 것 같은데 말이지. 아니, 그 이전에 물을 조종할 수 있을 뿐이지, 이 녀석은 그냥 육지에 사는 마물이잖아!

"……나는 상어는 질색이란 말이지. 어릴 적에 딱 한 번 부모님이 데려가 준 유원지의 어트랙션에서 무서운 일을 겪은 적이 있거든."

더구나 어두운 밤중이었다는 게 문제였다. 낮이라면 어디서 오는지 대부분 짐작할 수 있지만, 불빛이 적은 곳에서 상어가 바로 옆에서부터 갑자기 나타났을 때의 그 일은…… 가볍게 트라우마가 생길 수준이었다. 몸이 약한데도 불구하고 어머니가 꼭 타고 싶다고 해서, 유이가 갖고 싶어 했던 인형을 사 주는 것과 교환조건으로 나도 같이 탔던 것이다. 그리고 무슨 이유인지 아버지와 유이는 기념품 코너에서 즐거운 표정으로 상어 모자를 쓰면서 놀고 있었다. 그게 가족 전원이 함께 갔던 최초이자 최후의 여행이었다.

그 이후로 상어는 물론이고 바다라는 것이 죽을 만큼 두려웠다. 얕은 여울이라면 그나마 괜찮지만, 깊고 바닥이 보이지 않는 바다의 사진이나 그림을 보는 것만으로도 등줄기가 오싹해졌다.

엘프족 영토에서 수인족 영토로 배를 타고 건넜지만, 실은 속으로 엄청 겁을 먹고 있었다. 아멜리아 앞이라서 참고 있었지만 식은땀이 멈추지 않았으며 손도 약간 떨리고 있었던 것으로 기억한다.

눈앞에 있는 마물은 육상 생물이라곤 해도 얼굴이 상어였다. 더구나 믿을 만한 수단이었던 『그림자 마법』은 쓸 수가 없는 상황이다. 즉, 직접 공격해야만 한다. 가까이 가야만 한다는 말이다.

『그렇군. 하지만 주공, 이 녀석을 쓰러트리지 않으면 아멜리아 양을 탈환하는 건 이룰 수 없는 꿈이 될 거다. 지금 이 시간에도 아울룸 트레이스는 계속 걸어가고 있을지도 모르니까.』

"……알고 있어."

등이 유달리 추웠다. 하지만 아멜리아를 위해서 나아가야 한다. 유감스럽지만 트라우마 한두 개나 상어 한두 마리 때문에 멈춰 있을 수는 없다.

나는 크로우가 수리해 주면서 두 자루의 단도가 된 '야토노카미'를 쥐고 자세를 잡았다.

『크캬아아아아아아아아!!』

이상한 소리를 지르면서, 상어 머리가 돌진해 왔다. 입을 열자 그 안에는 몇 겹이나 나란히 자리를 잡은 날카로운 이빨이 보였다. 저 이빨에 물렸다간 아무리 나라도 아플 것이다. 아니, 아픈 것 정도로 넘어가지 않겠지.

나는 단도를 강하게 쥐었다.

"……후웁!"

하지만 질 수 없다.

날 붙잡기 위해 휘두른 손 위에 올라탄 뒤 상어 머리의 몸을 박차고 올라갔다. 도중에 워터 커터 같은 마법이 날 덮쳤지만 무난하게 피했다. 그리고 '야토노카미'를 내리쳤다.

Side 리아 라군

나도 실전 경험이 전혀 없는 것은 아니다. 내가 왕족이 되기 전에 우리 집은 사냥으로 생계를 유지했기 때문에, 비록 스킬 같은 것도 없고 모험가와 비교할 수준도 아니었지만 나 나름대로 경험을 통해 실력을 쌓았다고 생각했다. 그래서 동행도 없이 혼자서 이 미궁을 찾아온 것이기도 했다. 하지만 이 사람은 그런 레벨이 아니었다.

"대체 무슨 일이……."

나는 눈앞의 광경을 보고 아연실색했다. 날개는 뜯겨 나갔으며, 한쪽 다리는 멀리 있는 벽에 부딪혀서 고깃덩어리가 되어 있었다. 그리고 무엇보다, 지금 당장 우리를 잡아먹으려고 크게 입을 벌리고 있던 상어의 머리가 없었다.

시선을 조금 돌려 보니 그 머리는 자신에게 무슨 일이 일어난 것인지 이해하지 못하는 듯한 표정으로 옆에서 뒹굴고 있었다.

나는 대체 무슨 일이 일어난 것인지 알 수가 없었다. 내가 볼 수 있었던 건 아키라 님이 검은 단도 두 자루를 양손에 쥔 모습이 끝이었고, 그 후에는 어느새 상어의 날개와 다리가 떨어지고 머리가 날아가 있었다. 이래 봬도 동체시력은 나쁘지 않았다.

그런데도 아무것도 보이지 않았다.

"아키라 님이 쓰러트리신 건가요?"

"뭐? 달리 누가 있는데?"

자신도 모르게 그리 물어봤더니, 튀는 피를 한 방울도 뒤집어쓰지 않은 깔끔한 모습으로 아키라 님이 눈썹을 찌푸렸다. 확실히 다른 사람은 아무도 없었다. 요루 님도 내가 계속 위에 타고 있었기 때문에 움직이지 않았다.

나 역시 마물을 쓰러트린 사람이 아키라 님이라는 것을 알고 있었지만, 마법을 무효로 만드는 마물을 상대하면서 날이 짧은 단도로 목을 날릴 수 있는지가 조금 의문인 데다가 이렇게나 쉽게 80층의 보스가 쓰러지는 것을 보면서 머리가 혼란에 빠진 것이다.

"저기, 그런 단도로 웬만한 나무만큼 두꺼운 마물의 머리를 베는 건 불가능할 것이라고 생각했는데요."

지금 와서는 평범하다는 게 뭐지? 같은 생각이 들면서 머릿속이 가볍게 패닉 상태에 빠졌다. 자신의 상식이 완전히 뒤집히는 것 같아서 약간 무서웠다.

『주공, 나는 익숙해졌으니까 그럭저럭 보이지만, 주공의 모습은 평범한 인간에게 너무 빨라서 보이지 않는다.』

요루 님이 날 배려해 주었다.

'아들레아의 악몽'이라고 불리던 마물로 알고 있었는데, 최근 몇 시간 동안 같이 지내면서 공포심은 상당히 약해졌다. 역시 소문은 믿을 것이 못 된다. 확실히 대단한 힘을 가지고 있는 것 같지만, 지금의 요루 님은 완전히 아키라 님의 충실한 고양이였다.

"그런가?"

자각이 없는지 머리를 갸웃거리는 아키라 님을 보면서 고개를 끄덕였다. 아키라 님은 요루 님의 등에 오르면서 설명했다.

"그야 단도만으로는 마법 무효화 능력을 지닌 포세이돈의 머리를 벨 수 없지만, 마력은 별개잖아? 마법을 무효로 만드는 것이지, 마력을 무효로 만드는 건 아니니까 말이지."

나는 아직 이해가 되지 않았다. 아니, 마력만 사용한다는 얘기는 들어본 적이 없었다.

마력은 마법을 쓰기 위한 연료다. 불을 피우기 위해서 나무를 태우듯, 나무인 마력이 없으면 불인 마법은 붙지 않는다. 하지만 나무만으로도 불은 붙지 않는다. 둘이 같이 있어야 비로소 공격이 가능해지는 마법이 발생하는 것이다.

"마법은 마력을 포함하고 있기 때문에, 마법을 무효로 만드는 것과 동시에 마력도 무효가 되는 것으로 생각하고 있었는데요……."

"정론이지만, 마력은 마력이지 마법이 아니야. 마법은 마력에 의해 발생하는 현상이지만, 그 자체에 마력이 포함되어 있는 건 아니라고. 그러니까 마법 무효화는 마법밖에 무효로 만들 수 없는 거다. ……그렇게 나는 해석하고 있어."

즉, 마법을 마력이 포함된 것으로 생각하는 게 아니라, 마력을 이용하여 존재하는 것으로 생각한다는 뜻이려나.

그렇다면 확실히 앞뒤가 들어맞기는 한다.

"그렇군요. 하지만 마력의 직접 조작은 어떻게 단련하신 건가요?"

독학인 걸까. 마력 조작은 분명 초대 용사님의 특기였을 텐데. 수많은 사람들이 도전했지만 결국엔 아무도 성공하지 못했던 것으로 알고 있는 기술이다. 그렇다. 아무도 도달하지 못했던 것이다.

"단련 같은 건 하지 않았어. 무리한 상황을 강요당하다 보니 우연히 성공한 거야."

나는 천재라고 하는 인간을 처음 만났다. 저도 모르게 입을 멍하니 벌리고 말았다.

"그, 그런가요."

아키라 님은 "애초에 아멜리아가 『그림자 마법』을 쓰지 않고 화이트 배트를 쓰러트리라고 한 게 문제라니까."라고 중얼거리면서 투덜대고 있었다.

우연히 초대 용사와 같은 기술을 쓸 수 있게 되었다는 것은 즉, 초대 용사와 같은 가능성을 지니고 있다는 뜻이다.

"아키라 님, 당신은 정말로 암살자인가요?"

이번에 소환된 용사는 아무런 행동도 하지 않고 그저 성에 틀어박혔다는 소문을 들었다. 그래서 나는 용사를 용서할 수 없었던 것이다. 이쪽 세계의 사정 때문에 멋대로 소환되었다는 것은 이해한다. 하지만 용사라는 직업을 얻고도 아무런 행동도 하지 않은 채, 그저 성에서 세월을 보내고 있다는 얘기를 들은 것이다. 이래선 죽은 가족들이 편히 눈을 감을 수 없다.

아키라 님이 용사인 게 더 나을 것 같았다.

"나는 암살자야. ……아직 사람을 죽여 본 적은 없으니까 암살자답지 않다고는 생각하지만, 난 암살자가 맞아."

날카롭게 빛나는 눈으로 날 보면서 아키라 님은 그렇게 내뱉었다. 그 눈은 뭔가를 응시하고 있는 것 같았다.

"그만 가자."

80층의 보스를 순식간에 죽였는데도 그 빛이 사라지진 않았다. 아마도 이젠 마족이 아닌 평범한 인간은 대적할 수 없을 만한 실력을 지녔을 텐데도, 아직 부족하다는 표정을 짓고 있었다.

"당신은…… 당신은 어디를 목표로 삼고 있는 거죠?"

"집이야."

제5장 마족

Side 오다 아키라

80층의 보스를 순식간에 죽인 우리는 순조롭게 90층으로 나아갔다. 90층의 보스도 마법 무효화 능력을 지니고 있었고, 뭔가 거대한 골렘 같은 녀석이었기에 '야토노카미' 의 날로 직접 베어야만 했지만 이번에도 마력으로 죽였다. 골렘의 마지막 혼신의 일격이 방심하고 있던 나를 직격했지만, 리아가 재빨리 결계를 쳐 준 덕분에 아무런 상처도 없이 무사했다. 90층이나 되면 보스의 실력도 장난이 아니었다. 만약 내가 공격을 맞는다면, 아무리 내 방어력이 높더라도 다 막아내지 못하면서 뼈가 부러졌을 테니까. 리아에겐 진심으로 감사하고 있다.

"……이제 3층만 더 내려가면 100층인가."

요루가 한층 더 가속했고, 지금은 98층에 있다. 요루의 피로도 한계에 가까웠다.

『주공…… 아마 난 도착한다 해도 전투에는 참가하지 못할 것이다. 아멜리아 양을 부탁한다.』

나는 대답 대신에 요루의 목덜미를 토닥토닥 두드렸다.

"리아, 만일의 경우를 대비해서 요루와 나, 아멜리아가 보이면 아멜리아에게도 결계를 쳐 줘. 너 자신에게 치는 것도 잊지 말고."

마족과의 전투를 치르다 보면 주위에 얼마나 큰 피해가 생길지 알 수가 없다. 보험이긴 하지만 아마 도움이 될 것이라 생각한다.

"알겠습니다!"

점점 마족의 기운이 강해지고 있었다. 가까이에 있는 것은 틀림없다. 무시무시한 농도의 마력에 욕지기까지 솟았지만, 리아가 결계를 친 뒤로는 많이 완화되었다.

『……! 찾았다!!!!』

드디어 요루가 마족── 아울룸 트레이스를 따라잡았다. 어린아이처럼 방긋거리는 미소를 지은, 녹색 머리카락과 눈을 가진 소년. 결계 너머로도 알 수 있는 강대한 마력. 요루가 말했던 아울룸 트레이스의 특징과 정확히 일치하고 있었다.

그리고 아울룸의 곁에는 힘없이 누워 있는 아멜리아가 공중에 떠 있었다.

"오오──! 설마 따라올 거라곤 생각하지 못했어──. 너, 마력 고갈로 3일 정도 의식이 없었지?"

내 쪽을 본 순간, 묻지도 않은 얘기를 재잘재잘 떠벌리기 시작했다. 정신연령도 보기와 다르지 않은 것 같았다.

"역시 마왕님의 오른팔인 블랙캣 님은 대단하네. 설마 타치로 변신해서 쫓아올 줄이야──. 하지만 넌 완전히 지쳐서 이젠 싸우지 못하겠지? 설마 인간족과 수인족 따위가 마족을 상대하겠다는 얘길 하는 건 아니겠고——?"

하고 싶은 말은 많았지만 일단 지적을 하나 하고 싶다.

마왕, 부하 이름을 지어주는 센스가 너무 엉망이잖아! 확실히 지금의 요루는 치타 같은 모습에 다리도 빠르지만, 아무리 그래도 타치는 아니지. 지금까지 들어본 것 중에서 그나마 제대로 된 이름은 포세이돈뿐이었다고. 그건 그것대로 이상한 점이 많이 있었지만.

"말이 많은 녀석이로군. 네가 생각한 대로 인간족과 수인족이 상대할 건데, 무슨 불만이라도 있어?"

도발하듯이 입꼬리를 올리자, 재미있을 정도로 확실한 반응을 보여 주었다.

"뭐——? 인간족과 수인족이 힘을 합쳐 봤자 결국은 열등종일 뿐이거든? 마족에게 이길 리 없다는 걸 역사를 통해 배우지 못했어? 용사라면 그나마 희망은 있을지도 모르지만, 넌 언뜻 보기엔 암살자 같은데? 그리고 뒤에 있는 수인족은 공격이 가능한 후위는커녕 그냥 수호자인 것으로 보이고 말이지."

혼자서 배를 잡고 미친 듯이 웃는 아울룸.

나는 '야토노카미'를 양손에 쥐었다.

"후후훗! 네 존재를 알았을 땐 그냥 평범하게 죽여줄까 했는데, 역시 그렇게 하진 않겠어."

미소를 재빨리 거뒀다. 주위에 농후한 살기가 충만했다. 리아가 떨면서 요루의 뒤에 몸을 숨기고 있었다.

"사랑하는 왕녀님의 눈앞에서 실컷 괴롭히다 죽여 줄게. 널 죽일 수 있고, 왕녀님에겐 고문도 될 테니 일석이조인 셈이네."

"할 수 있다면 해 보시지. 나는 마족을 보는 건 처음이야. 부디 날 즐겁게 해 달라고."

아울룸의 등 뒤에 99층으로 가는 계단이 있었다. 상대가 도망치지 못하게 단단히 대비하고 있어야 한다. 혼란을 틈타서 출구를 막으라고 『염화』로 요루에게 지시를 내린 뒤에, '야토노카미'를 고쳐 잡았다.

나는 『세계안』으로 아울룸의 스테이터스를 봤다.

아울룸 트레이스

종족 : 마족, 직업 : 창술사 Lv.70

생명력 : 35000/35000

공격력 : 42000

방어력 : 21000

마력 : 20000/28000

스킬: 무기생성 Lv.7, 창술 Lv.9, 검술 Lv.8, 신체강화 Lv.9, 위기감지 Lv.9, 기척감지 Lv.9, 위압 Lv.9

엑스트라 스킬 : 마물조작

나는 소리를 지르고 싶은 걸 억지로 참았다. 마족의 전투력을 얕보고 있었던 것 같다. 레벨의 차이는 그다지 없었다. 그런데 종족의 문제인지, 나처럼 초기 스테이터스의 문제인지, 아니면

그 둘 다인지 압도적인 수치의 차이가 존재하고 있었다. 창술사이면서 검술 레벨도 높았는데, 그나마 마법 스킬이 없는 것이 유일한 위안이라고 할까.

손에 땀이 배고 있었다. 입으로는 얼마든지 뭐라고 말할 수 있지만, 나는 지금 이 세계에 와서 처음으로 미지의 강적을 접하며 죽음의 공포를 느끼고 있었다. 떨리진 않았지만 죽음을 각오하고 있는 것은 확실했다.

『기척은폐』를 사용할까? ······아니, 그래선 내 마음이 풀리지 않는다. ──이 녀석은 정면으로 대결하여 박살 내겠어!!

"그 건방진 입을 두 번 다시 열지 못하게 만들어 줄게."

"그 기분 나쁜 얼굴을 두 번 다시 움직이지 못하게 만들어 주지."

한순간 멈췄다가, 두 사람은 동시에 내달리기 시작했다.

카아아아앙.

금속끼리 서로 부딪치는 소리가 울려 퍼졌다. 두 사람을 중심으로 바람이 미친 듯이 불어 닥쳤다. 어느새 아울룸의 손에는 가늘고 긴 창이 쥐어져 있었다.

맞부딪친 무기 너머에서 아울룸이 놀란 듯 눈을 크게 떴고, 너무나도 기쁜 표정으로 웃었다.

"그렇군, 네가 마족을 상대로 큰소리치는 이유를 이해했어. 내 공격을 제대로 받아낸 인간족은 처음이야. 좀 재미있게 즐길 수 있을 것 같은데!"

힘에 밀리면서 내 몸은 뒤로 튕기면서 날아갔다. 하지만 나는 몸을 한 바퀴 돌려서 지면에 무사히 착지했다. 그건 그렇고, 웬만한 여자보다도 가는 팔을 가지고 있는데 파워는 어쩌면 사란 단장을 상회할지도 모르겠다. 그렇다면 내가 알고 있는 자들 중에선 가장 강하다는 뜻이다.

"생각하고 있을 틈이 없을걸! 자, 자, 계속 공격할 거야!!"

어린아이 특유의 새된 목소리에 제정신이 아닌 듯한 음색이 섞였다. 아울룸의 눈은 동공이 활짝 열렸으며, 에메랄드색 빛이 형형하게 반짝이고 있었다. 이 녀석, 어린 모습을 하고 있지만, 광전사였나.

"윽!"

두 자루가 된 '야토노카미'를 교차해 아래로 휘두르는 창을 막았지만, 충격으로 지면이 갈라졌고 두 다리가 지면에 살짝 묻혔다.

"아핫! 나를 상대로 이렇게까지 버틴 자는 마족 중에서도 별로 없거든!"

"그거—…… 고맙군!!"

혼신의 힘을 다해서 창을 튕겨냈다.

그건 그렇고, 아까부터 방어에 치중하느라 좀처럼 반격할 수 없었지만, 이제 슬슬 내 차례다.

Side 아멜리아 로즈쿼츠

어둡고 깊은 바다 속에서, 나는 아키라의 목소리를 들은 것 같앉다. 그리고 내 몸에 울려 퍼지는 두 개의 살기. 그것들이 내 의식을 각성시켰다.

"아키, 라…… 아키라……?"

아키라의 기척이 가까이에 있었다.

엄청난 충격파가 드드득거리는 소리와 함께 주변의 벽을 깎아내고 있었지만, 신기하게도 내 몸에는 아무런 상처가 없었다.

"하핫!! 공주님이 깨어나셨네—!"

소년의 목소리가 울려 퍼졌다. 그 목소리의 주인이 그 녹색 소년이라는 걸 알아차렸다.

"너, 아멜리아의 호칭을 제대로 통일하라고. 조금 전에는 '왕녀님'이라고 불렀잖아."

"멍청하긴~."

금속끼리 서로 부딪치는 소리가 났다. 내 근처에 있는 벽이 드르륵 흔들렸다.

"잠에서 깨어나는 건 옛날부터 공주님의 역할이잖아?"

"여긴 동화 속이 아니라 현실이라고! 이 망할 꼬맹이."

몇 번 눈을 깜박이자 눈앞의 광경이 선명해졌다. 몸의 감각도 돌아왔다. 손가락이 움직였다. 보아하니 미궁의 벽 옆에 누워 있었던 것 같다.

나는 아직 감각이 돌아오지 않은 팔을 움직여서 미궁 벽에 대고 몸을 일으켰다.

"아키라!"

"거기서 얌전히 있어, 아멜리아. 너는…… 너만큼은 절대 데리고 가지 못하게 막을 거야."

내게 뒷모습을 보이고 있던 아키라가 내 쪽으로 몸에 두르고 있던 외투를 던졌다. 아키라의 냄새가 나를 감쌌다. 너무나도 안심이 되었다.

주륵, 미궁의 벽에 기대고 있던 손이 미끄러졌다. 넘어질 뻔한 내 몸을 푹신푹신하고 따뜻한 감촉이 지탱해 줬다.

"요, 루?"

『무리하지 마라, 아멜리아 양. 주공을 믿고 기다려.』

금색의 따뜻한 빛을 띤 두 눈이 자상한 눈길로 나를 보고 있었다. 변신한 상태인지 평소 보는 검은 고양이는 아니었지만 분명히 요루였다. 그 따뜻한 몸이 차가워진 내 몸을 데워 주려는 듯이 가까이 붙었다. 꼬리가 부드럽게 아키라의 외투와 함께 내 몸을 감쌌다.

늘 느끼던, 안심하게 되는 두 개의 냄새에 싸이면서 내 마음은 풀어졌다.

"응. 늘 믿고 있어. 아키라도, 요루도."

곳곳에 상처를 입으면서 피를 흘리고 있는 아키라가, 아직까지 아무런 상처도 없는 소년과 칼과 창을 맞부딪히며 싸우고 있었다. 아키라 쪽이 밀리고 있지만 마족을 상대로 이 정도의 상처만 입고 싸우고 있는 것도 실로 대단한 일이다.

"아키라, 즐거워 보여."

『주공은 이 세계에서도 다른 강한 인간이나 마물보다도 두 단계 정도는 더 뛰어난 힘을 가지고 있다. 상대는 대부분 일격에 끝내 버리지. 주공은 귀찮은 걸 싫어하는 성격이니 일부러 상대의 실력을 탐색하려는 짓은 하지 않지만, 그래도…….』

요루는 아키라와 아울룸 쪽으로 눈길을 돌렸다.

아키라는 상처를 입고 피를 흘리면서, 틀림없이 아플 텐데도 웃고 있었다. 지금까지 본 적이 없을 정도로 즐거운 표정을 지으면서 칼을 휘두르고 있었다.

『실력이 비슷한 상대와 싸우는 것이 즐거운 것이겠지. 무의식 중에 웃음을 지을 정도로. 평소의 주공이었다면 아마 『기척은 폐』를 써서 고생하지 않고 승부를 지었을 거다. 하지만 일부러 정면승부로 도전하고 있어. ……자신은 광전사가 아니라고 생각하려는 것 같지만, 주공은 더할 나위 없는 광전사다.』

정말로 즐거워 보이는 표정을 짓고 있었다.

그 모습이, 홀로 검술 연습을 하고 있던 키리카와 겹쳐 보였다.

"……부러워."

끈적끈적한 감정이 흘러나왔다. 아마 요루에겐 들리지 않았겠지만, 입에서 그런 말이 흘러나왔다.

"뭐 하는 거야? 아직 공격을 한 방도 맞추지 못하고 있잖아. 확실히 마족을 상대로 이렇게까지 버티고 있는 것도 대단하긴 하지만, 공격이 맞지 않으면 의미가 없단 말이지."

확실히 큰 상처는 입지 않았지만, 작은 상처에서 피가 나오고 있었으며 빈혈 때문인지 아키라의 얼굴이 창백해져 있었다. 지면에 아키라의 피가 점점이 넓게 떨어지고 있었다. 아니, 그냥 떨어지고 있는 것치고는 이상하다는 생각이 들 정도로 사방에 튀어 있었다. 마치, 일부러 그곳에 떨어트리고 있는 것 같은…….

"아니, 이제 겨우 준비가 끝났어."

소년이 미간을 찌푸렸다. 아키라는 씨익 웃으면서 손을 수평으로 들었다.

"이제 와서 뭘……."

"『그림자 마법』 발동."

미궁 안의 모든 그림자가 아키라에게 모였다. 미궁 조명에 비치면서 생겼던 두 사람의 그림자도, 나와 요루의 그림자도 사라지면서 아키라의 그림자가 되었다.

"산(散)!"

아키라의 목소리를 따라 모였던 그림자가 산산이 흩어졌다. 본 적이 없는 기술이었다. 아키라는 분명 내가 알고 있는 한, 자신의 그림자밖에 사용하지 못했다. 주위의 그림자를 모아서 조종하는 기술 같은 건 쓰지 못했던 것으로 알고 있었다. 그런데 어느새…….

흩어진 그림자는 뭔가에 이끌리는 것처럼 어딘가로 향하기 시작했다.

『피가…….』

요루가 중얼거린 목소리를 듣고 지면에 뿌려져 있던 피를 보니, 일정량의 피에 그림자가 모여 있었다.

"아키라의 피에 남아 있는 희미한 마력에 반응하여 모이고 있어…… 아니, 모으고 있는 건가?"

아키라가 들어 올린 손으로 주먹을 쥐었다.

"『영수(影獸)』."

피 위로 흩어진 그림자가 꿈틀거리더니 짐승의 형태로 변했다. 늑대 같이 생긴, 네발로 걷는 피에 굶주린 짐승은 소년이 휘두른 창을 피하면서 발과 몸, 팔에 달려들어 물어뜯었다.

"윽!!!!"

소년은 몸을 회전해서 억지로 짐승들을 떼어 놓았다. 그 충격으로 인해 살점이 떨어져 나갔다. 이번에는 소년의 피가 주변에 튀었다. 아키라보다도 출혈량이 많았다.

순식간에 형세는 역전되었다.

"보아하니 네 피와 마력은 상당히 맛있는 것 같군. 『그림자 마법』이 기뻐하고 있어."

발밑에서 일렁이며 움직이고 있는 그림자를 보고 아키라가 말했다. 반면에 소년은 자신이 흘린 피를 지그시 바라보고 있었다.

"……후후훗! 아하하하하하하하하하하하하하하하하하하하하하하하하하하하하하하하하하핫!!"

그리고 목소리를 높여 갑자기 웃기 시작했다. 아키라가 약간 어이가 없다는 표정을 지으면서 물러났다. 어느새 그림자가 만들어낸 짐승들은 사라졌고, 우리 발밑으로 그림자가 돌아와 있었다.

"이게 고통……. 이게 나의 피……."

소년은 자신의 배에서 흐르고 있는 피를 움켜쥐었다. 나와 아키라가 질린 표정을 짓는 가운데, 요루만이 냉정하게 그 모습을 보고 있었다.

『마족은 전체적으로 마력과 공격력이 높다고 잘 알려져 있지만, 방어력도 다른 종족과 비교하면 차원이 다르다. 단순한 날붙이는 물론이고, 마법으로도 웬만하면 상처를 입지 않아. ……내가 아는 자들 중엔 이 세상에 태어나서 한 번도 피를 흘려본 적이 없는 녀석도 있을 정도다.』

만약 그게 사실이라면, 아까 보인 반응을 보는 한 소년도 그런 부류였던 것 같다. 나에겐 자신에게 피가 흐르고 있다는 것을 기뻐하는 것처럼 보였다. 고통을 느끼는 것을 기뻐하는 것처럼 보였다. 다른 종족과 같은 색의 피가 흐르고 있다는 것을 기뻐하는 것처럼 보였다.

"아하하하하하하하하하핫! 정말로, 최고야. 너 같은 인간족이 있다는 걸 알면 다들 기뻐할걸."

황홀한 미소를 지으면서 소년은 창을 떨어트렸다. 그리고 창을 쥐지 않은 반대쪽 손에 어디서 꺼낸 건지 모를 피리가 쥐어져 있었다.

"모처럼 네가 큰 기술을 보여 줬으니 나도 그 성의에 답례를 보여야지."

나는 그 피리를 보고, 자신이 죽기 직전의 광경을 떠올렸다.

"안 돼! 도망쳐, 아키라!!"

"이미 늦었어."

소년은 두 손으로 피리를 들고, 입에 물었다.

Side 리아 라군

마족 소년, 아울룸 트레이스가 입에 물고 숨을 불어넣은 피리에선 아무런 소리도 나지 않았다.

그래도 아멜리아 님은 한 번 더 아키라 님에게 도망치라고 말했다.

나는 그 말에 따라 도망치려고 했지만, 발이 움직이지 않는다는 것을 깨달았다. 아무리 결계를 쳤다고 해도 마족의 마력을 장시간 접했기 때문인지, 몸이 굳어서 움직일 수가 없었다. 과연, 뱀이 노려보는 개구리의 심정이란 이런 느낌이었구나. 이런 때 할 생각이 아닌데도 그렇게 생각하면서 감탄했다.

"마족은 마물을 조종하고 사역하는 종족. 이미 사역되어 있는 마물 이외에는 내 손발이 되지."

미궁의 벽이라는 모든 벽에서 마물이 쏟아져 나왔다. 수십, 수백 정도의 수가 아니었다. 아마 1,000에도 육박할 만큼 많은 마물의 대군이었다.

미궁이란 곳에 들어가 본 것이야말로 처음이었지만, 얘기는 자주 들었다. 미궁 안에는 트랩이라는 것이 다수 설치되어 있으며, 그중에는 진심으로 목숨을 노리고 덮치는 것까지 있다고 했던가. 이렇게 숫자로 밀어붙여 박살내는 식으로.

그런 얘기를 들은 적이 있기 때문인지, 마족과 직접 대결할 수가 없었기 때문인지, 혹은 아멜리아 님이 해 준 충고 덕분인지, 가장 맨 처음에 경직을 빠져나온 사람은 나였다.

"『신의 결계』 강화!!"

일단 내가 할 수 있는 것, 이 자리에 있는 동료들 전원에게 쳐 놓았던 결계의 강화를 꾀했다.

나는 아키라 님 일행과 떨어진 장소에 있었기 때문인지, 대량의 마물들로 인해 아키라 님 일행과 분단되고 말았다. 추악한 얼굴을 가진 마물들이 몰려오고 있었다. 나도 모르게 얼굴이 굳었다.

"안 돼!! 이리 오지 마!!"

단검을 꺼내서 응전하려고 했지만, 상대는 미궁의 최하층을 돌아다니는 마물들이다. 성에 있던 기사들에게 억지로 부탁하여 단련했던 『단도술』로도 상처 하나 나지 않았다.

아키라 님은 혼자서 싸우는 게 분명 더 편하겠지. 아멜리아 님에겐 요루 님이 같이 있으니까 괜찮다. 이미 사역되고 있는 마물은 사역할 수 없으니까, 요루 님이 아멜리아 님을 지켜 줄 것이다.

즉, 내가 가장 죽기 쉬우면서, 동시에 따로 놀고 있는 장기말이라는 뜻이다. 실력 있는 몇 마리가 아키라 님과 요루 님의 주의를 끌고, 다른 마물들이 내 숨통을 끊을 것이다. 평소에는 맹목적으로 돌진하여 눈앞에 있는 인간을 습격하는 마물도 마족이 통솔하면 이렇게까지 지적으로 행동할 수 있단 말인가.

"수호자가 있으면 나중에 귀찮아질 거라고 마히로가 말했으니까 말이지——. 우선은 너부터 죽일게."

어느새 가까이 와 있던 아울룸 트레이스가 마물 위에서 천진 난만한 표정으로 미소 짓고 있었다. 마족의 방대한 마력을 지근 거리에서 느꼈기 때문에 몸이 덜덜 떨렸고, 손발에 힘이 들어가지 않았다. 단검이 손에서 미끄러져 떨어졌다. 단검이 떨어지는 소리가 울려 퍼졌으며, 뒤이어 내 몸도 미궁의 지면으로 가라앉았다. 눈은 겨우 움직였지만 자신의 죽음이 다가오는 것을 그저 지켜보고 있는 것에 지나지 않았다.

절체절명의 대위기. 아멜리아 님에게 충고하고 싶다는 이유로, 대단한 실력도 없는데 이런 곳까지 오고 만 나에 대한 벌일까.

주마등처럼, 지금까지 잊고 있었던 기억이 내 머릿속을 흘러갔다. 마치 죽음을 각오한 나에게 잊지 말라고 말하는 것처럼.

그랬다. 벌이라고 해도, 살아 있어도 의미가 없다고 다들 생각했었다고 해도…….

"……그렇다고 해도 나는, 여기서 죽을 순, 없습니다."

그 말이 입에서 나온 것과 동시에, 몸에 감각이 돌아왔다. 아울룸 트레이스의 마력에 조금이나마 익숙해졌기 때문일까. 떨리는 팔로 상반신을 일으켰다.

문득 시선을 돌려 보니, 한시도 손에 놓지 않았던 소중한 지팡이가 옆에 떨어져 있었다. 그렇게나 빠른 속도로 달리는 요루 님 위에 있었을 때도, 아키라 님이 내 멱살을 잡았을 때도…… 가족이 죽은 순간에도 늘 같이 있어 준 파트너. 그 지팡이를 손에 쥐었다.

지팡이를, 아직 힘이 들어가지 않는 발 대신으로 써서 일어났
다.

"응——? 아직 일어설 수 있는 거야? 그냥 누워 있었다면 편
하게 죽을 수 있었는데 말이지."

확실히 죽음은 일종의 구원이다. 이 목숨의 굴레로부터 해방
되는 것이다.

"그래도 그 사람을 만날 때까지는…… 아니, 이 마음이 통할
때까지는 죽을 수 없어요."

아키라 님이 그만큼이나 지극정성으로 생각하고 있는 아멜리
아 님이 부러움과 동시에 약간 후회도 하고 있었다.

나는 그 사람과 헤어질 때 자신의 마음을 제대로 전했을까. 이
렇게까지 필사적이 될 수 있었을까. 나는 그 사람을 위해서 무
엇을 해 줬을까.

나는 생각해 보면 받기만 했지 스스로 행동한 적은 거의 없는
거나 마찬가지였다. 있다고 하면 왕족의 양녀로 들어갔을 때 정
도일까.

하지만, 아키라 님을 보고 마음이 바뀌었다. 부러워하고만 있
어선, 보고 있기만 해선 안 된다. 행동으로 옮겨야 한다. 지워
버리려고 했던 마음이었지만, 아키라 님과 아멜리아 님을 보고
그게 얼마나 어리석은 짓이었는지 알았다. 나는 그 사람을 도망
치기 위한 이유로 삼았을 뿐이다.

"저는 이제 도망치지 않아요. 흐르는 대로 그냥 흘러가지도

않겠어요. 저는, 저는…… 이제 제 말을 굽히지 않을 겁니다."

지팡이에 박혀 있는 거대한 마석이 푸른빛을 띠었다. 이 지팡이는 그 사람이 직접 만들어 준 것이다. 마석은 그 사람이 토벌한 마물의 마석. 이 지팡이가 있으면 나는 아무것도 두렵지 않다.

"저는 반드시 그 사람을 만나러 갈 거예요."

복수에 사로잡힌 나를 치유해 준 것처럼, 나도 그 사람을 치유해 주고 싶다.

내 마음에 호응하는 것처럼, 지금까지 이상으로 마석이 빛났다.

"『신의 반전결계』."

마석이 더욱 강하게 반짝였고, 뒤이어서 내 몸도 빛나기 시작했다. 동요한 것 같은 목소리를 듣고 짐작해 보건대, 아키라 님이랑 요루 님, 아멜리아 님도 같은 상태일 것이다.

이 마법은 내가 왕성에서 모은 책들의 정보를 바탕으로 만든 새로운 결계다. 이론상으로는 실현이 가능했지만, 뭔가가 치명적으로 모자랐기 때문에 그때는 한 번도 성공하지 않았다. 하지만 아무래도 그 부족했던 것은 대단한 게 아니라── 내 마음이었던 것 같다.

겨우, 성공했다.

"그건 역대 수호자에겐 없었던 기술이네. 흐─응, 마히로는 이걸 싫어했던가? 보기엔 그렇게 달라지진 않은 것 같지만…… 뭐, 공격해 보면 알 수 있으려나!"

아울룸 트레이스는 가까이 있는 모든 마물에게 명령을 내렸다.

"죽여."

일제히 나를 향해 이빨, 발톱, 마법이 달려들었다. 나는 힘을 단단히 주고 눈을 떴다. 아무것도 놓치지 않겠다는 듯이.

두려움 게이지가 폭발하면서 자포자기하고 만 것은 아니다. 이제 두려워할 이유가 사라졌기 때문이다.

"뭐야?!!"

순식간에 모든 것이 정리되었다. 환하게 트인 시야 안에서 나와 같은 빛에 감싸인 아키라 님과 요루 님을 눈으로 확인했다. 아마 아멜리아 님은 요루 님의 뒤에 있을 것이다.

서서히 빛은 줄어들었고, 아울룸 트레이스의 넋이 나간 얼굴이 너무나 인상적으로 남았다.

Side 오다 아키라

아울룸이 피리를 분 뒤, 소리 없는 소리가 미궁을 따라 메아리 치는 것을 알 수 있었다.

일기당천의 강자라도 있으면 든든하겠지만 아무리 힘이 있어도 결국은 한 명. 숫자도 훌륭한 무기인 것이다.

우리는 벽에서 나온 마물들 때문에 순식간에 분단되고 말았다. 더구나 마물에 올라탄 아울룸이 이동한 곳에는 분명 아멜리아가 있었을 것이다. 호신용으로 단검을 지니고는 있을 테지만, 상대는 미궁 최하층의 마물과 마족이다. 나랑 요루, 아멜리아라면 또 모를까 리아의 공격력으로는 대처할 수 없을 것이다.

지금은 『그림자 마법』으로 단번에 정리하고 싶지만, 아울룸이 아직 살아 있는 이상 마력 소비가 심한 『그림자 마법』은 온존해 두고 싶다.

이럴 때 아멜리아의 『중력마법』이 있었다면…….

"『그래비티』."

그런 생각을 하고 있었더니 늠름한 목소리가 울려 퍼졌고, 나를 포위하고 있던 마물들이 마치 커다란 손으로 위에서 짓누른 것처럼 땅으로 엎어졌다. 순식간에 시야가 확 트였다. 시선을 돌리자 요루의 부축을 받으면서 마법을 구사하는 아멜리아가 보였다. 어깨에는 내 외투를 걸쳤고, 끝자락이 지면을 스치고 있었다. 그러고 보니 싸움 중에 던져 버린 것 같긴 하다.

"아멜리아! 요루!"

마물들을 뛰어넘고 그 둘에게 달려가자, 아멜리아는 험악하게 일그러진 얼굴을 누그러트렸다.

"아키라가 날 부르는 것 같았어."

그야말로 이심전심이로군. 무리하게 마법을 쓰라 하고 싶지는 않았지만, 안색은 그렇게 나쁘지 않은 것 같으니 결과적으로는 잘된 것이라고 할까.

"응, 덕분에 살았어."

오랜만에 머리를 쓰다듬어 주자, 아멜리아는 마치 고양이처럼 머리를 문지르기 시작했다. 보아하니 꽤나 오랫동안 쓸쓸했던 모양이다.

『주공, 결계가 사라지지 않았다는 것은…….』

이러고 있을 때가 아니라는 듯이 요루가 끼어들었다. 아멜리아와 만날 수 있었던 것 때문에 기분이 들떠 있었는지도 모르겠다. 확실히 지금은 그럴 때가 아니었다.

"그래, 리아는 아직 죽지 않았어. 그리고 아까보다 더 강화된 것 같은데."

단도를 팔에 찔러 보려 했지만 엷은 빛이 나며 튕겼다. 지금 상태라면 아울룸의 공격도 막아낼 수 있을 것 같았다. 미궁에 막 들어갔을 때는 너무나 믿음직스럽지 않게 보였는데, 아무래도 리아는 실전에 강한 타입이었던 것 같다.

결계가 발동된 채 유지되고 있다는 뜻은 그 결계를 발동한 자가 죽지 않았다는 거나 같은 말이다. 리아도 자신이 친 결계가 사라지면 감지할 수 있다고 했으니까, 우리가 모두 살아 있다는 것을 눈치채고 있을 것이다.

일단 모두가 살아 있다는 건 확인할 수 있었다.

"리아? ……바람을 피운 거야?"

여자의 이름이 나오자 아멜리아가 민감하게 반응했다. 나도 모르게 아멜리아의 이마를 딱밤으로 때리자, 아멜리아는 이마를 두 손으로 누르면서 눈물이 맺힌 눈으로 나를 쳐다봤다. 응, 귀엽다. ……그게 아니라,

"내가 아멜리아 말고 다른 사람에게 눈길을 줄 리가 없잖아. 리아는 수호자이고, 수인족의 왕녀야. 마족이 아멜리아를 노리

고 있다는 걸 알고 충고해 주러 왔댔어. ……뭐, 이미 늦은 셈이
지만."

리아가 충고해 주기 전에 아멜리아는 납치되었으니까.

"그렇구나. 수호자를 만나는 건 처음이네."

아멜리아 정도는 아니지만 레어한 직업이라고 한다. 왠지 내
주변에는 레어한 직업을 가진 사람이 많군. 레어라는 의미는 어
디로 간 거야.

『마물만이라면 또 몰라도 마족을 상대하는 건 아무리 수호자
라고 해도 무리가 있다.』

요루의 말을 듣고 고개를 끄덕였다.

사실은 이런 대화를 나누고 있을 때가 아니겠지만, 무슨 이유
인지 나는 괜찮다고 생각하고 있었다. 이 세계에 온 후로, 스킬
이라는 의미에서도 육감이라는 의미에서도 그동안 갈고닦은
『위기감지』가 전혀 반응하지 않았다. 리아는 괜찮다.

그렇다고 해서 도와주지 않을 수는 없으므로, 리아에게 몰려
든 마물들의 포위망을 바깥에서부터 무너트리기로 했다. 우리
근처에 있던 마물은 전부 아멜리아가 『중력마법』으로 납작하
게 짓눌렀다. 살아 있는 것은 리아의 주변에 있는 마물들뿐이
다. 다행히도 아울룸은 이쪽의 마물들이 전멸했다는 걸 알아차
리지 못하고 있는 것 같았다.

정작 공격을 시작하려고 했을 때, 마물이 밀집된 곳의 중심에
서 힘찬 목소리가 울려 퍼졌다.

"『신의 반전결계』."

리아가 있는 것으로 보이는 장소가 빛났으며, 동시에 우리의 몸도 빛나기 시작했다.

『뭐, 뭐야?!』

"진정해, 나쁜 건 아냐."

"결계?"

우리 셋이 서로 다른 반응을 보이는 가운데, 아울룸의 명령으로 마물들이 사방팔방에서 리아를 덮쳤다.

"……헤에. 결계에 이런 사용법이 있었군."

한순간의 침묵 후에 리아를 덮친 것으로 보이는 마물들이 쓰러졌다.

날카로운 발톱으로 베려고 한 것들은 몸에 발톱 자국이 새겨졌다. 뾰족한 이빨로 물어뜯으려고 한 것들은 뚜렷한 이빨 자국이 새겨졌고, 마법을 날린 것들은 반사된 마법에 맞았다.

저들은 마족에게 죽이라는 명령을 받았으니, 분명 진심으로 공격했을 것이다. 그 공격이 전부 스스로에게 되돌아간 것이다. 모든 공격이 반전됐다.

『아니, 역대 수호자 중에서 이런 식으로 결계를 쓰는 자는 없었을 텐데.』

요루가 눈을 크게 뜨면서 놀랐다. 아멜리아도 약간 눈을 크게 뜨고 있었다.

"그렇다면 오리지널인가."

"『마법생성』은 없던데, 스스로 마법을 만들었단 뜻이야?"

한 손으로 마물의 머리를 붙잡아서 내던졌다. 내던져진 마물은 벽에 격돌하면서 찌부러졌다. 아멜리아도 소규모의 『중력마법』을 써서 요루를 뒤에서 습격하려 했던 마물을 눌러 버렸다.

리아와 눈이 마주쳤다.

"그런 것 같군. 그리고 아까보다 보기 좋은 표정을 짓고 있어."

아주 잠깐이지만 나와 시선이 교차한 코발트블루의 눈은 뭔가를 결의한 것 같은 빛을 띠고 있었다. 목숨을 위협당하는 위기에 처하면서 자신의 한계를 뛰어넘은 것 같다.

리아에게 몰려 있던 마물들은 대부분 정리되었다. 남은 건 아울룸과, 아울룸이 탈 것 대용으로 쓰고 있는 마물뿐이다.

"……하나 좋은 걸 가르쳐 줄게."

형세가 역전되면서 척 보기에도 우리가 우세해졌는데도 아울룸의 태도는 전혀 달라지지 않았다. 아니, 여유가 있는 것 같았다. 아까까지는 아무런 반응도 없었던 『위기감지』가 시끄럽게 경보를 울리고 있었다.

"방금 그 피리 말인데, 그게 없어도 우리는 마물을 조종할 수가 있거든. 아마 거기 있는 오른팔 님도 분명 몰랐겠지만, 그 피리에는 두 가지 기능이 있어. 하나는 마물에게 세세한 명령을 전할 수 있다는 것."

아울룸은 수상쩍게 웃으며 우리 뒤를 힐끗 봤다.

"……두 번째 기능은 멀리 떨어진 장소에 있는 동포들에게 지금의 상황을 전하는 거지."

들은 적이 없는 목소리가 뒤에서 들려왔다.

무슨 수단을 썼는지는 몰라도, 우리가 돌아봄과 동시에 리아의 결계가 저들에게 파괴됐다. 유리가 깨지는 듯한 소리가 나면서 우리의 몸을 덮고 있던 빛이 사라졌다.

"네가 구원을 요청하다니 별일도 다 있다고 생각했는데, 그 상처는 어떻게 된 거야?"

검은 머리카락과 검은 눈을 한, 안경을 끼고 있는 청년이 있었다. 얼굴은 젊어 보였고 마구 흐트러진 머리카락이 흔들흔들 움직였으며 안경을 위로 올리는 손은 창백했다. 빙긋 웃고 있지만 눈만은 전혀 웃고 있지 않았다.

마족이라면 예외 없이 그렇다는 듯 쓸데없이 많은 마력이 몸에서 넘쳐 나오고 있는지라 내 등에 식은땀이 흘렀다.

리아는 이미 실신한 상태였다.

"아, 마히로, 늦었어——! 이번에는 아무리 나라도 위험해서 널 부른 거라고——."

심각하게 다쳤는데도 아울룸은 만났을 때와 마찬가지로 활기가 넘쳤다. 그처럼 다쳤다면 엘프족도 쓰러졌을 정도로 심각한 상태인데, 아무렇지 않은 표정을 하고 있었다. 마족은 생명력도 이상한 모양이다.

"이상하게 늦는다 싶더니 이런 데서 발목이 잡혀 있었나. 자, 어서 돌아가자고."

어느새 그 녀석은 우리 뒤에 나타났다.

"아니……?!"

신경을 곤두세우면서 동작 하나하나를 지켜보고 있었는데 반응은커녕 볼 수도 없었다. 마법을 쓰는 징후조차도 없었는데.

　틀림없이 아울룸보다는 실력이 위다.

　"마히로…… 마족의 2인자라고 했어."

　아멜리아가 그렇게 말하면서 갑자기 나타난 청년을 봤다.

　2인자라면 아울룸보다 한 단계 더 위에 있다는 뜻이다.

　아울룸이 마히로라고 부르던 청년은 아울룸의 상처를 보고 한숨을 쉬면서 고개를 저은 뒤에 날 봤다.

　"너와는 상성이 좋지 않았을지도 모르겠군, 오다 아키라."

　내 풀네임을 부르는 바람에 나는 얼굴을 찌푸렸다. 내 이름을 부르는 목소리와 그 용모를 보고 알아차리고 말았다.

　"너, 혹시 일본인인가?"

　이 세계에선 외국처럼 이름이 앞에 오고 성이 뒤에 온다, 그리고 언어가 다르기 때문에 어쩔 수 없지만, 일본어와는 약간 억양이 다르다. 하지만 이 녀석은 완벽하게 일본어처럼 발음했다. 그리고 무엇보다 마히로라는 이름. 일본인 같은 이름이었다.

　"그래. 뭐, 그렇게 되려나? 너희와는 조금 다르지만, 일본인이야. 이름은 아베 마히로. 잘 부탁하고 싶진 않지만, 잘 부탁하겠어──."

　조금 다르다는 건 무슨 뜻일까. 그리고 왜 마족인 걸까.

　"아차. 이러고 있을 시간이 없지. 거기 있는 공주님을 모셔가겠다."

그 말을 들은 나는 아멜리아를 보호하듯 앞으로 나섰다. 요루도 전투 태세에 들어갔다. 미안하지만 쓰러져 있는 리아는 나중으로 미뤘다. 이 녀석들이 노리는 건 아멜리아니까.

"이거 참, 공주님 한 명을 납치하는데 마족의 3인자가 나설 필요도 없다고 생각하고 있었는데, 설마 나까지 불려오게 될 줄이야."

'인생 앞일을 알 수가 없군.' 이라고, 딱히 누구에게 하는 것도 아닌 혼잣말을 중얼거리면서 마히로는 손을 마주쳤다.

파앙!

맑은 소리가 울려 퍼졌다. 그리고 다시 벌린 손 사이에서 어떤 글자들이 튀어나오기 시작했다. 방대한 양의 글자는 원형으로 나열되면서 마법진을 형성했다. 본적도 없는 글자랑 글자라고는 말하기 힘든 모양까지, 다양한 기호가 한 점의 흐트러짐도 없이 가지런히 배열되기 시작했다. 반짝반짝 빛나는 글자들은 너무나도 아름다웠다. 불과 몇 초 만에 무시무시할 정도로 가는 마법진을 완성한 마히로는 바로 그걸 가동했다.

"『체괴뢰(體傀儡)』."

마력이 주입되면서 붉게 빛나는 마법진은 우리 쪽으로 날아왔다.

"피해! 아멜리아!!!"

"꺅!!"

나를 노리는 건가 싶어서 대비하고 있으려니, 마법진은 아멜리아를 노렸다. 나는 그걸 알아차리고 소리쳐 불렀지만 이미 늦었다. 마법진에 닿은 아멜리아는 밀려 날아갔고, 벽에 격돌했다. 그대로 움직이지 못하게 되었다.

"젠장! 아멜리아!!!"

아멜리아에게 달려가서 그녀를 안아 일으켰다. 머리에서 피가 흐르고 있지만 의식을 잃었을 뿐이지 죽지는 않았다. 하지만 인간족이었다면 틀림없이 즉사할 수준의 충격이었다.

"너, 이 자식!!"

"이거야 원──. 너, 평소에 눈매 사납다는 소리 안 들어? 지금도 당장 날 죽이겠다는 눈으로 노려보고 있는데."

농담처럼 얼버무리려는 듯한 말을 듣고, 자신의 머리끝까지 피가 솟구치는 것을 알 수 있었다.

『주공, 도발에 넘어가지 마라.』

어느새 리아를 회수한 요루가 날 달랬다.

나는 주먹을 쥐었다. 한 대 때려주고 싶었지만 내 힘으로는 이 녀석을 이기지 못한다는 걸 한눈에 알 수 있었다. 어떻게든 도망쳐야만 한다. 애초에 아멜리아를 회수하면 아울룸도 상대하지 않고 바로 도망칠 생각이었다. 놓아 주진 않았겠지만.

"거기 있는 블랙캣은 이제 완전히 그쪽 진영으로 돌아선 것으로 계산해도 될까? 그게 아니라면 내가 꾸중을 듣거든."

요루는 평소의 검은 고양이 모습으로 돌아왔다. 금색의 두 눈이 마히로를 흘겨봤다.

『나는 이제 마왕님에겐 돌아가지 않을 거다. 나는 이제 블랙캣이 아니라 요루이니까 말이지.』

"그렇군. 그럼 네 모피를 써서 옷을 만들어도 꾸중은 듣지 않겠군."

씨익 웃는 마히로에게, 요루는 이빨을 드러냈다.

『어디 해 보시지.』

Side 요루

마히로 아베.

다른 종족들 사이에선 대가 끊어진 것으로 여기는 마법진을 다루는 자이며, 내가 아는 자들 중에서도 1, 2위를 다툴 정도의 실력자. 마력량도 마족 중에서 제일가며, 폭주한 마왕님을 말릴 수 있는 유일한 인물.

나는 그런 사람에게 반항하고 있었다. 확실히 말해서 이길 가망은 없다. 나는 지상에서 여기까지 전속력으로 두 사람을 태우고 온 데다, 조금 전에 있었던 전투로 아주 약간 다친 상태다. 마력도 이제 딱 한 번 『변신』을 할 수 있을 정도의 양밖에 없다. 이 위기를 벗어난다고 해도, 아울룸 트레이스가 있는 이상 살 수 있다는 보장도 없다.

나는 시선을 내 등 뒤로 돌렸다. 머리에 부상을 입은 아멜리아 양과 이를 필사적으로 지혈하려 하는 주공이 보였다.

미궁의 최하층에서 죽을 운명에 처한 나를 거둬 준 두 사람. 내 주인은 아키라 오다 한 명이지만, 아멜리아 양도 비슷할 정도로 소중하다. 그 아멜리아 양을 다치게 만든, 눈앞에 있는 상대를 용서할 수는 없다.

"너, 그런 성격이었나? 좀 더 순종적이었던 것 같았는데 말이지."

『주인과 주인의 소중한 사람을 상처 입혔다. 단지 그것뿐이다.』

"아아, 그런가."

마히로가 두 손을 마주쳤다. 벌린 손에선 아름다우면서도 정신을 놓을 정도로 복잡한 마법진이 만들어졌다. 구성하는 스피드는 물론이고 이 정도의 마법진을 실패 없이 혼자서 만들어 내는 마히로는 확실히 마족의 2인자라는 자리에 어울렸다.

"그대로 미궁에서 죽었다면 이런 꼴을 당하지 않아도 되었을 텐데에. ……안 됐어~."

눈앞에 떠 있는 빛을 보면서 나는 머릿속으로 생각했다. 내가 알고 있는 자들 중 최강. 지금까지 싸워봤던 자들 중에서도 마히로에게 대적할 수 있을 정도의 힘을 지녔던 자.

내 몸이 빛을 발했다. 『변신』이 시작된 것이다.

"……요루. 그 모습은……."

주공이 아연실색한 것을 느낄 수 있었다. 아직 『변신』 도중이라 뒷모습만 보였을 텐데도 알아차리다니. 역시 대단하군. 하지만 그도 당연하다. 왜냐하면 이 인간은 주공의 눈앞에서 죽었다고 했으니까 말이지.

"호오……. 지금은 죽고 없는 현자, 사란 미스레이란 말이지."

금색 머리카락이 머리 뒤로 흘러서 넘어갔다. 사족보행이 아니라 이족보행으로, 몸이 인간의 구조로 변신했다. 순백의 갑옷을 입고, 차가운 눈매로 마히로를 노려보는 자는 주공이 은인이자 스승이라고 말했던 사란 미스레이, 바로 그 사람이었다.

『인간으로 변신하는 건 마력 소비가 많은 데다 이다음에는 움직이지 못하게 되지. 단번에 끝을 내도록 하겠다.』

원래는 동물인 내가 인간을 흉내 내는 건 너무나도 힘든 일이다. 사실은 주공에게 이 모습을 보여 주고 싶지 않았지만 지금은 그런 소리를 할 상황이 아니었다.

나는 왼손을 위로 들어 올렸다.

『내 몸은 검이 될지니, 우리 주에 적대하는 적에게 빛의 철퇴를──『광추(光槌)』.』

현자치고는 전투력도 아주 뛰어난 이 남자가 사용하는 빛 마법은 어둠의 존재인 나에겐 조금 벅찬 면이 있다. 하지만 그건 마히로도 마찬가지다. 들어 올린 왼손에 빛이 모이면서 철퇴 모양으로 압축되어 갔다. 엄청난 힘이 모인 그 철퇴는 떨어지면 어떻게 될지를 상상하는 건 어렵지 않았다.

"크하하하하하핫!! 좋은데! 그 모습, 오랜만이야."

파앙.

맑은 소리를 울리면서 마히로는 새로이 거대한 마법진을 생성했다. 마법사를 몇십 명은 모아야 만들 수 있을 정도로 거대한 그 마법진을, 단 한 명의 마족이 순식간에 만들었다.

"『뇌왕』, 『금색의 빛』."

맨 처음 만든 마법진과 거대한 마법진에 마력이 주입되었다.

마법명을 듣고 나는 눈을 크게 떴다. 둘 다 본 적이 있었다.

『뇌왕』은 그 이름대로 번개를 만들어 내는 마법이다. 이 마법 하나로 인간족 나라 하나 정도는 간단히 함락할 수 있을 만큼 넓은 범위의 섬멸력을 지니고 있다.

『금색의 빛』은 빛 마법으로, 『광퇴』와 동등하거나 그 이상의 위력을 지닌 마법이다.

마족은 일부의 예외를 제외하면 빛 마법의 적성 같은 건 결코 발현되지 않지만, 마법진은 적성 외의 마법도 발동시킬 수가 있다. 같은 편이었을 때는 든든했던 그 마법도, 자신을 향해 발사된다면 공포 그 자체일 뿐이다.

"『그림자 마법』 발동."

마법진의 마력이 완전히 모이기 전, 『광퇴』가 당장에라도 떨어질 정도로 빛나고 있는 가운데, 그 목소리가 미궁 안에 조용히 울려 퍼졌다.

『주공?!』

나도 모르게 뒤로 시선을 돌렸다. 주공은 아멜리아 양에게 외투를 걸쳐 미궁 벽에 기대어 놓고 있었다. 그 머리를 한 번 쓰다듬어 준 뒤에 내 쪽으로 눈길을 돌렸다.

"요루만 짐을 지라 할 순 없지. 그리고 빛이 넘치는 이 공간은 내겐 아주 좋은 상황이야."

『광퇴』의 빛에 마히로의 마법진에서 나오는 빛. 평소엔 어둑어둑한 미궁 안에 빛이 넘쳤고, 그와 비례해서 그림자도 진해졌다.

보아하니 주공은 알아차린 모양이다.

『광퇴』와『금색의 빛』은 위력이 동등하다. 즉, 상쇄될 것이다. 『뇌왕』은 광범위형 마법이니까 마히로는 『광퇴』를 상쇄시킨 뒤에 『뇌왕』으로 전원을 죽이려 생각했을 것이다. 물론 그렇게 놔두진 않는다. 내 몸을 희생해서라도 주공과 아멜리아 양을 지킬 것이다. 그럴 생각이었다.

"네가 죽으면 나도 죽어. 까먹었어? 미안하지만 나는 아직 죽지 않을 거야. 요루는 그 마법에 집중해. 저 녀석은 내가 어떻게든 할 테니까."

주공을 위해서 죽을 각오는 이미 옛날에 했다. 따라서 계약만 파기하면 주공은 죽지 않고 넘어갈 수 있다.

시종마는 서로의 승낙이 있어야 성립하는 일종의 계약이다. 내가 파기하면 물론 효력을 잃으며, 주공이 내가 필요 없다 생각하면 어느 쪽이 죽더라도 같이 죽는 일은 없다.

그런데, 이 사람은 나를 죽게 놔두지 않겠다고 했다.

"그 사람에 대해서 나중에 가르쳐 줘야겠어. ……그리고 요루와 함께 싸우는 건 주인과 시종마라는 느낌이 들어서 좋거든."

대부분의 적은 주공 혼자, 가끔은 나 혼자서 싸우면 충분했다. 오버킬을 하고 싶은 건 아니었기 때문에 시종마라고 해도 주공과 함께 싸운 적은 그다지 없었다.

등 뒤를 맡길 사람이 있다는 것이 이렇게 든든하게 느껴질 줄이야. 아멜리아 양이 납치되었을 때도 같이 싸웠지만, 그때는 변신한 마물의 성질 때문에 의식이 혼탁해서 그다지 기억이 나지 않았다. 그러고 보니 그때 주공은 뭐라고 말했을까. ……이건 어떻게 해서든 살아남아서 물어봐야겠군.

『맡기겠다.』

아멜리아 양은 주공이 지킬 것이다. 나는 『광퇴』에 마음껏 집중할 수 있었다.

"죽어라."

서로가 마법을 발사했다. 위에서 내려친 『광퇴』와 아래에서 솟구치는 『금색의 빛』이 공중에서 맞부딪혔으며, 격렬한 충격을 사방에 뿌리면서 상쇄되었다. 시간을 두고 『뇌왕』의 마법진이 발동되었지만, 주공의 『그림자 마법』이 공중으로 뻗으면서 마법진까지 함께 통째로 『뇌왕』을 잡아먹었다.

"아니?!"

사라지는 빛을 보면서, 마히로도 당혹스러운 것 같았다. 뭐, 마법이 마법진째로 먹혀 버리는 건 지금까지 겪어본 적이 없었을 테니까, 좋은 경험이 되지 않았을까.

Side 오다 아키라

맨 처음 생성된 마법을 마법진과 함께 『그림자 마법』으로 잡아먹고 나서, 나는 지면에 주저앉았다.

『주공?!』

정말로 『그림자 마법』은 마력 소모가 심하다. 단지 그림자로 상대를 찌르는 정도라면 연발은 가능하다. 하지만 마족을 상대로는 효과가 없는 데다, 그렇다고 해서 기술을 연발하게 되면 나중에 몸을 움직일 수가 없다. 그렇게 되지 않도록 마력을 세이브해 두고 있었는데, 요루가 자신을 희생하려고 하는 바람에, 나도 모르게 움직이고 말았다. 이제 마력도 다 떨어졌다.

"마왕님으로부터 듣긴 했지만 이렇게까지 성장했을 줄이야. 설마 마법진까지 통째로 잡아먹힐 거라곤 생각도 못 했는데. 뭐, 하지만 방금 그걸로 마력도 바닥이 난 것 같으니까 마무리를 짓기로 할까."

마히로는 손가락을 딱 울렸다. 마법진을 생성할 때도 그렇고, 뭔가 소리를 내야 하는 건가.

무슨 일이 일어날지 모르기 때문에 마히로를 뚫어져라 보며 대비했지만, 아무 일도 일어나지 않았다.

『……주공!!!』

뭔가를 느꼈는지 내 뒤를 본 요루가 놀라면서 눈을 크게 떴다. 그걸 보고 나도 뒤로 돌아봤지만, 도중에 움직임이 멈췄다.

"뭐야! ……어?"

『주공!!』

입에서 붉은 액체가 흘러나와 떨어졌고, 지면에 얼룩을 만들었다. 주변에 피 냄새가 충만했다. 마력이 바닥나는 바람에 『위기감지』도 제 역할을 하지 못했던 모양이다. 그게 아니면 위기로 인식되지 않았던 걸까.

"사랑하는 사람의 손에 죽다니, 바라 마지않는 일이지? 마왕님은 이 세계에 복수하는 데 네가 방해된다고 판단했다. 이제 그만 무대에서 내려와."

내 배에서 가는 팔이 튀어나와 있었다. 등부터 찔러서 몸을 관통하고 있는 것이다.

"아, 아아아아아아악!!"

머리만 돌려서 뒤를 보니, 아멜리아가 공포에 물든 눈으로 나를 찌른 자신의 손을 보고 있었다.

"어째서 몸이 멋대로……!!"

아멜리아의 몸이 붉은빛을 발하고 있었다. 조종당하고 있는 건가. 아멜리아를 날려 보낸 마법진이 아마도 그런 종류였겠지.

마히로가 얼굴을 일그러트리면서 웃었다.

"내 『체괴뢰』는 조종하는 대상의 잠재능력을 100퍼센트 이끌어낼 수 있으며, 게다가 내 스테이터스를 덧씌울 수 있지. 힘이 약한 공주님이라도 만신창이가 된 네 몸이라면 충분히 꿰뚫을 수 있다는 얘기야."

"아멜, 리아……. 쿨럭!"

출혈이 심각했다. 몸에 힘이 들어가지 않았고, 아멜리아가 팔을 뽑아냄과 동시에 지면으로 쓰러졌다. 몸에서 목숨 그 자체가 빠져나가는 것 같은 느낌이 들었다.

"안 돼애애애애애애애애!!!"

아멜리아의 비명이 메아리쳤다. 비통한 절규를 듣고 멀어지기 시작했던 의식이 돌아왔다.

"이거야 원. 사랑하는 사람을 죽이다니, 넌 얀데레라는 건가?"

명백하게 자신이 그렇게 하도록 꾸몄으면서, 자신과는 관계 없다는 듯 말하고 넘기는 마히로를 보고 진심으로 살의가 솟구쳤다.

『아, 주공?』

고통보다 추위가 느껴지는 가운데, 나는 다시 천천히 일어났다.

얼굴을 들자, 마히로가 놀란 표정으로 눈을 크게 뜨고 있었다. 정리가 안 되어 흐트러진 머리카락이 위로 곤두섰다.

"……너, 정말로 인간족이냐? 생명력은 마족 못지않은데."

나는 마히로에겐 상관하지 않고 넋을 놓고 있는 아멜리아 쪽을 봤다.

"아…… 아멜리아, 나는 괜찮아. 걱정하지 마."

"아, 아키라……."

눈물로 완전히 젖은 볼을 닦아 주었다. 손에 묻어 있었는지, 아멜리아의 볼에 내 피가 묻고 말았다. 무릎이 휘청 꺾이면서 아멜리아에게 기대고 말았다. 아멜리아는 잠깐 자세가 무너졌지만 버텨 주었다.

춥다. 지금도 피가 계속 흐르고 있었다. 일어날 때 힘을 준 탓인지 아까보다 더 거세게 피가 나오고 있었다. 하지만 쓰러진다면 아멜리아는 스스로를 책망하게 될 테니까, 아무렇지 않은 모습을 보여 줘야 한다.

"그 검은 옷차림도 그렇고, 그래, 부엌에 있는 그 끈질긴 검은 생물을 떠올리게 하는군."

턱에 손을 대면서 생각에 잠겨 있던 마히로가 그렇게 말하면서 다시 손가락을 튕겼다. 아멜리아의 얼굴이 공포로 일그러졌다.

"시, 싫어! 안 돼!"

"『체괴뢰』는 컨트롤하려면 나도 꽤 집중해야 하지만, 방심을 유발해서 적끼리 싸우게 만들기에는 좋지. 특히 너희 같은 리얼충을 죽이기에는 딱 좋을 것 같은데?"

다시 아멜리아의 손이 나를 꿰뚫었다. 몸이 부들부들 떨렸다. 아멜리아가 떨고 있는 건지, 내가 떨고 있는 건지 모르겠다.

"윽……!!"

정말로, 춥다. 다른 자의 손에 죽을 바엔 차라리 아멜리아의 손에 죽고 싶다고, 그렇게 생각한 적이 분명히 있긴 하다. 하지만 아멜리아가 울고 있는 얼굴을 보니 과거의 자신을 때리고 싶었다.

사란 단장이 죽었을 때 내가 무슨 생각을 했었지? 아버지가 사라지면서 어찌할 바를 모르고 있었을 때 무슨 생각을 했었지?

나는 잊어버리고 있었다.

죽어가는 사람보다도 남은 사람이 절대적으로 더 괴로울 것이다.

아멜리아가 그런 처지에 놓이게 둘 수는 없다. 그리고 나는 내 자신에게 맹세한 것을 무엇 하나도 성취하지 못했다.

춥다.

나는, 죽을 수 없다.

춥다.

마히로를 쓰러트릴 것이다.

춥다.

아멜리아를 데려가게 놔둘 순 없다.

춥다.

사란 단장의 원수를 갚을 것이다.

춥다.

──춥다.

몸에서 힘이 빠져나갔다. 아멜리아가 절규하고 있었다. 요루는 망연자실하고 있었으며, 마히로는 입꼬리를 끌어올리면서 웃고 있었다.

죽을 수 없다.

《마스터의 손상이 허용치를 넘었습니다. 『그림자 마법』을 강제 발동합니다. 모드 '치유'.》

입이 멋대로 움직였다. 뭐야, 이건. 나는 저항하기 위해 몸을 움직이려 했지만 꼼짝도 하지 않았다. 발밑에서 그림자가 꿈틀거리더니 나를 감쌌다.

《마스터의 마력으론 부족하다는 것을 확인. 『그림자 마법』에

보존된 마력으로부터 필요한 양을 징수합니다.》

　신기하게도 몸이 점점 가벼워지고 있었다. 추위도 가셨다. 고통조차도 느껴지지 않았다. 무슨 일이 일어나고 있는 건지 모르겠지만, 『그림자 마법』이 어떤 식으로든 스스로 움직이고 있다는 걸 알 수 있었다.

《……치유 완료. 지금부터 적 소탕작업으로 이행하겠습니다.》

　두 곳에 구멍이 나 있어야 할 배가 완전히 나아 있었다. 몸을 덮고 있던 그림자가 풀리면서 팔과 다리에 휘감겼다.

《적을 인식. 마족 마히로 아베. 직업, 마공사(魔工師)》

　몸이 멋대로 움직였다. 아니, 팔다리에 휘감긴 『그림자 마법』이 멋대로 움직이고 있었다. 조금 전의 아멜리아의 기분이 뼈저리게 잘 이해가 되었다. 멋대로 몸이 움직인다는 건 너무나도 기분이 불쾌했다.

Side 요루

　그때와 마찬가지였다. 아멜리아 양이 납치되었다는 걸 알았을 때. 완전히 마력이 마이너스로 떨어지면서 목숨이 거의 사경에 처하자 『그림자 마법』이 주공의 마력을 보충했고, 게다가 상처까지 치유했다.

　주공이 다 죽어갈 때 발동되는 건지 주공이 무의식적으로 발동하고 있는 건지는 모르겠다. 그래도 빈사 상태인 인간을 회복하는 아멜리아 양의 『소생마법』 만큼은 아니지만, 주공처럼 일기당천의 인간이 지니게 되면 너무나도 강력한 마법이다. 아니, 이 정도면 이미 마법이 아닐지도 모르겠지만.

《지금부터 전투를 개시. 마히로 아베를 제거하겠습니다.》

주공의 입을 이용하여 『그림자 마법』이 말했다. 목소리만큼은 주공이지만 말투랑 몸짓은 뭔가 다른 존재였다. 잘 보니 주공의 손발에 그림자가 휘감겨 있었다. 『그림자 마법』이 강제적으로 움직이고 있는 것이겠지.

"무슨 일이 일어난 건지는 모르겠지만, 이제 와서 네가 뭘 할 수 있다는 거지? 인간족은 결국 하등생물이야. 방금처럼 땅바닥을 기어 다니는 게 어울린다."

마히로는 그렇게 말하면서 손바닥을 마주쳐 울렸다. 손 틈으로부터 아름다운 마법진이 생겨났다. 주공의 뒤에서 마히로에게 조종당하고 있는 아멜리아 양이 공격하려는 듯한 자세를 잡았다.

"모, 몸이 멋대로……! 아키라, 도망쳐!!"

아멜리아 양이 위로 든 손을 아래로 휘둘렀다. 『중력마법』이 발동되면서 주공에게 강대한 중력이 걸렸다. 미궁의 단단한 지면에 우지직하는 소리와 함께 금이 갈 정도로 강력한 중력 속에서 주공은 지면에 무릎을 꿇지도 않고 태연하게 서 있었다.

"『*카마이타치』."

마히로의 마법진이 완성되자, 미궁에 무수한 날을 품은 바람

---

* 자연적으로 발생한 진공 등에 의해 피부가 찢겨나가는 것으로 여겨지는 현상.

이 불어 닥쳤다. 그 바람은 주공만을 목표로 한정하고 있는지 나나 아멜리아 양 쪽으로는 오지 않았다. 원래 『카마이타치』는 『뇌왕』과 비슷하게 근처에 있는 적을 무차별적으로 습격하는 광범위 마법이다. 그걸 주공 한 사람에게 집중해서 위력을 폭발적으로 높이고 있는 것 같았다.

"이 정도까지일 줄이야……."

마히로는 기본적으로 느슨한 성격이다. 흐트러진 머리카락은 본인의 성격을 반영하듯 마구잡이로 흔들리고 있었으며, 얼굴에 미소 이외의 감정이 담겨 있는 것을 나는 본 적이 없었다. 그리고 미스터리했다. 언제부터 있었는지, 어디서 온 건지 아무도 모른다. 그래도 마왕님을 유일하게 말릴 수 있는 것은 마히로뿐이었으며, 마왕님 다음으로 강한 마족의 2인자였다. 그 사실은 인정하기는 했어도 나는 그 실력을 완전히 파악한 적은 없었다. 설마 이 정도로 마법을 제어할 줄이야.

『변신』한 내 몸의 원래 주인인 사란 미스레이로부터 받은 공격은 『광퇴』와 또 다른 하나뿐. 하지만 또 하나의 마법을 쓰기에는 아직 조건이 갖춰지지 않았다.

바람이 잦아들었다. 주공의 뒷모습은 아직 보이지 않지만 살아 있다는 것은 알 수 있었다. 나는 또 주공에게 보호를 받았을 뿐이란 말인가. 아까처럼 다시 곁에서 싸울 날은 오지 않는 것일까.

"……지금 그 마법, 상당한 마력을 실어서 날렸거든. 분명히 직격했을 텐데 왜 너는 살아 있는 거지?"

마히로의 목소리를 듣고 놀라 자세히 살펴보니, 흙먼지 속에서 아까와 전혀 달라지지 않은 모습의 주공이 보였다. 아멜리아 양의 『중력마법』을 받고서도, 마히로의 『카마이타치』를 맞고서도 주공은 흔들림이 없었다.

《 '야토노카미', 돌아오세요.》

어느새 날린 건지, 크로우가 수리해 주면서 한 자루가 아니라 두 자루의 단도가 된 '야토노카미'가 조금 떨어진 지면에 박혀 있었다. 주공이 부르자 '야토노카미'가 사라지더니, 다음 순간에는 주공의 손 안에 들어가 있었다.

대체 뭘 한 거지?

"······그 칼은······."

마히로도 뭔가를 느꼈는지 '야토노카미'를 보고 있었다. 칼이 순간이동을 한 것처럼 보였다. 주공이 방금 그렇게 했던 것처럼 '야토노카미'를 불러오는 건 본 적이 없었다. 멀리 던졌을 때는 가지러 갈 수 있는 상황이 아니었어도 일부러 주우러 갔다. 즉, 지금 주공의 몸을 조종하고 있는 『그림자 마법』은 주공보다도 '야토노카미'를 더 잘 다루고 있다는 뜻이다.

"······?!"

생각에 잠긴 탓인지, 마히로는 갑자기 주공이 눈앞에 나타나자 약간 자세가 무너져 머리카락 몇 가닥을 잘리고 말았다. 주공의 움직임이 아까보다 더 빨라졌다. 『그림자 마법』이 억지로 움직이고 있기 때문이리라. 하지만 상처가 났다고 해도 그렇게 움직여도 괜찮은 걸까.

"윽! 검격이 무거워……!"

방패 마법진으로 공격을 막고 있지만, 주공의 스피드와 공격의 무게는 방패의 내구치를 확실하게 갉아먹고 있었다.

《『그림자 마법』──그림자 묶기.》

주공과 마히로 사이에 연결되어 있는 그림자가 솟아오르면서 마히로를 결박했다. 지금까지의 전투를 통해 학습했는지, 그림자는 마히로의 손을 중점적으로 묶었고 그 덕분에 마히로는 마법진을 쓰지 못하는 상태가 됐다.

《아멜리아 로즈쿼츠에게 걸려 있는 마법을 푸세요.》

마히로의 목에 칼을 대면서 『그림자 마법』이 말했다. 그래도 마히로의 미소는 무너지지 않았다.

"안 됐지만, 나는 손이 묶여 있어도 마법진을 쓸 수 있어. 그리고 네가 방금 말했잖아? 내 직업이 마공사라고. 미리 준비해 놓은 게 많거든."

그림자에 묶인 손이 아니라, 비교적 자유로운 다리가 움직이면서 발바닥을 마주쳤다. 그와 동시에 마히로의 손에서 마법이 발동할 때 보이던 특유의 빛이 흘러나왔다.

Side 오다 아키라

눈앞에 갑자기 타나난 눈 부신 빛에 자신도 모르게 나──라기보다 『그림자 마법』──는 눈을 감았다. 전투 중에 눈을 감는 것은 치명적이다.

마히로가 다리를 써서 날린 마법이 내 배를 관통했다. 오늘 하루에 대체 몇 번이나 뚫리는 건지.

《마스터의 손상을 확인. 허용치를 오버.》

허용이고 뭐고, 네가 멋대로 움직이고 있는 거잖아. 그런 말을 억지로 삼켰다. 나에겐 지금의 상황을 타개할 힘은 없는 데다, 『그림자 마법』을 막을 방법도 없다. 아무래도 『그림자 마법』이 내 목숨을 구해 준 것 같으니까, 지금은 순순히 내 몸을 빌려주기로 하자.

《모드, '치유'.》

결국 마히로의 마법으로 뚫린 구멍도 바로 메워졌다. 마법으로 도움을 받는다는 것도 좀 이상한 얘기다.

"아까부터 너, 좀 이상한 것 아냐? 그 칼도 그렇고, 그 몸에 감겨 있는 마법도 그렇고, 그 말투도 그렇고. ……뭔가에 몸을 빼앗긴 건가?"

설마 했는데 정답을 맞혔다. 내 뜻대로 몸이 움직이고 있었다면 나는 자신도 모르게 손뼉을 쳤을 것이다.

《그 질문에는 답할 수 없습니다.》

아무 대답도 하지 않을 거라 생각했는데, 『그림자 마법』은 성실하게 대답했다. 내 몸에 힘이 들어갔다. 물론 내가 힘을 준 것은 아니다.

어느새 손발이 자유로워진 마히로는 손을 마주쳤다. 그런 규모가 큰 마법진을 연거푸 발동하고도 아직 마력이 바닥나지 않았단 말인가. 하지만 공기 중에 떠도는 마히로의 마력은 상당히 약해져 있었다.

"괜찮아. 붙잡아서 억지로 대답하게 만들어 주지. 원래는 공주님만 데리고 돌아갈 생각이었지만 마음이 바뀌었어. 너에게도 관심이 생겼다."

남자 따위에게 관심을 받아봤자 조금도 기쁘지 않다. 그러기는커녕 닭살이 돋았다.

"『신의 손』."

마히로의 뒤에 빛을 발하는 거대한 손이 만들어졌다. 그 손은 나를 붙잡으려는 듯이 닥쳐왔다. 눈앞까지 왔는데도 『그림자 마법』은 움직이지 않았다.

《……빛이 강하면 그림자는 더욱 짙어지고 강해지는 법. 저는 마스터의 소원을 이뤄드립니다.》

누구에게 말하는 것도 아니라 혼자서 중얼거리듯이 『그림자 마법』은 말했다. 하지만 분명 나에게 한 말일 것이다. 의심하고 있는 것은 아니었지만, 역시 내 『그림자 마법』에는 자아가 있는 것 같다.

《당신이 죽으면 아멜리아 로즈쿼츠에게 걸린 마법도 풀릴 것입니다.》

『그림자 마법』은 『신의 손』 앞에 손을 뻗었다.

《모조리 잡아먹어라.》

입으로 뱉은 말은 그것뿐이었다. 겨우 그것만으로 압도적인 존재감을 발산하고 있던 『신의 손』이 사라졌다.

아무리 마히로라고 해도 이 결과에는 말이 나오지 않는 것 같았다.

《실력 차이를 아십시오. 당신 따위는 제 적이 못 됩니다.》

그 말을 듣고 넋이 나가 있던 마히로는 멍하니 입을 벌렸다. 그리고 오싹해질 만한 미소를 지었다.

"호오……."

시야의 한쪽 끝에서 요루 일행이 압도되면서 한발 물러선 모습이 보였다. 나도 몸을 움직일 수 있으면 뒤로 물러났을 것이다. 역시 마족의 2인자는 다르군.

"제법 큰소리를 치잖아. ……밑바닥 녀석 주제에."

처음으로 마히로의 얼굴에서 미소가 사라졌다. 원래부터 웃으려고 웃는 것도 아니었으며, 어떤 감정을 띠고 있는 것도 아닌 형식상의 웃음이었지만, 그래도 갑자기 사라져 버리니까 공포가 느껴졌다.

"너희 인간족은 절대 마족에겐 이기지 못해. 그건 필연적인 운명이야."

나는 뭔가를 미리 정해 버리는 걸 진심으로 싫어한다. 하지만 지금 이 자리에선 마히로가 하는 말도 일리가 있다는 생각이 든 것도 진실이었다. 내가 버그일 뿐이지, 용사를 포함한 다른 인간족은 유일한 강점인 수로 몰아붙여도 마족에겐 대적하지 못할 것이다. 그만큼 싸웠는데 마히로의 마력은 바닥이 드러날 낌새가 보이지 않았다. 아울룸도 이번에는 방심하고 있었기 때문에 공격이 먹혔을 뿐이지, 다음에는 이렇게 잘 풀리지 않을 것이다.

《마스터에게 하는 말이라면, 멋대로 결론을 내리지 말아 주십시오.》

하지만 『그림자 마법』은 의견이 다른 것 같았다.

《노력이 반드시 보답을 받는다곤 할 수 없습니다. 그만큼 자상한 세계이진 않으니까요. 하지만 해 보지도 않고 포기하는 것은 잘못된 것입니다.》

『그림자 마법』의 말을 듣고 마히로의 이마에는 힘줄이 돋아났다. 아무래도 화가 난 것 같았다.

"너희 인간족은 정말 아무것도 배운 게 없구나. 역사를 보더라도 마족에게 인간족이 이긴 적은 단 한 번도 없다."

용사라면 또 모르겠지만. 마히로는 그렇게 덧붙였다. 말투로 봐선 인간족에서 용사가 나온 적이 있는 모양이다.

마히로는 손을 마주쳤다. 아멜리아의 몸을 덮고 있는 붉은색 빛이 진해졌다.

"으아아아아아아아?!!"

아멜리아가 몸을 뒤틀면서 절규함과 동시에 마히로는 새로운 마법을 발동했다.

"넌 마법을 먹을 수 있지? 그렇다면 배가 부르다 못해 터지게 만들어 주마."

『그림자 마법』이 마법이나 마물을 잡아먹을 때마다 나는 의문으로 생각했던 것이 있었다. 그건 상한선이 있느냐 하는 것이다. 자신의 마법 정도는 파악해 두고 싶지만 아쉽게도 전례가 없었다. 사란 단장도 『그림자 마법』 같은 마법은 없다고 말했으니, 그럼 대체 이 마법은 정체가 뭐냐는 말이지. 사란 단장의 빛 마법과 조합해서 썼다곤 해도 숲 하나를 사라지게 만들 뻔했었다. 마히로의 의도대로 너무 많이 잡아먹으면서 제어불능이 되는 사태는 피하고 싶다. ……아니, 지금 이 상황도 제어불능이려나.

"『수침(水針)』"

수많은 마법진이 공중에 떠오르더니, 물로 만든 침이 쏟아짐과 동시에 아멜리아가 돌진해왔다. 몸이 조종당하고 있기 때문에 쏟아지는 침을 피하려고도 하지 않았다. 이대로 가면 아멜리아에게도 침이 쏟아질 것이다. 나는 자신의 의지로 움직이지 않는다는 것을 알고 있으면서도 아멜리아에게 손을 뻗었다.

아멜리아가 다치는 것을 더 이상 보고 싶지 않다.

《!!!》

그 마음이 전해진 것인지, 내 몸이 『그림자 마법』의 제어를 뿌리치고 아멜리아를 끌어안았다. 아멜리아를 감싼 후 쏟아지는 비를 향해 등을 돌렸다. 침은 침이라고 해도 고드름처럼 극도로 날카로운 침이었다. 찔리면 인간의 몸 정도는 쉽게 관통될 것이다. 죽고 싶지는 않다. 하지만 그 이상으로 아멜리아가 괴로워하는 걸 보고 싶지 않았다.

『주공!!!』

요루가 외치는 소리가 들렸다. 나는 고통을 각오하면서 눈을 감았다. 정말로, 오늘 하루에 내 배에는 구멍이 몇 개가 생기는 걸까.

결론부터 말하자면, 나는 죽지 않았다. 아멜리아도 나도 아무런 상처가 없었다.

"……멀쩡한가?"

이 녀석이 도와주러 왔기 때문이다. 내 눈앞에 검은색 꼬리가 흔들리고 있었다.

『크로우……. 여길 어떻게……?』

요루가 묻자, 크로우는 리아를 힐끗 보더니 콧방귀를 뀌면서 웃었다. 질문에는 대답하지 않았다. 리아 쪽을 본 것은 정말 한순간이었으며, 다음 순간에는 이미 이쪽을 보고 있지 않았다.

"인간족 다음에는 수인족인가. 더구나 그 크로우란 말이지……."

"어떤 크로우인지 가르쳐 주겠나. 나도 마족에게 어떤 식으로 내 얘기가 전해지고 있는지 알고 싶은데."

호전적으로 입꼬리를 올리는 크로우와 대조적으로 마히로의 얼굴에는 초조함과 비슷한 미소가 떠오르고 있었다.

두 사람이 불꽃을 튀기고 있는 사이에, 우리는 요루에게 재촉받으며 벽 쪽으로 피했다. 어느새 아멜리아의 몸을 조종하던 마법이 마법이 사라져 있었다. 그리고 내 몸을 사용하고 있었던 『그림자 마법』도 사라져 있었다.

"요루, 크로우와 마히로는 아는 사이였어?"

만신창이가 된 나는 벽에 기대서서 숨을 쉬었다. 내 옆에는 사란 단장의 모습을 한 요루가 나와 비슷하게 서 있었다. 아멜리아는 나에게서 떨어진 장소에 있었다. 조종당하고 있었다곤 하나, 의식이 있는 상태에서 날 죽이려 했던 것을 마음에 두고 있기 때문이겠지. 『그림자 마법』 덕분에 빈혈 이외의 증상은 없지만.

『선대 용사 파티의 멤버인 크로우는 마왕님을 쓰러트리지 못하고 도망쳐서 돌아왔지만 왕이랑 백성들에게 비난받지는 않았다. 그건 크로우와 그때의 용사가 단 둘이서 마왕성의 공략에 성공할 뻔했기 때문이지.』

나는 놀라서 눈을 크게 떴다. 아멜리아는 알고 있었는지, 딱히 놀라는 반응은 보이지 않았다.

확실히 도망쳐서 돌아온 자가 사람들과 거리를 둔 곳에서 산다고 해도, 훌륭한 대장간이 딸린 집에서 살고 있다는 것도 이상한 얘기이긴 하다. 실의 끝에 자살…… 이라는 과정을 밟는 게 일반적이지 않을까. 그래도 단지 둘만의 힘으로 마왕성 공략에 성공할 뻔했다면 비난을 받을 일은 없을지도 모르겠다. 공략에 성공한 게 아니라, 공략에 성공할 뻔했다는 것은 마음에 걸리지만.

『나는 그때 마왕님 곁에 있었으니 용사 파티는 피해를 입고 알아서 도망쳤다는 정도의 인식밖에 없었지만, 얼마 후에 부하로부터 얘기를 듣고 처음으로 마왕님 바로 앞까지 쳐들어왔다는 것을 알았다.』

그게 크로우가 아멜리아와 나에게 걸린 마법을 지워 준 것과 무슨 관계가 있는 걸까.

내 시선을 알아차렸는지, 요루가 조금 기다리라는 뜻을 담은 눈빛을 보냈다.

『그때 크로우와 용사가 물러나자고 결단하게 된 원인, 그건 마히로가 가한 마지막 일격이었다더군. 하지만 마히로도 완벽한 상태의 크로우와 대전한 것은 아니었다. 그리고 마히로의 보고에 따르면 크로우에게 모든 마법이 차례로 상쇄되었다고 했지.』

그렇게 말하고 요루는 두 사람 쪽으로 시선을 돌렸다. 나도 따라서 그쪽을 봤다.

마히로의 얼굴은 우리와 싸우고 있을 때와는 달리 여유가 없었다. 나 자신이 크로우보다 약하다는 것은 알고 있다고 생각했지만, 왠지 화가 났다.

"오랜만이로군, 마히로 아베."

"수인족은 인간족보다 100살 정도 더 오래 산다고 했었지? 영감, 왜 아직 죽지 않은 거야?"

확실히 '아들레아의 악몽'이 100년 전의 일이었고 크로우가 용사 파티의 일원으로 마왕성에 간 것은 그보다 전이니까, 용사 파티에 선발될 정도의 실력을 갖추기 위해서는 시간이 필요했을 것이다.

그렇다면 이제 슬슬 수명이 다할 나이 아닌가? 수인족은 외모로는 나이가 구별이 되지 않는군.

"얕보지 마라, 망할 애송이. 전성기 정도는 아니지만, 나도 그렇게 실력이 죽지는 않았다."

크로우가 이를 드러내면서 으르렁거렸다. 마히로는 우리 쪽으로 시선을 힐끗 돌렸다.

"그런 것 같군. 순식간에 내 마법을 풀어 버렸으니."

역시 나와 아멜리아의 마법이 풀린 것은 크로우 때문인 것 같다. 크로우는 한 번 더 콧방귀를 뀌면서 웃었다.

"『체괴뢰』는 거의 풀려 있는 상태더군. 집중력이 떨어진 건가? 그렇지 않으면 떨어질 만한 공격을 받은 건가?"

"알고 있으면서 묻는 거냐. 성질머리 더러운 영감탱이 같으니라고."

마히로의 입이 점점 거칠어지고 있었다. 늘 미소를 짓고 있으니까 존댓말 캐릭터로 전환하면 좋을 텐데 말이지.

크로우는 마히로의 험한 말을 듣고도 동요하지 않고 웃었다.

"보아하니 이번 용사 소환은 결과가 나쁘지 않은 것 같군. 적어도 한 명은 근성이 있는 녀석이 있는 것 같아."

내 얘길까. 처음 만났을 때와는 완전히 다른 평가였다.

얘기하고 있던 두 사람은 한동안 서로를 노려봤고, 그리고 마히로가 한발 물러섰다.

"오늘은 그냥 보내 주도록 하지."

"그건 내가 할 말이다."

보아하니 이번 눈싸움은 크로우의 판정승으로 끝난 모양이다. 마히로는 혀를 찼고, 어느새 마물 위에서 기절했던 아울룸을 안아 들었다. 그러고 보니 나와 마히로가 싸우고 있을 때부터 조용했었군. 그에 응하면서 크로우도 전투태세를 풀었다.

나는 일어서서 마히로를 노려봤다. 마히로는 내 시선을 눈치채고 아울룸을 안은 채로 내 앞에 섰다.

"오늘은 그냥 물러나 주겠다. 하지만 다음엔 같은 일본인이라고 해도 봐주지 않을 거다, 열등종."

"넌 아멜리아를 상처 입혔다. 내가 배로 갚아줄 테니까 단단히 각오하고 기다리고 있어."

나와 마히로의 눈싸움은 요루가 내 손을 끌어당기면서 끝났다.

『주공, 빨리 돌아가자.』

돌아보니, 크로우는 리아를 안은 채 재빨리 물러나고 있었다. 나는 고개를 숙이고 있는 아멜리아의 손을 잡았다. 아멜리아는 놀라면서 내 얼굴을 쳐다봤다.

"돌아가자."

"……으응."

눈을 떠 보니, 그 후로 며칠이 지났는지는 모르겠지만 밖은 컴컴했다. 낯익은 방이다 싶었는데 내가 『그림자 마법』으로 마력이 고갈되었을 때 잤던 적 있던 크로우 집의 방이었다. 옆방에선 아멜리아와 요루, 크로우의 목소리가 들렸다. 아멜리아의 기운찬 목소리를 듣고 안도했다.

그 후에 미궁을 나온 우리는 엉망진창이 된 몸을 억지로 끌고 크로우의 집으로 향했다. 마히로랑 아울룸이 미궁에서 떠났는지도 확인하지 않았다. 하지만 아마 이젠 거기에 없을 것이다.

"자, 우선은 먹고 자라. 얘기는 그다음이다."

집에 도착하자마자 그렇게 말하더니, 크로우는 우리에게 과일이랑 빵을 내놓았다. 마족 두 명과의 전투에 몇 시간이 걸렸는지는 모르겠지만, 배가 고팠기 때문에 감사히 받았다. 하지만 먹고 있는 도중부터의 기억이 없었다. 이불 속으로 들어간 기억도 없으니까 분명 누군가가 대신 옮겨 줬겠지. 식사 도중에 잠이 들 정도로 완전히 지쳤다는 말일까. 『그림자 마법』을 쓰면 늘 이렇게 되는군.

"……너희 동료가 깨어난 것 같군."

옆방에서 크로우가 그렇게 말했다. 발소리가 탁탁탁 나더니 아멜리아와 요루가 방으로 들어왔다. 옆방의 밝은 빛 때문에 나는 눈을 찌푸렸다.

"아키라!!"

『주공!!!』

눈이 빛에 아직 익숙해지지 않은 상태에서 힘껏 안기는 바람에, 나는 어이없이 다시 이불 위로 넘어졌다. 역시 아직 완쾌되진 않은 것 같다.

"아키라, 나…… 난…….."

내 가슴에 얼굴을 문지르면서 떨리는 목소리로 말을 잇는 아멜리아의 머리를 쓰다듬어 주었다. 아쉽게도 위로해 줄 말을 찾지 못했다. 의도한 것이 아니라는 것은 알고 있지만, 나는 아멜리아에게 죽을 뻔했다. 『그림자 마법』이 치유해 주지 않았다면 지금쯤은 땅속에 묻힌 몸이 되었을 것이다. 아멜리아는 내가 무슨 말을 하더라도 자신을 책망할 것 같았다. 이것만큼은 시간이 치유해 주길 기다릴 수밖에 없겠군.

"요루, 내가 얼마나 잔 거지?"

그곳이 자기 자리라도 되는 것처럼 곧바로 내 어깨에 올라타는 요루에게 묻자, 요루는 한숨을 쉬면서 고개를 저었다. 왠지 그 몸짓이 짜증 났다.

『이번에는 하루밖에 안 걸렸다. 얼마 전처럼 마력을 소모한 건 아니니까, 그냥 피곤한 것뿐이었겠지. 하지만 나와 아멜리아는 몇 시간 만에 눈을 떴는데, 이렇게 오래 자다니 한심하군. 참고로 리아 양은 크로우가 책임을 지고 왕성으로 데려다주었다.』

아멜리아로 인해 생긴 무거운 분위기를 덜어주려고 일부러 도발적이고 가벼운 말투로 말하고 있다는 건 알고 있지만, 부아가 났다. 아아, 짜증 나.

그런 감정을 억지로 참으면서 나는 겨우 주먹을 내렸다.

"그리고, 무슨 일이 있었어?"

하루 동안 아무 일도 일어나지 않을 리가 없었다. 내가 묻자 아멜리아와 요루는 움찔하면서 긴장된 표정을 지었다.

"그 건에 대해선 여기서 얘기해라. 널 찾아온 손님이 있다."

크로우의 목소리를 듣고 고개를 돌리자, 문가에 생각지도 못한 사람이 서 있었다.

나는 놀라서 걸치고 있던 이불을 밀쳐냈다. 그 충격으로 요루가 어깨에서 떨어졌다. 평소라면 안아 올려 주겠지만, 지금은 그럴 때가 아니었다.

"질 부단장?!"

"그래, 오랜만이야."

달려가니, 여전히 고생이 많아 보이는 질 부단장이 쓴웃음을 짓고 있었다. 마지막으로 봤던 갑옷 차림이 아니라 여행용으로 가벼운 장비를 입고 있었지만, 확실히 레이티스의 부기사단장이었던 질이었다.

내 어깨 너머로 아멜리아와 요루를 봤다. 요루는 어깨에서 떨어진 것 때문에 투덜투덜 불평을 해대고 있었고, 아멜리아가 그런 요루를 달래 주고 있었다. 질 부단장은 부드럽게 미소 지었다.

"좋은 동료를 얻은 것 같군."

나는 쑥스러운 기분을 느끼면서 볼을 긁었다. 뭐라고 할까, 질 부단장에겐 아무것도 숨길 수가 없다. 사란 단장과 어깨를 나란히 할 정도로 뛰어난 초능력자니까 말이지.

"네, 뭐……."

애매하게 얼버무리는 내 대답을 듣고 더 환하게 웃었다. 다시 어깨 위에 올라탄 요루는 히죽거리면서 내 얼굴을 들여다봤다.

『솔직하게 최고의 동료라고 말하는 게 어떨까? 주공.』

역시 짜증난다. 나는 요루의 목덜미를 잡고 이불 쪽으로 던졌다. 걍걍거리면서 시끄럽게 울어대는 고양이는 내버려두기로 하자.

아멜리아에게 손을 내밀었다.

"아멜리아, 가자."

"으, 응."

아멜리아는 주저하는 몸짓으로 내 손을 잡았다. 약간 어색하기긴 하지만, 그 손은 평소와 마찬가지로 따뜻했다.

옆방으로 들어간 나는 더 크게 놀랐다. 찾아온 손님은 질 부단장만이 아니었다. 나는 의자에 앉아 있는 인물을 보고 눈을 크게 떴다.

"오, 아키라."

"쿄스케……."

레이티스 성에 남겨두고 왔던 같은 반 아이들 중에서 일곱 명이 거기 있었다. 용사인 사토와 쿄스케…… 그리고 나머지는 모르겠다. 소환되었을 때 반 아이들의 이름과 직업은 기억했는데, 많은 일이 있다 보니 이젠 전부 다 잊어버리고 말았다.

반 아이들은 내 얼굴보다는 내 손을 잡고 있는 아멜리아의 손으로 시선이 가 있었다.

"어떻게 여기 왔어……?"

나는 쿄스케의 맞은편 자리에 앉으면서 물었다.

공교롭게도 나는 반 아이들의 의문에, 묻지도 않았는데 대답해 줄 만한 성격을 가지고 있지 않다.

"내 스킬인 『감』이 아키라가 여기 있다고 말하더군. 그리고 실력이 좋은 대장장이를 찾아가려고 우르로 가는 배를 탔는데, 그러다가 그 안에서 질 씨와 만났어."

질 부단장은 크로우와 아는 사이였으며 마침 이곳으로 오는

도중이었다고 한다. 그렇게 이곳으로 오고 있던 쿄스케 일행과 만나 같이 온 것이겠지. 성격은 잘 모르겠지만 크로우는 틀림없이 실력이 좋은 대장장이이긴 하다.

"질 부단장은 성을 떠나도 괜찮은 겁니까?"

뒤이어서 내가 묻자 질 부단장은 뭔가 불편한 기색을 보이면서 몸을 이리저리 흔들었다.

"아——. 그 얘기 말인데, 이제 부단장이라고 부르진 말아 줘. 기사 자리에선 물러났으니까 말이지."

그렇게 충격적인 말을 꺼냈다. 나는 눈을 깜박거렸다. 확실히 예전보다는 말투가 부드러워지긴 했지만, 설마 기사를 그만뒀을 줄이야.

"아니, 물러난 게 아니라 억지로 물러나게 된 거야. 아무래도 왕은 우리 기사단이 방해가 된다고 생각한 것 같으니까."

그렇군. 나는 그렇게 생각하면서 고개를 끄덕였다.

사란 단장이 죽은 지금 레이티스 성에서 최강인 자는 질 부단장이다. 그러니 성에 있어야 할 거라 생각했는데, 그런 걱정은 할 필요가 없는 것 같다.

"그런데 크로우, 왜 사람들이 이렇게나 모여 있는 거지?"

우연치고는 너무 잘 들어맞는다. 시선을 돌리자 크로우는 얼굴을 찌푸렸다.

"그걸 내가 어떻게 알겠나. 내가 부른 건 질 애송이뿐이다. 거기 있는 아이들은 멋대로 따라 온 거야."

질 씨는 크로우에게 '질 애송이' 라고 불리고 있는 건가. 외모

만으로는 그다지 나이 차이가 없는 것처럼 보이기 때문인지 위화
감이 엄청났다.

"다른 여섯 명은 모르겠지만, 나는 아키라와 합류하기 위해서
온 거야. 아키라, 같이 가도 될까?"

내 어깨 위에 요루가 폴짝 뛰어서 올라탔다.

『아까도 말했지만, 안 된다! 주공의 파트너는 나 하나면 충분
하다! 어디서 굴러먹던 놈인지도 모르는 녀석한테 그리 쉽게 넘
겨줄 것 같으냐!!』

옆방에까지 들려왔던 요루의 목소리는 이게 원인이었던 모양
이다. 아멜리아의 목소리는 요루를 달래는 것이었나.

쿄스케가 어디서 굴러먹던 놈인지는 내가 잘 알고 있지만 말
이지. 굳이 말하자면 요루 쪽이 오히려 어디서 굴러먹던 놈인지
모른다는 생각이 들었다.

"나는 아키라에게 묻고 있어. 미안하지만 요루는 입 닫고 있
어."

『친한 척 이름을 부르지 마라!』

'아들레아의 악몽'이라는 이름으로 두려움의 대상이 되고 있
는 마물의 위엄은 어디로 간 거람.

그리고 쿄스케, 말수가 적다는 설정은 어디로 간 거야. 너무나
도 말을 잘하는지라 반 아이들은 눈을 동그랗게 뜨면서 쿄스케
를 보고 있었다. 일단 요루가 내 귓가에서 너무 시끄럽게 굴었
기 때문에 다시 목덜미를 잡고 테이블 위에 놓았다.

"미안하지만 말싸움은 밖에서 해. 방금 막 깨서 머리가 아파."

그야말로 적절한 지적. 그렇게 말한 것만으로 말싸움은 딱 멈췄다. 감탄한 표정으로 아멜리아가 나를 봤다.

"아키라, 몸은 괜찮아?"

그때 처음으로, 지금까지 의도적으로 보려고 하지 않은 용사가 입을 열었다.

"……그래, 문제없어."

내가 대답하자 용사는 무슨 이유인지 안도의 한숨을 쉬었다. 나는 고개를 갸웃거렸다.

나와 용사는 서로를 싫어한다고 해도 과언이 아니다. 내 입장에선 상대가 나를 싫어하니까 일부러 배려하느라 가까이하지 않는 것에 가깝지만, 무슨 심경의 변화가 있었던 걸까.

그런 생각을 하고 있으려니, 크로우가 입을 열었다.

방이 좁게 느껴질 정도로 늘어난 사람들을 보고, 그렇지 않아도 날카로운 시선이 한층 더 날카로워졌다. 용사 일행이 움찔했다. 질 씨는 익숙한지 자신과는 상관없다는 듯 앞에 놓인 차를 마시고 있었다.

"사실은 질 애송이 말고 다른 사람은 이 집에서 나가라고 말하고 싶은 심정이다만……."

크로우는 부릅뜬 눈으로 나를 봤다.

"이 환자 녀석을 봐서 허락해 주마. 시끄럽게 굴면 밖에서 자라고 내쫓겠지만 말이지."

여전히 인정사정없는 말을 하는 모습을 보고 나는 쓴웃음을 지었다. 일단 내게 마음을 써 주고 있는 것 같으니, 기본적인 성격은 츤데레인 것 같다.

　의자가 모자랐기 때문에 용사와 쿄스케 이외의 반 아이들은 서 있었다. 질 씨 앞에 크로우, 크로우 옆에는 나, 크로우와 반 대편인 내 옆자리에는 아멜리아가 앉아 있었다. 아멜리아 앞에 앉아 있는 용사는 아멜리아의 미모에 볼을 붉히고 있었지만, 아 멜리아는 용사에게 눈길조차 주지 않았다. 내 앞에 앉아 있는 쿄스케는 내 어깨에 앉아 있는 요루와 시선을 맞추면서 무언의 공방을 주고받는 중이었다. 불꽃이 튀고 있군.

　"우선 크로우. 린가는 어땠어?"

　내가 마력이 고갈되면서 쓰러졌을 때 조사해 달라고 부탁했던 것을 물었다.

　이대로는 얘기가 진행될 것 같지도 않고, 크로우는 처음부터 진행을 맡을 마음이 없는 것 같았다.

　크로우에게 시선이 집중되었다. 그 시선이 귀찮다는 듯이 미 간을 찌푸리면서, 차를 마셨다.

　"……그 녀석은 무죄다."

　나는 놀랐다.

　마족을 안내한 자는 린가라고 생각하고 있었다. 아니, 상황을 통해 판단해 보면 린가가 가장 수상했던 것이다.

　아무리 미궁이 마왕이 만든 것이라는 소문이 돌고 있다곤 하 나, 핀 포인트로 미궁으로 전이할 수 있을까. 전에 사란 단장이 마법은 만능은 아니라고 말한 적이 있었다. 가고 싶은 곳에 순 간적으로 갈 수 있는 마법은 확실히 존재하지만, 가본 적이 있는 곳이 아니면 갈 수 없다고 했다. 마히로의 마법진도 출구에 어떤 표시가 필요하거나 하는 등 제약이 분명 존재할 것이다.

하지만 린가는 미궁이 있는 도시의 길드 마스터이며 어느 정도 실력도 있다. 스킬인『불간섭』을 사용하면 미궁의 최하층에 표식을 설치하는 것 정도는 충분히 가능할 거라 생각했었는데.

"하지만 달리 수상쩍은 자가 있더군."

크로우는 주먹을 쥐었다. 손톱이 피부에 박히면서 피가 흘렀다. 크로우는 그걸 알아차리지 못하고 있는 것 같았다.

"우르크에 있는 모험가 길드의 길드 마스터인데, 그 녀석은 완전히 썩어빠진 녀석이지."

"이름은?"

내 어깨 위에서 요루가 반응했다. 아멜리아도 긴장한 표정으로 몸에 힘을 주고 있는 것 같았다. 크로우는 자신의 눈에 확실한 살기를 담으면서 그 이름을 말했다.

"이름은 그람. 과거엔 수인족의 재상이었으며 현재 이 나라를 다스리는 왕의 조카. 내 복수 대상이다."

나는 그 이름을 듣고 놀라서 눈을 크게 떴다. 자세한 건 기억이 나지 않지만, 들은 적 있는 이름이다.

설명해 주길 바라는 눈빛으로 요루를 봤다.

『주공이 생각하고 있는 대로다. 엘프족 영토에서 아멜리아 양을 납치하려고 했던, 우르크의 기사로 보이던 녀석들이 입에 올렸던 주모자의 이름이지.』

그때 요루는 그람이라는 이름을 가진 재상이 있었던 것 같다고 말했는데, 우르크의 길드 마스터가 되어 있었을 줄이야. 더구나 크로우의 복수대상이라고 한다.

"……크로우의 복수 얘기는 처음 듣는데, 아멜리아와 요루는 들은 적 있어?"

아무래도 정보가 제대로 공유되지 않은 것 같았다. 최근에는 바쁘기도 했고, 아멜리아가 납치되는 바람에 여유 있게 얘기를 나눌 시간도 없었으니까 말이지.

"그 얘기를 들은 건 아울룸에게 납치된 날이야. 요루에게서 들었어."

"그에 관한 얘기는 저리 가서 해라. 난 듣고 싶지 않다."

어지간히도 듣기 싫은 얘기인지, 크로우는 고개를 돌렸다. 나는 아멜리아에게 나중에 얘기하자고 눈짓으로 신호를 보냈다.

"그렇다면, 그 그람이란 녀석이 어떻게 수상하다는 건데?"

내 말을 듣고, 고개를 돌리고 있던 크로우가 내 쪽으로 눈길을 돌렸다.

"어떻게 수상하냐고 따질 것도 없이, 그 녀석은 악의 화신 같은 녀석이다. 조금만 조사해 봐도 부정이나 뒷거래 같은 것들이 마구 튀어나오더군."

악의 화신. 듣고 보니 그럴듯했다.

"횡령, 인신매매, 절도, 유괴, 감금……. 살인 이외의 범죄는 전부 다 저질렀더군. 살인만큼은 부하들에게 시키고 있는 것 같지만, 자신이 한 것과 마찬가지인 상태였어."

유괴, 감금, 인신매매는 엘프족을 상대로 저지른 짓인가. 하지만 털어 보면 바로 먼지가 나올 만한 그런 녀석이 어떻게 지금까지 제멋대로 굴 수 있는 걸까. 그 답은 바로 알 수가 있었다.

"왕족이기 때문인가."

크로우가 고개를 끄덕였다.

아멜리아가 입술을 깨물었다. 같은 왕족으로서 용서하기가 어렵겠지.

"그 녀석은 현재 재위 중인 왕의 조카라는 입장을 이용하여 재상이었던 시대부터 다양한 악행을 일삼아 왔다. 그걸 한 번 들키면서 재상의 자리에서 물러났지만, 길드 마스터가 되어서도 계속 같은 짓을 하고 있지."

나는 시선을 떨구면서 옅은 노란색 차를 바라봤다.

정말로 그런 녀석이 이 세상에 위세를 부리고 있다니……. 레이티스 왕녀보다도 더 지독하군.

"왕족이니까. 그것만으로 녀석은 아무런 벌을 받지 않고 있지. 소문에 따르면 암살하려고 해도 숙련된 용병을 고용하고 있어서 그자들이 전부 처리해 버린다고 하더군. ……살아 있을 가치가 없는 녀석이야."

살아 있을 가치가 없단 말인가. 앞서 말한 얘기만 듣고 있으면 확실히 그런 생각이 들만도 하군.

하지만 나는 마왕의 아내를 살해한 자칭 영웅처럼 되고 싶지는 않다. 나 스스로도 조사해 볼 필요가 있을지도 모르겠군.

"그 녀석이 브루트 미궁으로 마족을 안내한 것과 무슨 관계가 있는 거지?"

"아무래도 마족과 어떤 거래를 하고 있는 것 같더군."

나는 얼굴을 들었다.

내가 알고 있는 마족은 아울룸과 마히로뿐이지만, 열등종이니 밑바닥 녀석이니 하는 말을 다양하게 들었던 것 같다. 그러니까 다른 종족에게도 비슷한 태도를 보였을 거라고 생각하는데, 그게 아니란 말인가.

"그리고 아는 사이인 우르의 길드 직원을 통해 알아봤는데, 그람이 며칠 전에 이곳의 미궁에 들어갔다는 것을 알았다."

과연. 그렇다면 수상쩍군. 나는 납득했다.

강한 용병을 고용했다면 자신이 강해질 필요는 없다. 아니, 얘기를 들어 보면 판에 박은 듯한 악당 같으니까 어차피 스스로 몸을 쓰지 않느라 엄청 뚱뚱하겠지. 이런 녀석의 체형은 보나 마나 뻔하다.

……그러고 보니 레이티스의 왕은 오히려 바짝 마른 몸이었지. 최종보스 같은 자라서 마른 걸까?

"그 길드 직원 왈 그람은 큰 외투로 몸을 둘둘 감고 있었다던가. 미궁으로 들어가기 전에 길드에서 인식표를 보여 줘야만 하니까 그람이라는 걸 알았다고 하는데, 그게 없었다면 누구인지 알아볼 수 없는 차림을 하고 있었다더군."

명백히 수상쩍군. 나는 자신도 모르게 쓴웃음을 지었다.

『어쩌면 마물의 접근을 막는 외투일지도 모르겠군.』

어깨 위에서 요루가 그렇게 말했다. 크로우에게 집중되고 있던 시선이 요루 쪽으로 옮겨갔다.

"뭐야, 그게?"

『강한 마물이라면 또 몰라도, 약한 마물 중에는 마력조차 느끼지 못하는 녀석들이 있어서 가끔은 마족을 인간족으로 착각하고 덮치기도 한다. 마족이 그런 약한 녀석들에게 당할 일은 없겠지만, 매번 습격을 당하는 걸 귀찮게 여긴 마히로가 만든 외투다. 안쪽에 마법진이 새겨져 있으며, 미궁 최하층쯤에 있는 약한 마물이라면 피해가지.』

크로우의 질문에 요루가 막힘없이 대답했다. 마히로가 만든 외투라면 효과는 뛰어나겠군. 아니, 미궁 최하층의 마물도 약하다고 평가한단 말인가. 그렇다면 마족의 영토에 있는 마물은 더 강하단 말일까.

"그람이 분명하군."

크로우가 자리에서 일어섰다. 더 이상 왈가왈부할 필요가 없다는 태도였다. 바로 어디론가 가버린 크로우를 눈으로 배웅한 뒤에, 나는 용사 쪽으로 눈길을 돌렸다.

"그건 그렇고, 너희는 앞으로 어떡할 거지?"

용사는 내가 먼저 말을 걸 것이라고는 생각하지 않았는지, 놀라서 눈을 깜박거리고 있었다.

그런 용사에게, 종종 나에게 말을 걸곤 했던 남자가 구원의 손길을 내밀어 주었다.

"우리는 마왕을 쓰러트리는 걸 최종 목표로 삼고 있어."

그 대답을 듣고 요루는 콧방귀를 뀌면서 웃었다.

『너희 같은 녀석들이 마왕님을 쓰러트린다고? 가소롭군!』

그 대꾸가 마음에 들지 않았는지, 머리에는 원숭이, 어깨에는 고양이를 얹고 있는 남자의 이마에 힘줄이 돋아났다.

"뭐어? 아까부터 듣고 있으려니 이 고양이는 대체 뭐야? 넌 누구 편인데?"

"그래 맞다! 아까 아사히나한테도 시비를 걸던데, 대체 지가 뭐라꼬 이라노?"

칸사이 사투리를 쓰는 여자도 동참했다. 아까부터 조용했던 것은 딱 봐도 무섭게 생긴 크로우가 있었기 때문인가. 아는 얼굴이 많아지면서 긴장도 풀린 것 같았다.

『나는 주공과 아멜리아 양의 편이다! 주공이 마족의 2인자에게도 이기지 못했는데, 네놈들이 마왕님을 상대할 수 있을 것 같으냐!』

"그건 해보지 않으면 모르지!"

"우리도 강해졌단 말이야!"

얼마나 강해졌는지 보고 싶긴 하지만, 기사 같은 차림을 한 여성스러운 남자가 슬슬 울음을 터트릴 것 같으니까 그만하기로 할까. 눈물을 글썽이는 모습을 보고 있으니, 낭자애라는 말이 떠올랐다.

"너희, 노숙하고 싶은 거냐?"

소박한 의문을 입에 올리는 쿄스케의 말을 듣고 두 사람은 입을 다물었다.

"마왕을 쓰러트리겠다고 해도, 그건 힘을 기른 다음에 할 일이야. 지금 우리의 힘으로는 대적할 수 없다는 건 잘 알고 있어.

그래서 미궁도 있고 실력이 좋은 대장장이가 있다는 얘기를 들은 이 도시로 온 거야."

미궁에서 그런 일이 있었으니 한동안 미궁은 봉쇄되겠지만 말이지. 헛걸음한 셈이다. 크로우도 저런 분위기라면 의뢰를 받아들이지 않겠지.

"하지만 미궁을 이용하지 못하게 된 지금, 모험가 길드에서의 의뢰도 편중될 테고 경제적으로 어려운 형편은 아니야."

신중하게 말을 고르면서 용사가 말했다. 일일이 반박하려고 하는 요루의 입을 막으면서 나는 그 말을 들었다.

"그러니까 아사히나가 널 따라가겠다면 우리도 동행하고 싶은데."

"거절하겠어."

나도 모르게 즉답하고 말았다. 예상대로의 대답이었는지 용사는 아무런 반응도 보이지 않았다.

"쿄스케도 마찬가지야. 같이 싸우기는커녕 우리가 지켜 줘야 하는데, 그런 사람은 필요 없어. 지금은 치유사도 필요가 없으니까 말이지."

누군가를 지키면서 싸우다간 마족에겐 이기지 못한다. 입술을 깨물면서 아래를 보는 쿄스케를 한 번 본 뒤에, 나는 요루를 책상 위로 내려놓고 자리에서 일어났다.

"크로우에게 묻고 싶은 것이 있어. 잠깐 자리를 비울 테니까, 그 동안에 잘 생각해 봐. 그리고 나를 설득하려고 한 것부터가 잘못됐어."

나는 아멜리아의 머리 위에 손을 얹었다. 아멜리아의 몸이 움찔하고 반응했다.

"나는 아멜리아를 위해서 싸워. 아멜리아가 하는 말이라면 나도 불만을 제기하지 않을 거야. 설득하겠다면 이쪽을 설득해."

'부탁할게'라고 아멜리아에게 속삭인 뒤에, 나는 방을 나왔다. 그때 용사와 쿄스케가 내 쪽을 빤히 보고 있었지만 나는 눈길도 주지 않았다.

그 자리를 떠나려는 구실이 아니라 정말로 묻고 싶은 것이 있었던 나는 크로우를 찾았다. 그리고 집 옆에 있는 대장간으로 갔다. 크로우는 대장장이 일에 쓰는 것으로 보이는 다양한 도구를 보면서 뭔가를 생각하고 있었다.

"크로우."

내가 부르자, 크로우는 천천히 내 쪽을 봤다.

"흠, 너냐."

나는 문가에 등을 기대면서 크로우를 봤다.

달빛이 크로우를 비추고 있었다. 조명도 없는지라 무슨 생각을 하는지 모르겠지만 일단 중요한 용건을 끝내기로 하자.

"너에게 묻고 싶은 게 있어."

크로우는 얼굴을 찌푸렸다.

"안됐지만 지금은——."

"네가 가장 두려워하는 건 뭐지?"

말을 도중에 끊고 내가 말하자, 그제야 크로우의 눈에 초점이 잡혔다. 당혹스러운 시선을 내게 보냈다.

"무슨 소리지?"

"흥미가 생겨서 물어보는 거야. 네가 가장 두렵다고 생각하는 건 뭐야?"

정말로, 단순히 흥미가 생겨서 물어봤다. 하지만 크로우는 나와 생각하고 있는 것이 같다는 느낌이 들었다. 그러니까 물어본 것이다. 크로우라면 아멜리아가 납치된 걸 알았을 때 내 마음속에 깃든 이 감정의 의미를 알 것이다.

"……내가 이 세상에서 가장 두려운 것은……."

크로우는 시선을 내 뒤에 있는 달 쪽으로 옮겼다. 그건 평소에 보여 주던 날카로운 시선이 아니라, 나약한 것이었다.

"내가 내민 손이, 닿지 않는 것이다."

후기

1권에 이어서 이 책을 구입해 주셔서 정말 감사합니다. 작가인 아카이 마츠리입니다.

이번에는 아키라와 아멜리아가 같이 있는 장면이 그다지 없었다고, 본편을 다시 살펴본 뒤에 새삼 생각했습니다. 아니, 두 사람의 대화가 애초에 너무 적어! 요루와 크로우의 관계랑 히로인이 납치되는 일도 있다 보니 어쩔 수 없다고 하면 어쩔 수 없는 일이긴 합니다만, 두 사람의 러브러브한 모습을 기대하고 있었던 분들이 계신다면 정말 죄송합니다.

드디어 마족이 등장하면서 뭔가 심각한 분위기가 만들어지기 시작했습니다. 직업이 암살자면서 한 번도 암살을 하지 않은 주인공이지만, 다음 권부터는 암살자다운 행동을 시작……할지도 모르겠습니다. 기대해 주십시오.

마지막으로 이 책의 출판에 관여해 주신 모든 분들께 감사의 말씀을 전합니다.

암살자인 내 스테이터스가
용사보다도 훨씬 강한데요 2

2019년 10월 25일 제1판 인쇄
2021년 04월 15일 2쇄 발행

지음 아카이 마츠리 | **일러스트** 토자이 | **옮김** 도영명

펴낸이 임광순
제작 디자인팀장 오태철
편집부 황건수 · 신채윤 · 이병건 · 이홍재 · 김호민
디자인팀 한혜빈 · 김태원
국제팀 노석진 · 엄태진

펴낸곳 영상출판미디어(주)
등록번호 제 2002-000003호
주소 21311 인천광역시 부평구 평천로 132 (청천동)
전화 032-505-2973(代) | **FAX** 032-505-2982

ISBN 979-11-6466-823-6
ISBN 979-11-6466-306-4 (세트)

Ansatsusha de aru ore no sutetasu ga yuusha yorimo akirakani tsuyoinodaga Vol. 2
ⓒ2018 Matsuri Akai
First published in Japan in 2018 by OVERLAP, Inc.
Korean translation rights reserved by YOUNGSANG PUBLISHING MEDIA, INC.
Under the license from OVERLAP, Inc., Tokyo JAPAN

노블엔진(NOVEL ENGINE)은 영상출판미디어(주)의 라이트노벨 및 관련서적 브랜드입니다.

아카이 마츠리
작품리스트

◆

86
-에이티식스-

Ep.5 ~죽음이여, 오만하지 말지어다~

◆

찾으러 오렴——〈레기온〉개발자 '제레네'로 추정되는 자가 신에게 남긴 말.
이에 신과 레나, 『제86기동타격군』일동은 하얀 척후형이 목격되었다는 '로아 그레키아 연합왕국'으로 향하는데……
그것은 생의 모욕일까, 죽음의 모독일까.
연합왕국의 전략은 〈에이티식스〉들조차도 전율할 만큼 상식에서 벗어났다…….

혹한의 숲속에 몸을 숨긴 적이, 바로 곁에 있는 '진짜 죽음'이, 그들을 희롱한다——.

〈연합왕국편〉돌입, 시리즈 제5탄!

아사토 아사토 지음 | **시라비** 일러스트 | **2019년 11월 출간**

청춘의 상상, 시동을 걸어라!

칠성의 스바루

7

"〈스바루〉는 여기서, 약속한다──."

카인을 타도하고 일곱 번째 별을 되찾은 스바루. 그리고 마침내 아사히를 구하고자 그노시스의 본거지 〈틈새〉로 돌입한 일행을 가로막는 것은 심주의 괴물 '나하쉬'와 그노시스의 수괴 '세트'.

한계가 보이지 않는 세트의 센스와 힘을 되찾은 칠성검 '플라이아데스'가 정면에서 부딪힌다! 그리고 그 사투 속에서, 아사히가 눈을 뜨는데······?

과거와 미래, 게임과 현실이 교차하는 종착점에서, 〈스바루〉가 고른 〈대답〉이란──.

반짝이는 별들이 자아내는 약속의 이야기 대망의 완결!!

©2015 Noritake TAO / SHOGAKUKAN
Illustrated by booota

 타오 노리타케 지음 | 부─타 일러스트 | 2019년 11월 출간
청춘의 상상, 시동을 걸어라!

교내 그라비아 아이돌의 우울! 연애 전선에 비상이 걸렸다?!
여교사×남학생의 금단 러브 코미디, LESSON 2!

나의 여친 선생님

2

미인 여교사 후지미 마카 선생님에게 고백을 받은 나, 사이기 마코토는 매일같이 불려가서 조금 야한 지도를 받고 있었다.

그런 와중에 시험 기간에 돌입하게 되고, 마카 선생님의 지시로 성적이 나쁜 그라비아 아이돌, 아마나시 누이에게 공부를 가르쳐주게 되는데——.

SID 멤버, 그라비아 아이돌의 우울!
가슴의 유혹에는 버틸 수 없다?
애인(?)을 빼앗긴 선생님의 질투!
특별 지도는 더더욱 과격하게?!

조금씩 선생님 색에 물들어 가는(?)
이성이 위험한 금단의 러브 코미디 제2교시!

©Yu Kagami 2018
Illustration : Oryo
KADOKAWA CORPORATION

카가미 유우 지음 │ 오료 일러스트 │ 2019년 11월 출간
청춘의 상상,시동을 걸어라!

어새신즈 프라이드

10

~암살교사와 수경쌍희~

◆

새 이사장이 부임하면서 성 프리데스위데의 생활이 급변한다. 전원 기숙사제 도입으로 쿠퍼와 완전히 떨어지는 것에 저항하는 메리다는 엘리제와 원하지 않는 대립상태에 빠지는데?!

그 무렵, 쿠퍼는 레이볼트 재단의 사장 클로버를 조사하고 있었다. 공작가문의 영애를 이용하여 귀족계급 전복을 기도하는 그를 저지할 수 있는 유일한 방법으로, 백야 기병단은 쿠퍼에게 무자비한 임무를 내리는데…….

——『엘리제 엔젤을 처치하라.』

교사로서 제자를 지킬 것인가.
기병단에 충성할 것인가.
고심 끝에 쿠퍼가 선택한 결단은…….

아마기 케이 지음 │ **니노모토니노** 일러스트 │ **2019년 11월** 출간

청춘의 상상, 시동을 걸어라!

5000살 먹은 초식 드래곤, 억울한 사룡 낙인

1

"부디 저를 드셔 주세요, 사룡님."

"나는 초식인데."

조용히 쨩박혀 살기를 약 5000년, 어느 날 갑자기 '산 제물'을 자처하는 소녀가 나타났다?! 뭐 내가 '사악한 드래곤'? 영혼을 바칠 테니 마왕을 토벌해 달라고?

……아니, 그런 소리를 해 봐야 자신은 무력, 무력, 무지한 **초식** 드래곤일 뿐인데?!

그나저나 이 사람, 아니 용 말을 듣지도 않는 산 제물, 어찌어찌 말로 잘 구슬려서 집에 보내려고 했는데, 왜 일이 더 커지는 거지?!

그런고로── 사룡(으로 찍힌 초식 드래곤) + 착각형 하이퍼 각성 제물 소녀 콤비의 웃픈 '마왕 토벌 여행'이 시작됩니다!

 에노모토 카이세이 지음 | 슈가오 일러스트 | 2019년 10월 출간

청춘의 상상, 시동을 걸어라!